BONNE NUIT
MON ANGE

Du même auteur

La Mère parfaite, Les Escales, 2018.

Aimee Molloy

BONNE NUIT MON ANGE

Traduit de l'anglais (États-Unis)
par Typhaine Ducellier

LES ESCALES

Titre original : *Goodnight Beautiful*

Édition française publiée par :

92, avenue de France
75013 Paris – France
Courriel : contact@lesescales.fr
Internet : www.lesescales.fr

ISBN : 978-2-36569-553-4
Dépôt légal : octobre 2020
Imprimé en France
Couverture : Hokus Pokus créations
Mise en pages : Nord Compo

À ma mère et mon père.

Prologue

20 octobre

Je lève les yeux au moment où un homme au visage rougeaud avec une coupe à la brosse entre dans le restaurant. Il secoue sa casquette pour en ôter les gouttes de pluie.

— Salut, ma belle, lance-t-il à la fille aux cheveux roses qui prépare les boissons derrière le bar. Est-ce que tu pourrais accrocher ça dans la vitrine ?

— Bien sûr. C'est pour une nouvelle collecte de fonds pour la caserne ? demanda-t-elle avec un mouvement de menton en direction du papier qu'il tient à la main.

— Non. Quelqu'un est porté disparu.

— C'est vrai ? Elle a disparu quand ?

— Pas elle. Il. Et il a disparu le soir de l'ouragan. On essaie de diffuser l'information.

— *Il ?* Ça a le mérite d'être original.

La porte se referme derrière lui. La serveuse s'approche de l'extrémité du comptoir et lit à voix haute à l'attention d'une cliente qui est en train de déjeuner.

— Docteur Sam Statler, psychologue, un mètre quatre-vingt-cinq, cheveux noirs, yeux verts. Il conduit une Lexus RX 350 de 2019.

Elle siffle, la feuille à hauteur du visage.

— La nana avec qui il a *disparu* est une sacrée petite veinarde.

J'aperçois la photo de Sam. Ses yeux, sa fossette, le mot DISPARU écrit en police taille 72 au-dessus de sa tête.

— J'ai lu un article dans le journal ce matin, dit la cliente. Il est allé travailler et n'est jamais rentré chez lui. C'est sa femme qui a signalé sa disparition.

La serveuse s'approche de la vitrine.

— Sa femme ? J'espère pour elle qu'elle a un bon alibi. Vous savez ce qu'on dit. Quand un homme disparaît, c'est toujours la faute de sa femme.

Elles rient tandis que la serveuse colle la photo de Sam contre la vitre trempée par la pluie. Je plonge ma cuillère dans la soupe insipide et bois à petites gorgées, le regard rivé à mon bol, la boule au ventre.

Chapitre 1

Trois mois plus tôt

Ce cul.

Incroyable.

Un cul tellement parfait que Sam est incapable de le quitter des yeux tandis qu'il monte la côte d'une des rues du centre. Voilà un demi-pâté de maisons qu'il marche derrière elle. Ils sont passés devant le fromager, la librairie, le nouveau caviste coté avec sa porte d'un rouge éclatant. Il fait semblant d'examiner les drapeaux américains soldés à cinquante pour cent dans la vitrine de la quincaillerie Hoyts tandis qu'elle s'approche de l'entrée du Parlor, le restaurant de tapas chic qui a ouvert il y a trois mois. Un homme en sort, emboîtant le pas à sa femme, et lui tient la porte. Il s'attarde pour admirer le spectacle, tout en priant sûrement que son épouse ne s'en rende pas compte.

Comme Sam l'a dit : un cul incroyable.

Le restaurant a investi l'espace précédemment occupé par deux générations de dentistes. La façade en brique a été remplacée par une élégante baie vitrée. Sam marque un temps d'arrêt et l'observe depuis l'extérieur, tandis qu'elle traverse la salle et s'installe au comptoir.

Elle retire sa veste en lin.

Commande un verre.

Elle sort un livre de son sac. Les mouvements de ses épaules sous le tissu fin de son haut blanc évoquent les ailes d'un oiseau. Il continue sa route, s'arrête pour regarder les annonces dans la vitrine de l'agent immobilier voisin. Il attend neuf minutes exactement, suffisamment pour qu'elle ait presque fini son verre. Alors qu'il desserre son nœud de cravate et revient sur ses pas, il ressent la montée d'adrénaline habituelle.

C'est parti.

La porte du Parlor s'ouvre au moment où Sam s'en approche, une bouffée d'air climatisé en émane, qui vient se mélanger à l'humidité du soir.

— Docteur Statler.

Une patiente se tient devant lui. Il doit se creuser la tête pour retrouver son nom. Elle a commencé sa thérapie il y a quinze jours. Corinne. Caroline.

— Catherine, répond Sam.

Et merde. Ce qui ne lui arrivait absolument jamais à New York se produit constamment ici : il tombe sur des patients dans la rue, au supermarché, à la salle de sport. La dernière fois remonte à pas plus tard qu'hier : il a fait ses cinq kilomètres sur le tapis de course pendant qu'Alicia Chao, la professeure de lettres fraîchement divorcée avec des troubles d'anxiété, faisait du vélo elliptique. Chaque fois, ces rencontres le déroutent.

— Comment allez-vous ?

— Bien, merci, dit Catherine.

Catherine Walker. Peintre réputée à New York. A acheté une maison à un million de dollars avec vue sur la rivière.

— Je vous présente Brian.

Sam lui serre la main. Brian. Le restaurateur qui ne la satisfait pas au lit.

— À demain, lance Catherine alors que Sam entre dans le restaurant.

— C'est pour dîner ? lui demande la fille à la réception.

Elle est jeune et blonde. Des tatouages. Très jolie. S'il devait deviner, il dirait étudiante en art, avec un piercing caché quelque part sous ses vêtements. À une époque, le genre qui aurait assurément fini dans son lit à vingt-deux heures au plus tard.

— Non, répond Sam. Juste pour boire un verre.

Le bar est bondé de clients récemment débarqués de la ville, qui partagent des petites assiettes de choux de Bruxelles grillés et des cornichons à neuf dollars. Sam se dirige vers la femme et s'autorise à la frôler du coude en passant à côté d'elle.

Son sac à main est posé sur le tabouret entre eux. Sam se cogne dans l'un des pieds en s'asseyant, assez fort pour faire tomber le sac à terre.

— Excusez-moi, dit Sam en se penchant pour le ramasser.

Elle lui sourit en le lui prenant des mains, le suspend à un crochet sous le comptoir et se replonge dans son livre.

— Qu'est-ce que je vous sers ? lui demande le barman.

Il a des cheveux noirs gominés et des dents d'une blancheur presque dérangeante.

— Un Johnny Walker Blue, répond Sam. Sec.

— Un homme avec des goûts de luxe, constate le barman alors que Sam sort sa carte de crédit de son portefeuille. Ce sont ceux que je préfère.

— Et j'aimerais payer un verre à cette jeune femme. Pour me faire pardonner d'avoir dérangé son sac à main de la sorte.

Elle sourit laconiquement.

— C'est aimable à vous, mais mon sac va très bien.

— Non, j'insiste. Qu'est-ce que vous buvez ?

Elle hésite, le jauge du regard.

— Bon, d'accord, cède-t-elle. Un dry martini. Cinq olives.

— Un dry martini ? Je vous aurais plutôt rangée dans la catégorie amatrice de rosé.

— C'est fort sexiste de votre part. Mais vous savez ce qu'on dit sur le Dry martini.

Il a appris à observer les gens à leur insu, une compétence professionnelle qui lui permet de voir qu'elle porte un soutien-gorge rose pâle avec de la dentelle sous son haut blanc et que la peau de ses épaules brille légèrement.

— Non, qu'est-ce qu'on dit sur le dry martini ?

— L'union du gin et du vermouth est l'un des mariages les plus heureux qui soit, et l'un des plus éphémères aussi.

Le barman pose son verre devant elle.

— Bernard DeVoto, précise-t-elle.

Sam hoche la tête en direction de son livre.

— C'est ce que vous êtes en train de lire ?

Elle lui montre brièvement la couverture, dévoilant l'image d'une silhouette de femme.

— Non. C'est ce fameux thriller dont tout le monde parle.

— C'est bien ?

— Passable. Encore une narratrice non fiable. Je commence à en avoir un peu marre de la façon dont les femmes sont dépeintes dans la fiction, pour être honnête.

— Et comment sont-elles dépeintes ? s'enquiert Sam.

— Oh, vous savez. Nous sommes sujettes à la névrose et à l'hystérie et on ne peut pas se fier à notre jugement, ce qui, par conséquent, légitime l'idée de la masculinité hégémonique et de la position dominante des hommes dans la société, et justifie la subordination des femmes.

Elle s'empare de son verre et reporte son attention sur son roman.

— Enfin bref, merci pour le dry martini.

Sam la laisse lire une page de plus avant de se pencher sur elle.

— Et donc, madame l'experte en littérature, vous êtes là pour le week-end ?

— Non, répond-elle en tournant une page. Je vis ici.

— Vous plaisantez. Chestnut Hill est une petite ville. Si je vous avais vue, je pense que je m'en souviendrais.

Elle lève les yeux vers lui.

— Je suis nouvelle. Je suis arrivée de New York le mois dernier. Une idiote de la ville, je crois que c'est le terme qu'utilisent les gens du coin ?

Avec ses dents, elle fait glisser une olive le long du pic à cocktail. Il se prend à imaginer le goût salé que doivent avoir ses lèvres lorsqu'il sent une main sur son épaule. C'est Reggie Mayer, le pharmacien. Sa femme Natalie est une patiente ; elle pense que Reggie sent le salami.

— Natalie ne se sent pas très bien, explique Reggie, un sac plastique à la main. Je suis venu lui chercher de la soupe.

Sam se penche vers lui. Il ne détecte pas la moindre odeur.

— Dites-lui que je lui souhaite un bon rétablissement.

— Comptez sur moi. Merci, docteur.

— Docteur ? répète la femme après le départ de Reggie.

— Psychologue.

Elle rit.

— Vous, vous êtes psychologue ?

— Quoi ? Vous ne me croyez pas ?

Sam ressort son portefeuille de sa poche et en extirpe une carte de visite, qu'il fait glisser sur le bar jusqu'à sa voisine.

— Étrange, lance-t-elle en la lisant. J'aurais juré que vous étiez pédiatre. Vous voulez m'analyser ?

— Qu'est-ce qui vous fait croire que ce n'est pas déjà fait ?

Elle ferme son livre et se tourne vers lui.

— Et donc ?

— Vous êtes intelligente. Pleine d'assurance. Fille unique, je dirais.

— Bien joué, docteur.

— Des parents dévoués. Scolarité en école privée. Au moins un diplôme universitaire, probablement deux.

Sam marque une pause, avant de reprendre.

— Vous êtes également devenue experte dans l'art de supporter le fardeau qu'implique le fait d'être une femme à la beauté exceptionnelle dans ce monde.

Elle lève les yeux au ciel.

— Waouh. Alors ça, c'était nul.

— Peut-être, mais je suis sérieux. Je parie que si nous demandions à tous les hommes présents dans cette salle qui ils aimeraient ramener chez eux ce soir, cent pour cent d'entre eux vous montreraient du doigt.

— Quatre-vingt-dix-neuf, corrige-t-elle. Le barman vous montrerait vous.

— Être la cible constante des regards masculins peut avoir des conséquences, continue Sam. Dans le métier, on appelle ça la théorie de l'objectification.

L'expression de sa voisine s'adoucit.

— C'est un truc qui existe vraiment, alors.

— Pour certaines personnes, oui.

— Est-ce que vous pensez que je devrais adopter un chien dans le cadre de ma thérapie ?

— Vous plaisantez ? Une fille sexy avec un chien ? Ça ne ferait qu'empirer la situation.

Elle sourit.

— Vous avez inventé tout ça pendant que vous marchiez derrière moi en regardant mon cul ? Ou alors est-ce que c'était pendant que vous étiez dehors, à m'observer à travers la baie vitrée ?

— J'étais au téléphone, explique Sam. Une crise existentielle qui exigeait une prise en charge immédiate.

— C'est dommage. Moi qui espérais que vous étiez en train de rassembler votre courage pour venir me draguer, je suis déçue.

Elle garde ses yeux rivés aux siens tandis qu'elle fait glisser une autre olive entre ses lèvres. Elle aspire le morceau de piment rouge qui se trouve à l'intérieur et soudain, c'est là, le sentiment qu'il pourchasse depuis qu'il a quinze ans, telle une drogue. L'excitation à l'idée qu'il est sur le point de tirer son coup avec une belle femme.

— Je dois avouer que vous avez un cul exceptionnel, dit Sam.

— Je sais.

Elle pose son regard sur le verre de Johnny Walker Blue.

— En parlant d'exceptionnel, j'ai entendu dire beaucoup de bien de votre whisky. Je peux ?

Elle soulève le verre et examine la couleur de l'alcool à la lumière avant de le porter à sa bouche pour goûter la boisson.

— Vous avez raison. Très bon choix.

Elle approche son visage du sien. L'odeur du whisky parfume son haleine.

— Si vous n'étiez pas un psychologue marié qui vit dans le coin, je vous inviterais dans ma bouche pour goûter.

Il sent une vague de chaleur remonter le long de sa nuque.

— Comment savez-vous que je suis marié ?

— Vous portez une alliance.

Il glisse sa main dans sa poche.

— Qui vous a dit ça ?

— Est-ce que votre femme est au courant que vous êtes de sortie ce soir, occupé à analyser les filles uniques pleines d'assurance de Chestnut Hill, New York ?

— Ma femme est en déplacement, répond Sam. Qu'est-ce que vous diriez de vous joindre à moi pour le dîner ?

Elle rit.

— Vous ne savez même pas comment je m'appelle.

— Ce n'est pas votre nom qui m'intéresse.

— Je vois.

Elle pose son pic à cocktail. Fait disparaître sa main sous le bar.

— Dans ce cas...

— Tout va bien ?

C'est le barman, qui les observe en se grattant un sourcil pendant qu'elle fait lentement glisser ses doigts de bas en haut sur la cuisse de Sam.

— Oui, répond-elle. Extrêmement bien.

Le barman s'éloigne. Sa main atteint son entrejambe, où elle s'attarde pendant une bonne minute au moins. Elle ne le quitte pas des yeux.

— Doux Jésus, docteur. D'après ce que je vois, la pauvre fille qui vous a épousé a de la chance.

Elle repose sa main à côté de son verre.

— N'oubliez pas de le lui dire de ma part.

— Comptez sur moi.

Sam se penche sur elle et pose délicatement sa main sur sa joue, caressant son oreille de son souffle chaud.

— Tu sais quoi, Annie Potter ? Tu as de la chance.

Elle sent le shampoing Pantene et porte les boucles d'oreilles qu'il lui a offertes la veille au soir.

— Maintenant, je te prierais de bien vouloir remettre ta main sur ma bite.

— Je suis navrée, docteur Statler, répond-elle en époussetant un cheveu sur son épaule. Ce n'était qu'une partie de ton cadeau d'anniversaire. Tu vas devoir attendre qu'on soit rentrés à la maison pour le reste.

— Dans ce cas…

Sam fait signe au barman de lui apporter l'addition et Annie mord dans la dernière olive.

— Comment s'est passée ta journée, mon cher mari ?

— Moins bien que la soirée qui m'attend.

— Tu as vu ta mère ?

— Oui.

— Comment tu l'as trouvée ?

— Ça allait.

Annie soupire.

— Tout le monde là-bas était si ronchon hier. Ils détestent la nouvelle direction.

— Pas maintenant, Annie, dit Sam.

Il n'est pas prêt à remplacer la sensation de la main de sa femme sur sa braguette par la pensée de sa mère, seule et malheureuse dans la maison de retraite à cinq mille cinq cents dollars par mois où il l'a placée il y a six mois.

— Très bien, n'en parlons plus, concède Annie.

Elle lève son verre.

— À une autre semaine de mariage couronnée de succès. Les six semaines passées ont été si agréables que je nous en donne au moins six de plus.

Sam ajuste le débardeur d'Annie pour couvrir sa bretelle de soutien-gorge qui dépasse sur son épaule.

— Tu es sûre que tu ne m'en veux pas pour tout ça ?

— Tout ça, c'est-à-dire ?

— Quitter New York. Déménager dans ce trou paumé. M'épouser.

— Pour ta gouverne, j'adore vivre dans ce trou paumé.

Elle attrape l'addition que tend le barman et la signe rapidement.

— Et dans tous les cas, tu es très riche, alors que demande le peuple. Et maintenant, docteur, ramenez-moi à la maison et donnez-moi du plaisir.

Elle se lève et enfile lentement sa veste. Sam la suit en direction de la sortie, tellement ravi par le spectacle de sa femme qui marche devant lui qu'il remarque à peine le sourire charmeur de la jolie blonde en repassant devant la réception. Il n'a plus aucune raison de remarquer ce genre de choses. Il a changé.

Sincèrement.

Chapitre 2

Je me réveille en sueur. Le soleil brille par la fenêtre, formant un carré de lumière aveuglant qui me tombe en plein dans les yeux. Je vois un peu trouble après ma sieste. Un bruit de pas résonne dans l'allée. Je me redresse et aperçois une femme en robe d'été bleue légère et sandales à petits talons, qui marche à pas décidés. Elle remonte le chemin en pierre bordé de zinnias, jusqu'à la porte du cabinet de Sam en rez-de-jardin. Il me faut une minute pour reprendre mes esprits et me rappeler que je ne suis plus dans mon F1 en ville mais ici. À Chestnut Hill, État de New York, avec Sam qui travaille à l'étage en dessous.

Je consulte ma montre (il est seize heures seize) et je quitte le canapé. Je m'approche de la fenêtre en catimini et étudie la dernière patiente de la journée. La bonne quarantaine. Sac en cuir véritable. Brushing récent.

Et voici le moment de notre jeu préféré à tous : deviner les problèmes de la patiente !

Agente immobilière, mère de deux préadolescentes, envisage de divorcer.

Raté ! Une pédiatre qui défie l'approche de la ménopause et tente encore de décrypter les comportements de sa mère.

Un bourdonnement indique que quelqu'un a appuyé sur l'interphone. Elle entre et j'attends que la porte claque derrière elle. Je l'imagine pénétrer dans la salle d'attente. Je visualise parfaitement la scène : Sam est dans son bureau, la porte fermée. Elle s'installe sur l'un des quatre fauteuils en cuir blanc, pose son sac en cuir sur la table basse, près des magazines *In Touch Weekly* et *The New Yorker*, rangés en deux piles bien nettes. (« Je n'ai qu'à voir lequel ils choisissent pour savoir tout ce que j'ai besoin de savoir », avait plaisanté Sam quand les premiers numéros étaient arrivés dans la boîte aux lettres.) Une machine Nespresso trône sur une console ; des petits pots en verre contiennent des sachets de thé, du sucre blanc ainsi que du sucre brun. Au moment où elle se demande sûrement si elle a le temps de se faire une tasse d'Earl Grey, Sam ouvre la porte de son bureau. Seize heures trente tapantes.

Un jour, je lui ai demandé de quoi ses patients et lui discutaient, en bas. Eux sur le canapé crème moelleux, lui sur son fauteuil en cuir hors de prix personnalisé qu'il a commandé auprès d'une société scandinave avec un nom bizarre. « Allez, rien qu'une patiente ! » l'avais-je taquiné. « Avec quel genre de problèmes les dames riches de Chestnut Hill se débattent-elles ? »

Il avait ri. « Je suis désolé, mais c'est confidentiel. »

Je m'attarde à la fenêtre pour admirer la cour avant et les haies parfaitement taillées qui protègent la maison des regards de la rue. Ma maison, le manoir Lawrence, une élégante construction victorienne à cinq kilomètres du centre-ville, avec sa toiture à pente raide et son porche qui fait tout le tour de la bâtisse. C'est l'une des deux seules demeures sur Cherry Lane. On y accède en traversant un étroit pont de bois qui enjambe le ruisseau sauvage qui longe le côté de la maison, et dont le nom officiel ne figure sur aucune des cartes qu'il m'a été donné de voir.

La maison a été construite en 1854 par la famille fondatrice de la ville : cinq générations de millionnaires tous nés ici, dans cette propriété avec son grand salon, sa salle à manger, sa bibliothèque dissimulée derrière des doubles-portes coulissantes (certainement ma pièce préférée). Elle s'enorgueillit d'étagères sur mesure en acajou qui montent jusqu'au plafond, et les rayons les plus élevés sont accessibles grâce à une échelle en bois sur rail. On est bien loin de l'endroit où je vivais auparavant : un appartement avec une seule chambre au-dessus du restaurant de plats à emporter Happy Chinese sur Broadway, dont le néon rose clignotait chaque soir devant ma fenêtre.

Je me dirige vers l'escalier. Mes doigts effleurent la rambarde en chêne tandis que je compte mes pas : douze jusqu'en haut, huit le long du couloir, en passant devant trois chambres d'amis pour rejoindre la chambre principale. Une fois dans la salle de bains adjacente, j'entre dans la douche et ouvre le robinet d'eau. Je ramène à la vie les vieilles canalisations et je sens la bonne humeur me gagner. Plus que quarante-cinq minutes avant l'apéritif, le meilleur moment de ma journée. Un verre bien tassé en compagnie de Sam sur le porche une fois qu'il a fini ses consultations. Aujourd'hui, c'est vodka-citron, une citronnade obtenue en pressant huit des meilleurs citrons que j'ai réussi à dénicher dans le bac collant de chez Farrell, *Le supermarché le plus pathétique de Chestnut Hill.*

Sam me demandera ce que j'ai fait de ma journée, feignant de s'intéresser aux détails, me forçant à mentir (une bisque maison pour le déjeuner et une promenade à vélo en ville !), car la vérité me mettrait trop mal à l'aise (une heure de shopping sur Amazon et trois heures passées à laisser des commentaires !). Ce n'est pas comme si j'avais l'embarras du choix. La preuve : je suis de ces personnes qui adorent faire des listes et j'ai fait un inventaire.

<u>Différentes manières d'occuper mes journées à Chestnut Hill : une liste</u>

1. Améliorer mon classement Amazon. Je suis vingt-neuvième parmi tous les commentateurs Amazon, envousremerciant (je ne me vante pas, c'est mon identifiant sur le

site.) Je suis au coude à coude avec Lola de Pensacola[1], alors que je mettrais ma main à couper qu'elle vient du Midwest.

2. Faire du bénévolat, pour que Sam arrête de se demander ce que je fabrique ici à longueur de journée.

3. Réparer la porte du cabinet de Sam. Il s'en plaint sans cesse. Elle claque bruyamment chaque fois que quelqu'un entre ou sort, et cela perturbe ses séances. Il a dit qu'il appellerait lui-même l'entrepreneur, mais je lui ai promis que je m'en occuperais et que c'était la prochaine chose à faire sur ma liste.

Sauf que je n'ai pas la moindre intention de m'en occuper et que je ne l'ai jamais écrit sur la moindre liste parce qu'en vérité, j'aime ce bruit me rappelant qu'il est au rez-de-chaussée, qu'il y a quelqu'un d'autre ici, tandis que j'erre dans une maison chargée d'histoire. Car il y a un détail que je ne vous ai pas encore raconté à propos de cette maison : sa dernière propriétaire, une célibataire de soixante-sept ans qui s'appelait Agatha Lawrence, est morte ici. Elle a passé cinq jours étendue sur le sol de son bureau, les lèvres bleuies, avant que son corps ne soit découvert par la personne qu'elle employait pour faire le ménage. Cette anecdote fait désormais partie du folklore de la ville : la vieille fille riche morte toute seule, le pire cauchemar de toute femme. La seule chose qui manque au tableau, ce sont les chats.

Pas étonnant que l'idée d'être ici sans personne toute la journée me mette mal à l'aise. À l'origine, Sam était déterminé à trouver un cabinet quelque part dans le (mimez les guillemets) « centre-ville », mais je l'ai convaincu d'envisager la possibilité d'installer son cabinet ici, en rez-de-jardin, dans le grand espace qui servait auparavant de débarras.

1. Ville de Floride (NdT).

— Il suffirait d'abattre le mur du fond et de mettre une grande baie vitrée à la place, avais-je suggéré en lui montrant le croquis grossier que j'avais esquissé.

— C'est vrai, avait-il concédé après avoir examiné les autres options qui s'offraient à lui dans le centre. Ça pourrait être une solution.

Et au final, c'était la bonne solution. Tout s'est enchaîné à la perfection : j'ai trouvé un entrepreneur qui (moyennant une somme exorbitante) a accepté d'effectuer les travaux en urgence et de transformer cet espace autrefois stérile en un superbe cabinet avec un chauffage au sol, un éclairage de la meilleure qualité et une baie vitrée du sol au plafond qui offre une vue superbe sur le jardin vallonné et les bois qui s'étendent derrière la propriété.

En entendant claquer la porte de Sam, je m'habille à la hâte et me dépêche de descendre l'escalier. Dans la cuisine, je prépare les verres. Alors que je suis sur le point d'ouvrir la porte d'entrée pour me rendre sur le porche, je vois la patiente par la fenêtre. Madame Robe d'Été Légère traîne au bout de l'allée, absorbée par je ne sais quoi sur son téléphone portable. Je m'éloigne de la porte et je l'implore intérieurement de débarrasser le plancher. *Fiche le camp, ma grande ! C'est mon tour, maintenant !* La porte claque à nouveau.

— Vous êtes encore là.

Je reconnais la voix de Sam.

— Désolée, je me suis laissé distraire. C'est le bureau.

Je me faufile dans le salon pour jeter un coup d'œil par la baie vitrée qui donne sur le porche et l'allée. Je les aperçois et remarque l'expression rêveuse de la patiente. J'ai l'habitude des réactions que Sam déclenche chez les femmes, avec sa mâchoire carrée et ses beaux yeux. On le croirait tout droit sorti d'un catalogue Abercrombie and Finch.

— C'est agréable de voir cet endroit reprendre vie, après la triste fin qu'a connue la précédente propriétaire, dit-elle.

Merci encore pour la séance d'aujourd'hui, Sam. Je ne sais pas ce que je ferais sans vous.

Je perçois le petit bip de sa portière lorsqu'elle la déverrouille. J'attends que le bruit de son moteur disparaisse au bas de la colline avant d'ouvrir la porte d'entrée. Sam est à la boîte aux lettres et trie le courrier.

— Alors, bourreau des cœurs, la journée a été bonne ?

Il me sourit, ce qui fait apparaître sa fossette.

— Elle a été longue, surtout. Je suis épuisé.

Il monte les marches qui mènent au porche et me tend le courrier qui m'est adressé. Je lui donne son verre en échange.

— À quoi devrions-nous trinquer ce soir ?

Il lève les yeux vers la maison.

— À une nouvelle vie pour le manoir Lawrence ?

— Je n'aurais pas dit mieux.

Je trinque avec lui et je penche la tête en arrière pour boire une longue gorgée, tout en me demandant si lui aussi le sent. Que quelque chose cloche ici.

Chapitre 3

Une canette de bière Brooklyn Lager à la main, Sam monte le son de la radio.

— Fin de la huitième manche, deux retraits, murmure dans le micro le commentateur connu sous le nom de Teddy de Freddy, avec cette lenteur veloutée qui l'a rendu célèbre dans tout l'État du Maryland. Bo Bucker à la frappe. Lancer rapide. Frappe haute, la balle part vers le défenseur dans le champ droit, et… c'est un retrait.

— Et merde ! crie Sam.

Il serre la canette si fort qu'une giclée de bière tiède atterrit sur ses genoux. C'est la pause. Alors que le match de ligue mineure de base-ball laisse place à la pub, son téléphone vibre sur le siège passager. C'est un message d'Annie.

Bonjour mon cher mari.

Il consulte le chronomètre sur son téléphone. Quarante-six minutes. Il décapsule une autre canette. Soudain, une femme apparaît, qui marche dans sa direction. Il glisse sa bière (la troisième en quarante-six minutes) entre ses genoux. Elle sursaute lorsqu'elle l'aperçoit et agrippe son sac à main. Il aurait du mal à lui en vouloir : ce qu'elle voit, c'est un type qui boit de la bière dans sa voiture sur le parking d'une structure d'hébergement à long terme pour personnes âgées. Il réagirait comme elle à sa place.

Elle lui lance un regard en coin en passant devant sa voiture. Sam lui sourit, une piètre tentative de la convaincre qu'il n'est pas aussi louche qu'il en a l'air. C'est la responsable du réfectoire, Gloria quelque chose, qui prépare trois fois par jour des repas vite faits à base d'aliments mous, comme les fettucine à la sauce Alfredo des lundis soir, pour les résidents du centre de Rushing Water. Population : soixante-six habitants environ, dépendant de si quelqu'un meurt pendant la nuit.

La pause publicitaire touche à sa fin et les auditeurs se retrouvent pour le début de la neuvième manche.

— Alors, les fans des Keys, qu'est-ce que vous en dites ? s'enquiert Teddy de Freddy. Vous pensez qu'on va réussir à remonter la pente ?

— Bien sûr que non, répond Sam. On a remporté cinquante-huit matchs en trois ans. Tu le sais bien, papa.

Teddy de Freddy, un nom qui n'a pas de sens : personne ne dit « Freddy » pour parler de la ville de Frederick, dans le Maryland, mais c'est resté. Voilà maintenant douze ans que son père, Theodore Samuel Statler, commente depuis le stade Harry Grove les matchs à domicile des Keys de Frederick, le pire club-école de l'histoire du base-ball.

Avant que Theodore Statler ne devienne Teddy de Freddy, il était connu sous le pseudonyme de Monsieur S., le professeur de maths beau et charmant du lycée de Brookside, qui quitta sa femme pour le mannequin sexy de la page 24 du catalogue Talbots de juin 1982. Elle s'appelait Phaedra, le seul nom encore plus crétin que Teddy de Freddy. Un des membres de l'équipe de base-ball de Sam avait réussi à mettre la main sur le catalogue : on pouvait y voir la nouvelle copine du père de Sam en bikini sur une plage, les cuisses recouvertes d'une fine couche de sable. Le catalogue circula dans le vestiaire pendant des semaines, tout le monde s'accordant à reconnaître que même si les filles de Talbots n'étaient pas aussi sexy que celles du magazine *Sports Illustrated*, elles faisaient quand même très bien l'affaire.

Ted la rencontra au stade Camden Yards de Baltimore le 6 septembre 1995, le jour où Cal Ripken Junior battit le record du nombre de matchs consécutifs jusqu'alors détenu par Lou Gehrig. Le grand-père de Sam avait grandi à Baltimore et Sam était fan à la vie à la mort des Orioles, comme tous les mâles de la famille Statler depuis 1954. Il idolâtrait Cal Ripken, et c'était sa mère, Margaret, qui lui avait offert les places pour le match en guise de cadeau d'anniversaire anticipé. C'était le présent dont il rêvait, payé avec l'argent que Margaret, avait prélevé de son salaire dérisoire de secrétaire et mis de côté depuis des mois.

Phaedra était assise pile devant Sam, et elle n'arrêtait pas de se cogner dans ses genoux chaque fois qu'elle se retournait pour rire aux blagues de son père. Son affreux bonnet à pompon orange et noir lui bloquait la vue. Sam détestait que son père ne prête pas, ou presque pas, attention au match, et il détesta encore plus la suggestion de ce dernier de le faire changer de place avec Phaedra.

Il s'avéra qu'en plus de ses dents blanches et ses longues jambes, elle était aussi une héritière de l'empire Tupperware avec laquelle Ted Statler ressentait une connexion vraiment pas croyable, un détail qu'il jugea bon de partager avec Sam et Margaret deux semaines plus tard, le jour de l'anniversaire de Sam. Il se leva avec l'air de quelqu'un qui s'apprête à faire un discours à un mariage, alors que Margaret était en train de découper un gâteau à la noix de coco. Il déclara qu'il n'avait pas d'autre choix que d'être honnête avec lui-même. Il avait rencontré son âme sœur et il ne pouvait plus vivre sans elle.

On était en 1995. C'était l'année du premier téléphone à clapet, l'année avant le passage du salaire minimum à quatre dollars et vingt-cinq cents de l'heure, ce que gagnait sa mère après le départ de Ted Statler pour Baltimore. Il se retrouva dans un appartement-terrasse face au port financé par l'argent des Tupperware, avec un peu de temps devant lui pour décider de ce qu'il voulait faire ensuite, jusqu'à décrocher le job idéal : être assis dans une loge vitrée avec vue plongeante sur le stade et commenter les matchs des Keys, parvenant à garder le moral en dépit d'une série de défaites qui durait depuis trois ans maintenant.

Ce match ne fait pas exception à la règle, en se concluant sur un score de 9 à 3 avec un retrait dans le champ droit. Ted invite ses auditeurs à se joindre à lui le lendemain soir, pour assister à la rencontre avec les Salem Red Sox. Sam coupe la radio et attrape son portable.

Bonjour ma chère femme, répond-il à Annie.

Aussitôt, des bulles indiquant qu'elle est en train de rédiger un message apparaissent. Sam l'imagine à la maison, de la farine sur le visage, son tablier à fleurs serré autour de sa taille tandis qu'elle se penche sur la recette de la cuisinière star Rachael Ray qu'elle a imprimée hier soir.

Tu es chez ta mère ? envoie-t-elle.

Il jette un coup d'œil en direction de l'entrée de la maison de retraite médicalisée. Une femme escorte un homme avec un déambulateur vers la porte. Il imagine la scène à l'intérieur. Des personnes âgées assises sur les canapés dans le hall, sans le moindre but, les meubles qui baignent dans l'odeur d'urine. Il visualise sa mère, à la même place que la dernière fois qu'il l'a vue : assise à sa petite table à manger dans le coin de sa chambre individuelle, et qui n'a plus rien à voir avec la femme qu'elle était.

Oui, répond Sam à Annie. (Ce qui est vrai. Techniquement.)

Comment va-t-elle ?

Bien.

Tu vas rester encore longtemps ?

Sam consulte son chronomètre. Cinquante-neuf minutes.

Pas trop, non.

Dis-lui que je la verrai demain.

Demain, le jour où Annie lui rend visite. Ils y vont chacun leur tour. Chaque mois, Annie accroche un calendrier derrière l'agenda de Sam, un calendrier qu'elle dessine elle-même à la table de la cuisine, en faisant courir un marqueur noir le long du bord d'une enveloppe pour former une grille de carrés colorés. Les carrés bleus sont ses jours de visite à elle, et les roses sont les jours de Sam. (Annie aime bouleverser les normes liées au genre. C'est une manie qu'elle a.)

— Tu penses vraiment qu'il faut qu'on y aille tous les jours ? avait demandé Sam lorsqu'elle lui avait montré le premier calendrier.

— C'est la raison principale de notre déménagement ici. Bien sûr qu'on doit y aller tous les jours. Elle a besoin de nous, Sam. Elle souffre de démence.

De démence fronto-temporale à variante comportementale, ou DFTvc si vous aimez rentrer dans les détails, ce qui est souvent le cas de Sam. La maladie se caractérise par des changements importants du comportement, comme une désinhibition prononcée (essayer de lécher le serveur au restaurant), ainsi que des modifications des relations interpersonnelles et de la conduite (répéter en boucle à la caissière que c'est une connasse), et c'est « une cause majeure de survenue précoce de la démence » (dans le cas de sa mère, à soixante-quatre ans). C'est ce que le médecin a expliqué à Sam l'année dernière, tandis qu'il était assis à côté de sa mère dans un bureau impersonnel du quatrième étage de l'hôpital St. Luke, le cœur serré.

C'est arrivé vite. Des moments de confusion, puis des crises de colère au travail. C'était mineur au début, jusqu'au jour où elle a débarqué dans le bureau du principal Wadwhack pour lui dire que s'il n'adoptait pas un chien avec elle immédiatement, elle allait mettre le feu à l'école. C'est ce jour-là que sa mère, Mme S., la plus adorable des secrétaires que le lycée de Brookside ait jamais connues (beaucoup trop bien pour ce loser de prof de maths qui l'avait quittée pour un mannequin – Talbots, mais n'empêche) perdit son travail. Sam commença les recherches et finit par tomber sur cet endroit. *Centre de soins pour personnes âgées Rushing Waters : l'assurance et la confiance.* Soixante-six chambres individuelles au cœur d'un domaine de quatre hectares ombragés, au bout d'une route de montagne venteuse en bordure de Chestnut Hill, sa ville natale de taille moyenne au milieu de l'État du Maryland, et dont l'employeur principal est une université privée passable qui compte cinq mille étudiants. « Chestnut Hill : n'oubliez pas notre ville. » C'était le slogan qui figurait sur un panneau à l'entrée de la ville. *N'oubliez pas notre ville.* Ils n'avaient pas réussi à trouver mieux.

Et pourtant, il est là, le gars du coin qui revient après vingt ans d'absence. Il y a même eu un article dans le journal local, « Vingt questions au Dr Sam Statler ». C'était Joanne Reedy, son agente immobilière, qui avait eu cette idée. Sa nièce écrivait une chronique pour le journal, et Joanne pensait que ce serait bon pour les affaires. Ayant fait de son mieux au cours des dernières années pour être un mec sympa, Sam accepta. Il s'avéra que la nièce était une nana avec qui il avait couché au lycée, et elle lui tint la jambe au téléphone pendant une heure, à se remémorer le bon vieux temps avant de lui adresser une longue liste de questions débiles sur ses passions. Sa série télé préférée ? (*À la Maison Blanche !*) Sa boisson préférée lorsqu'il avait quelque chose à fêter ? (Du Johnnie Walker Blue !)

Du fait d'une pénurie à la fois d'arts et de divertissement, l'article avait fait la une de l'encart « Arts et divertissement », avec en prime une photo en couleur de lui les jambes croisées, les mains sur les genoux. *L'ancien résident (et célèbre bourreau des cœurs) Sam Statler est de retour. Mais ne vous emballez pas, mesdames ! Il est marié !*

Annie a accroché l'article sur la porte du réfrigérateur. Le grand sourire idiot de Sam s'étale chaque fois qu'il attrape la bouteille de lait, le fils unique charmant qui revenait s'installer dans sa ville natale pour prendre soin de sa mère adorée et souffrante.

C'est ce qu'il y a de plus ironique dans cette histoire. Théoriquement, il est revenu vivre dans cette ville fluviale merdique pour s'occuper de sa mère qui a passé sa vie à le choyer, et il en est incapable. De fait, ça fait trois semaines qu'il n'a pas mis les pieds à Rushing Waters.

Il boit une longue gorgée de bière et fait de son mieux pour éviter d'y penser, mais comme tous les mécanismes de défense, la répression n'est pas toujours fiable, et le souvenir de sa dernière visite lui revient brusquement en mémoire. Il revoit la confusion sur le visage de sa mère lorsqu'il avait ouvert la porte de sa chambre, les quelques instants qu'il lui avait fallu pour se rappeler qui il était. Ses bons jours se faisaient de plus en plus rares ; elle était en colère la plupart du temps, elle criait sur les employés. Il lui avait apporté son déjeuner préféré, des ziti aux boulettes de viande de chez Santisiero, dans la rue principale. Le petit resto continue à s'accrocher après trente-deux ans d'existence. Elle avait mangé salement, en lui posant les deux mêmes questions en boucle. À quelle heure commence le bingo, et où est Ribsy ? Il lui avait expliqué que le bingo avait lieu tous les mercredis et les vendredis à seize heures dans la salle de jeux, et que Ribsy, l'épagneul de la famille, avait passé l'arme à gauche en 1999. Ce petit con avait décidé de mourir la semaine où Sam était parti à l'université. Elle s'était donc retrouvée totalement seule du jour au lendemain.

— Tu es exactement comme lui, tu sais, avait lâché Margaret tout à coup.

— Comme qui ? avait demandé Sam en arrachant un morceau de focaccia.

— Qui, à ton avis ? Ton père.

Elle avait posé sa fourchette.

— J'ai passé ma vie à me taire, et je n'en peux plus.

Le bout de focaccia s'était logé dans la gorge de Sam.

— De quoi tu parles, maman ?

— Tu sais très bien de quoi je parle, Sam. Tu es égoïste. Égocentrique. Et tu traites les femmes comme de la merde.

Il avait dû se répéter que ce n'était pas elle qui parlait, mais sa maladie. Et pourtant, aujourd'hui encore, il a du mal à avaler sa bière lorsqu'il repense à l'expression sur son visage.

— Et tu veux que je te confie un petit secret ?

Elle avait baissé la voix avec un air de conspiratrice.

— Elle aussi, tu vas la quitter. Ta charmante petite femme toute neuve. Tu vas finir exactement comme lui.

Il avait reculé sa chaise et il était sorti de la pièce, sorti du bâtiment, sorti du parking. En arrivant à la maison, il avait dit à Annie qu'il ne se sentait pas bien et il avait filé se coucher. Lors de sa visite suivante, deux jours plus tard, Sally French, la directrice, l'avait intercepté dans le couloir et lui avait demandé de l'accompagner dans son bureau.

— Votre mère a arrêté de parler, avait-elle expliqué, l'assurant que ce n'était sans doute qu'un symptôme passager dû à sa maladie.

Sauf que ce n'était pas temporaire. Margaret n'a pas redit un mot depuis. Aucun de ses médecins n'a jamais vu un cas de mutisme (« l'incapacité à générer une expression orale/verbale », comme l'explique son compte rendu médical) se développer aussi rapidement. Pendant la semaine qui avait suivi, Sam l'avait suppliée de parler, de dire quelque chose, n'importe quoi, pour que ces mots ne soient pas les derniers qu'elle prononcerait.

En guise de réponse, elle lui adressait des regards vides, le poids de ses accusations suspendu entre eux. *Tu vas finir exactement comme lui.* Alors il a fait ce qu'il faisait toujours quand la vie ne suivait pas le cours qu'il souhaitait : il est parti.

Il sait que c'est lâche, mais depuis, il n'a pas réussi à entrer pour lui faire face, un petit détail qu'il a pris soin de dissimuler à Annie. À la place, pour éviter ces visites qui lui brisent le cœur, il reste assis dans sa voiture à boire de la bière, en se demandant combien de temps sa « visite » devrait durer.

Il regarde le chrono – soixante-six minutes – et met le moteur en marche.

Ça suffit pour aujourd'hui.

Chapitre 4

C'est officiel. Je m'ennuie à en devenir dingue.

Et pourtant, ce n'est pas faute de faire des efforts. J'en fais, vraiment. L'autre jour, une fois que Sam est descendu travailler, j'ai enfilé de vrais vêtements et j'ai pris la voiture pour aller jusqu'à la boulangerie-pâtisserie, tout ça pour boire un café brûlé et constater que la « boutique de lifestyle » voisine vend une bougie parfumée baptisée *Bibliobus* pour la modique somme de trente-huit dollars. Je n'ai pas eu besoin d'en voir plus. Chestnut Hill, New York : zéro étoile.

Jamais je ne le dirai à Sam, bien sûr. Il prend gentiment ses marques et les affaires sont florissantes. Cela fait à peine plus de deux mois qu'il a ouvert son cabinet et ses journées sont de plus en plus remplies : les anciens New-Yorkais font la queue, animés d'un besoin désespéré de se plaindre auprès de quelqu'un. (Son apparence aide aussi. J'étais au supermarché l'autre jour quand j'ai entendu une femme au rayon des couches qui parlait de lui au téléphone. « Il est tellement mignon que j'hésite à développer un trouble de la personnalité pour prendre rendez-vous. ») Ce détail mis à part, je me réjouis pour lui. Lors de notre première rencontre, il m'avait confié qu'il rêvait de ça depuis longtemps : une vie tranquille, un cabinet privé en dehors de la ville. Il l'a bien mérité. Depuis l'obtention de son doctorat en psychologie il y a dix ans, il travaillait au sein de l'unité psychiatrique pour enfants de l'hôpital Bellevue, un poste très éprouvant et difficile.

De mon côté, j'ai l'impression de ne servir à rien. Je passe mes journées à traîner dans cette maison, sans rien faire à part arroser les plantes. Raison pour laquelle j'ai pris la résolution de me rendre utile, et ça commence aujourd'hui. Aujourd'hui, je m'attaque au chantier que j'évite depuis des semaines : le bureau d'Agatha Lawrence, la pièce où elle est morte d'une crise cardiaque et qui déborde de paperasse.

C'était la condition avec cette maison : elle était vendue telle quelle, et comme l'avocat chargé de la gestion des biens d'Agatha Lawrence l'avait expliqué, cela incluait « l'ensemble du mobilier ainsi que tout autre bien que l'ancienne propriétaire aurait laissé au numéro 11, Cherry Lane ». J'ignorais que cela voulait dire six armoires de classement dont le contenu retrace l'histoire de la famille Lawrence dans son intégralité, remontant jusqu'en 1812, date à laquelle Edward Lawrence fonda Chestnut Hill. J'ai passé la tête par la porte à quelques reprises, en pensant : *Si seulement j'étais le genre de personne capable de jeter les papiers d'une morte sans même y jeter un regard.* Sauf que je ne le suis pas. Alors chaque fois, je referme la porte et je me dis que je ferai ça un autre jour.

Aujourd'hui.

Je finis d'arroser les plantes dans la cuisine et j'emporte ma tasse de thé. Je traverse le couloir et me fige avant d'ouvrir la porte. La pièce est petite et simple, avec une fenêtre qui donne sur le jardin, largement obstruée par un buis qui aurait sacrément besoin d'être taillé. Je glisse un regard à l'intérieur du placard vide et laisse courir mes doigts sur le papier peint jaune. C'est une couleur intéressante, style chartreuse, avec des motifs récurrents dont la forme semble se reproduire à l'infini. Agatha Lawrence aimait les couleurs vives, et j'ai eu la surprise de constater qu'elles me plaisaient tellement que c'est à peine si j'ai modifié la décoration. Les murs de la cuisine sont vert pomme, ceux du salon bleu vif.

J'entends un vrombissement et remarque une bonne dizaine de petits papillons de nuit qui se cognent dans la fenêtre tandis qu'ils essaient de sortir. Je traverse la pièce et l'entrouvre, délicatement pour éviter d'agrandir la fissure en bas de la vitre. Encore un truc dont je dois m'occuper. Alors que je chasse les papillons, je remarque que la voiture de Sam n'est plus là. Il est sûrement parti à la salle de sport. Il s'y rend parfois à l'heure du déjeuner et revient avec les cheveux trempés.

Je balaie le bureau du regard et passe en revue les différentes options qui s'offrent à moi. Je pourrais le transformer en chambre d'amis, mais à quoi bon ? Il y a déjà trois chambres d'amis à l'étage, et qui pourrait bien me rendre visite ici ? Linda ? Je doute que quiconque venant d'une grande ville soit intéressé par une promenade au centre commercial et par les nouvelles spécialités à un dollar du fast-food Wendy's sur la Route 9.

Je décide de remettre mes questionnements à plus tard et de m'attaquer aux archives. Je ne tarde pas à me rendre compte que j'ai affaire à une famille qui ne jetait rien. Des plans originaux du manoir Lawrence, conçu par un des architectes les plus renommés de l'époque. Des articles de journaux datant de 1936, quand Charles Lawrence était le confident de Franklin Roosevelt. Des dizaines d'albums photos peuplés d'Européens stoïques qui posent sur le porche, le dos bien droit. Je me laisse tellement absorber par l'histoire de la famille (ils ont fait fortune dans le pétrole, puis dans le plastique) qu'il me faut plusieurs minutes avant de remarquer le bruit en provenance d'un des cartons que j'ai entreposés dans un coin de la pièce.

Une voix.

J'interromps ma lecture. Ce n'est pas le fruit de mon imagination. Quelqu'un parle.

Je pose le dossier que je parcourais et m'approche de la fenêtre. Peut-être que c'est cette voisine qui vit de l'autre côté du petit pont, dans la seule autre maison de la rue, qui passe dire bonjour. Celle avec les cheveux blonds ondulés et le chien à la drôle de tête, qui regarde toujours par-dessus la haie pour essayer d'apercevoir la maison. Sidney Pigeon (et oui, c'est son vrai nom). Son courrier est arrivé chez moi, une fois (une offre d'assurance voiture), alors j'ai cherché quelques renseignements sur elle. Trois garçons, dont les photos inondent son compte Facebook. Depuis la fenêtre d'une des chambres de l'étage, je peux voir le jardin devant chez elle. Je l'ai observée en compagnie de son mari, j'ai vu la façon dont elle le suit en lui montrant du doigt les corvées à faire, comme s'il en était à sa deuxième semaine à la quincaillerie Home Depot et qu'elle était la nouvelle sous-directrice encore plus fraîchement débarquée. *Et une fois que tu auras terminé de t'occuper du gazon, Drew, j'aurai un travail de plomberie à te confier.*

Lorsque je regarde dehors, je ne vois personne dans la rue. J'ai dû entendre des voix. Mais dès que je me replonge dans les papiers, ça recommence. Je me penche en avant, plus près des cartons. Quand je m'agenouille et pose l'oreille dessus, la voix se fait plus forte. « C'est l'heure de la livraison du jour », dit un homme depuis l'intérieur. « L'heure à laquelle nos amis de chez UPS font une surprise à un fan chanceux avec une livraison spéciale. »

Le soulagement me pousse à rire tout haut. Le carton doit contenir un poste de radio qui s'est déclenché tout seul je ne sais comment. Je retire le ruban adhésif, j'écarte les rabats et je farfouille. Pas de poste. Ni dans ce carton, ni dans le second que j'examine, alors que j'entends toujours une voix étouffée. Je pousse les cartons et j'aperçois un éclat métallique au sol. Un conduit.

Je me penche en avant.

« José Muñoz à la frappe, Silas James au lancer. » Une émission de sport ? Je me perche sur mes talons et plaque ma main sur ma bouche. J'entends tout ce qui se passe au rez-de-chaussée ! Dans le cabinet de Sam ! Je me relève lentement et regarde par la fenêtre. La voiture de Sam est garée dans l'allée, derrière la mienne.

Je suis incapable de bouger, je ne sais pas quoi faire. Une BMW rouge apparaît en haut de la colline et s'engage dans l'allée. Une femme en sort. Il s'agit de Catherine Walker, une patiente. Je l'ai entendue répondre au téléphone il y a deux semaines, alors qu'elle sortait du cabinet. Le genre de femme qui dit son nom plutôt que « bonjour » lorsqu'elle décroche. Si tant est qu'on puisse faire confiance à Google, c'est une peintre new-yorkaise en pleine ascension façon Andy Warhol du pauvre, et qui vit dans une maison suffisamment chic pour lui avoir valu un article dans *Architectural Digest* (qui aurait cru que des peintures acryliques représentant des tubes de rouge à lèvres se vendaient si bien ?).

Catherine porte une tenue décontractée aujourd'hui : un legging noir et un chemisier blanc, des bottines à petits talons. Je recule et plaque mon dos au mur. Je sais ce que je devrais faire. Je devrais continuer mon opération nettoyage, puis raconter l'anecdote à Sam tout à l'heure, pendant l'apéritif. *J'ai cru que j'entendais des voix et que je devenais dingue, alors qu'en fait non, ça venait du cabinet en bas ! Il faut qu'on arrange ça.*

Je remonte mes manches et m'y remets. Alors que j'ai le nez dans un dossier (des documents financiers en rapport avec les affaires de la famille), je distingue le bourdonnement de l'interphone de Sam. Peu après, la porte de dehors claque.

J'hésite. Je devrais partir. Me trouver autre chose à faire. Au lieu de ça, je pose le dossier, m'approche du conduit à pas silencieux et m'agenouille.

— Bonjour, Catherine, dit Sam de sa voix claire. Entrez, je vous en prie. Asseyez-vous où vous voulez.

Je me mets à plat ventre et colle mon oreille contre le conduit.

Juste pour quelques secondes. Juste pour cette fois.

Chapitre 5

— Vous avez l'air d'aller mieux, créativement parlant en tout cas.

Sam croise les jambes et jette un coup d'œil à la petite pendule posée à terre près du divan, à l'abri du regard des patients. Encore six minutes.

— Oui. J'aime l'énergie de cet endroit, répond Christopher. Je sens que ça débloque quelque chose en moi.

Christopher Zucker. La petite trentaine. Directeur artistique d'une nouvelle entreprise de design qui a investi l'ancienne usine à papier au bord de la rivière. Sam a commencé à le voir après que le médecin de Christopher l'a encouragé à consulter quelqu'un pour ses problèmes d'anxiété. Il a passé les vingt dernières minutes de la séance à expliquer à Sam comment, dernièrement, il travaille au café situé au rez-de-chaussée du bâtiment qui accueille son bureau, pour tenter de dépasser le blocage créatif dont il souffre ces temps-ci.

— Sacrée vue, en plus, ajoute Christopher.

Sam hoche la tête.

— Il y a une véranda qui donne sur la rivière, c'est ça ?

— Oui, mais je parlais des filles. Il y a un studio de yoga au premier. Si vous calculez bien votre coup...

Christopher lui fait un clin d'œil – *tentative du patient de normaliser son habitude d'objectifier les femmes en recherchant la complicité du thérapeute* – puis change de sujet.

Il se met à lui parler de Sofia, le mannequin tchèque de vingt et un ans qu'il a rencontré sur Internet. Sam écoute en hochant la tête. Soudain, il se rend compte qu'il est très irrité, avant d'établir que cette irritation naît de l'idée que Christopher et Annie puissent être dans ce café en même temps. Annie lui a parlé de cet endroit l'autre jour, elle s'y était arrêtée pour déjeuner après son footing le long de la rivière. Sam imagine la façon dont Christopher l'aurait matée, et le regard de dédain qu'elle lui aurait lancé en retour. (Elle détesterait ce type, ses commentaires sur les femmes, sa trottinette.)

Sam doit faire attention de ne pas laisser ses pensées vagabonder : Christopher est parfois difficile à suivre et il lui faut se concentrer pour rester investi dans la conversation. Mais avant d'avoir pu s'en empêcher, il est de nouveau chez Brooks Brothers, dans le sud de Manhattan, par une après-midi froide de l'automne dernier. C'est là qu'il avait vu Annie pour la première fois, plantée devant une collection de cravates, vêtue d'un jean moulant et d'une veste en tweed.

— Laissez-moi deviner, avait-elle contre-attaqué quand il s'était approché d'elle pour lui demander si elle savait ce que « tenue de cocktail » signifiait. Vous êtes un *bad boy* reconverti en universitaire cool et sympa qui porte des tee-shirts à l'effigie de groupes de musique, mais seulement s'ils sont ironiques. Vous jouez au basket pendant votre pause-déjeuner avec vos potes non-universitaires, puis vous allez à des dégustations de tapas et de whisky avec vos collègues. Vous avez été invité à un mariage (le deuxième pour le marié) quelque part au sud de la 14e Rue, et il vous faut une tenue.

Elle lui avait montré du doigt le fond de la boutique.

— Allez m'attendre en cabine d'essayage.

Elle lui avait apporté cinq combinaisons différentes de costumes et de chemises, huit cravates et une veste bleu marine classique. Elle avait attendu pendant qu'il se changeait, s'était tenue devant le grand miroir avec lui, avait chassé les poussières de ses épaules et lissé les plis de ses manches.

Il avait acheté tout ce qu'elle lui avait conseillé.

— C'est plus que ce que j'ai dépensé en vêtements dans toute ma vie, avait-il dit quand il l'avait retrouvée au rayon des cravates après avoir payé. Vous devriez demander une augmentation.

— Oh, je ne travaille pas ici. C'est bientôt l'anniversaire de mon petit ami, je suis venue lui acheter une cravate.

Une heure plus tard, le petit ami était de l'histoire ancienne, plus ou moins au moment où Sam et Annie finissaient leur deuxième verre dans le bar de l'autre côté de la rue. Sam l'interrogea sur sa vie, son enfance dans le Maine, où elle avait grandi dans une maison construite par son père, mort depuis longtemps.

Elle l'accompagna au mariage la semaine suivante et l'épousa dans l'année dans le jardin de leur nouvelle maison, le jour de la signature du contrat de vente. Annie Potter, une femme comme il n'en existait aucune autre. Brillante, drôle, sexy à mourir. Il a encore du mal à croire qu'il a réussi à la convaincre de le suivre à Chestnut Hill. Charmant, c'est le mot qu'elle avait employé lors de sa première visite, après un voyage en train d'une heure trente-neuf au départ de New York.

— Tu savais que la première réserve de pétrole a été découverte ici, à Chestnut Hill ? avait-elle demandé en le tirant par le bras pour lui montrer le repère historique qu'il n'avait jamais remarqué, devant la boutique du marchand de glaces.

Et elle continue à trouver l'endroit charmant. Elle apprécie même de rendre visite à sa belle-mère à Rushing Waters. Elle a dressé une liste avec les anniversaires de tous les pensionnaires et s'arrête ces jours-là chez Mme Field, au centre commercial, pour leur acheter un cookie de la taille d'une assiette, puis elle rentre à la maison et lui répète qu'ils ont pris la bonne décision en venant ici pour aider Margaret.

Sa mère a tort. Jamais il ne lui fera de la peine.

Ses pensées sont interrompues par une sonnerie de portable. Son portable, qui sonne dans la poche intérieure de sa veste. Il se crispe des pieds à la tête. Christopher s'interrompt net (*Qu'est-ce qu'il racontait, bordel ?*) et Sam enfonce sa main dans sa poche, gêné.

— Je suis désolé. Je pense à l'éteindre, d'habitude.

Il voit que le numéro commence par 1-800. Encore une société de crédit. Il met son portable en mode silencieux et le reglisse dans sa poche. Il accorde quelques instants à Christopher pour lui laisser le temps de finir sa tirade puis se tortille légèrement dans son fauteuil.

— On dirait bien que notre séance touche à sa fin.

— Déjà ? s'étonne Christopher sans esquisser le moindre geste pour se lever.

Quelque chose a changé dans son expression.

— Il y a autre chose dont je voulais vous parler.

— Ah oui ?

— Une fille du bureau m'a accusé de harcèlement sexuel.

Sam doit se retenir pour ne pas éclater de rire. Révélation classique de poignée de porte. Un patient passe la séance à parler d'un sujet quelconque au possible, comme les avantages et les inconvénients du café filtre par rapport au café instantané, et alors que le rendez-vous touche à sa fin, BIM ! il lâche une bombe et puis s'en va. Il a besoin de le dire à voix haute dans le cabinet, mais il ne veut pas entendre la réponse du thérapeute.

— En effet, cela m'a tout l'air d'un sujet dont nous devrions discuter, répond Sam. Mercredi prochain ?

— Parfait.

Christopher fait claquer ses mains sur ses genoux et il se lève en même temps que Sam.

— À la semaine prochaine. Même heure, même lanceur, même frappeur.

Sam flatte Christopher avec le même petit rire forcé qu'il émet chaque fois que Christopher dit ça. La porte claque bruyamment derrière lui. *Cette putain de porte.* Sam attrape son portable. Le nœud dans son estomac se resserre à mesure qu'il écoute le message sur son répondeur. Ce n'était pas une société de crédit. C'est la banque où ils ont contracté leur prêt immobilier. Il efface le message vocal avant la fin. Tout va bien se passer. Les appels qu'il évite. La banque. Les sociétés de crédit. Il lui suffit de les esquiver pendant encore une semaine, tout au plus, jusqu'à ce qu'il touche l'argent de son père.

Sam a trouvé la lettre dans le placard de la cuisine de sa mère, alors qu'ils s'apprêtaient à mettre la maison en vente. Elle vivait à Rushing Waters depuis plusieurs mois déjà. La lettre avait été rédigée sur le papier à en-tête en relief coûteux que son père utilisait pour écrire à Sam quelques fois par an. À l'exception d'environ un coup de fil annuel, leur relation se limitait à cette correspondance. Chaque missive était tapée à la machine. Sam imaginait toujours son père en train de dicter quelques phrases à un dictaphone qu'il tendait ensuite à sa secrétaire. *Occupez-vous de ça pour moi, mon petit, voulez-vous ?*

Il s'était assis à la table de la cuisine, la même table où il s'était un jour étranglé avec un morceau du pire gâteau à la noix de coco du monde, et avait tenté de comprendre ce qu'il était en train de lire. C'était adressé à sa mère. *J'ai des choses à te dire, Maggie.*

Longue de trois pages, la lettre parlait des regrets que son père avait éprouvés au cours des vingt dernières années, à quel point il avait du mal à vivre avec le poids de ce qu'il avait infligé à sa famille. *Je comprends pourquoi tu as refusé de me répondre lorsque j'ai tenté de te contacter, mais je tiens à ce que tu saches que la plus grande souffrance de ma vie a été de ne pas mieux connaître mon fils.*

Puis Sam était arrivé à la dernière page, qui contenait la grande révélation. Ted et Phaedra avaient divorcé et le juge avait décidé de lui octroyer une somme d'argent considérable. Il souhaitait en donner la moitié à Margaret. *Deux millions de dollars,* indiquait Ted, qui expliquait qu'il avait déjà placé l'argent sur un compte au nom de Margaret à la banque NorthStar. *Je t'en prie, accepte. Utilise cet argent comme bon te semble, pour toi et pour Sam. Tu as travaillé dur pour élever notre fils et je ne pourrai jamais te remercier comme il se doit.*

Margaret était en train de regarder la télévision quand Sam était allé lui rendre visite le lendemain. L'expression sur son visage indiquait qu'elle était dans un bon jour.

— Maman, qu'est-ce que c'est que ça ? avait-il demandé.

Elle avait rougi d'embarras en voyant la lettre, comme la fois où elle avait surpris Sam dans le garage avec un exemplaire du magazine porno *Hustler*. Il lui avait raconté l'avoir trouvé à l'école, trop honteux de lui avouer que c'était son père qui le lui avait donné ; qu'en réalité, Ted passait ses exemplaires à Sam depuis que ce dernier avait douze ans.

— Assieds-toi, avait ordonné Margaret. On va discuter.

En un instant, il était redevenu enfant. Sa mère arborait le même air qu'à l'époque, quand elle faisait tout son possible pour établir un lien avec lui, le seul homme qui lui restait. Sauf que cette fois, ce que Margaret avait à dire l'intéressait réellement. Toute cette histoire l'avait mise dans une colère terrible, avoua-t-elle : Ted Statler, qui croyait pouvoir effacer tout ce qu'il avait fait en lui faisant l'aumône, avec de l'argent qu'il n'avait même pas gagné en travaillant. Elle avait la mâchoire crispée par la colère tandis qu'elle parlait, ce qui enchanta Sam au plus haut point. Sa mère était en rage contre son père, le pire sac à merde qui soit. *Pas trop tôt.* Il n'arrivait pas à croire que c'était la même femme qui avait été un vrai paillasson pendant toute son existence.

— C'est pourquoi j'ai décidé de tout te donner.

— Pardon ?

— J'ai lancé la procédure pour que tu aies une procuration. Tout ce que je possède va te revenir, y compris l'argent de ton père.

Il avait dû lire la lettre deux cents fois dans le train qui le ramenait à New York le lendemain. Toute cette affaire l'avait rendu furieux au début. Sa mère avait raison, c'était typique de Ted Statler. Un hypocrite doublé d'un manipulateur qui n'avait pas daigné appeler son fils plus d'une fois par an et pensait pouvoir se faire pardonner d'un coup de stylo.

Mais ensuite, Sam commença à penser à ce que l'argent de son père pouvait lui offrir : une existence plus facile, un peu de luxe. Après près d'une décennie passée dans l'unité pédopsychiatrique de l'hôpital Bellevue à soigner des enfants irrévocablement traumatisés entre deux cours à l'université, il était prêt à changer de vie. Soudain, il se sentit mieux. Lors de leur second rendez-vous, il raconta l'histoire à Annie, qui lui conseilla avec sagesse d'attendre jusqu'à ce que sa mère lui ait donné procuration avant de commencer à faire des dépenses, mais c'était compliqué. Sam ne pouvait pas refuser cet argent et, dans le même temps, il ne supportait pas l'idée de l'avoir. Alors il se mit à claquer son argent sans compter, de manière compulsive. Il effectuait chaque achat dans l'espoir de faire ravaler à Ted Statler son sourire narquois. Et une fois la machine lancée, l'arrêter était impossible. Il achetait des bêtises d'une inutilité totale. Un fauteuil Eames à presque cinq mille dollars en aluminium moulé poli à roulettes autobloquantes ? Merci, papa ! Une Lexus 350 intérieur cuir avec démarrage à distance ? Merci, papa ! Il menait la grande vie à crédit, crédit qu'il rembourserait dès que sa mère lui transférerait l'argent, ce qui devait arriver d'un jour à l'autre à présent, à en croire Sally French.

Mais c'était il y a trois mois, et sa mère n'a toujours pas signé les papiers.

— Nous nous en occupons, Sam, continue à lui assurer Mme French.

(Elle insiste aussi pour qu'il l'appelle Sally, mais c'était sa voisine lorsqu'il était petit et il n'arrive pas à être aussi informel avec elle.) L'état de Margaret s'est dégradé plus vite que ce à quoi ils s'étaient tous attendus. Par conséquent, conformément à la législation, elle doit passer une série de tests afin de prouver qu'elle sera en pleine possession de ses moyens lorsqu'elle signera les papiers. Tests auxquels elle ne cesse d'échouer.

Il essaie de ne pas s'en faire. Tout va bien se passer. Elle ne va pas tarder à valider les tests et il obtiendra sa procuration. L'argent sera transféré sur son compte et il balaiera la pile de dettes qu'il a commencé à entasser, des factures qu'il planque dans un tiroir de son bureau, et dont il a caché l'existence à Annie. (Inutile de l'inquiéter. Tout va bien se passer !)

On sonne à l'interphone et il glisse les factures dans le tiroir. Il inspire profondément et appuie sur le bouton.

— Bonjour, dit Sam au patient qui entre dans le cabinet. Installez-vous où vous le souhaitez.

Chapitre 6

« La femelle peut pondre entre 500 et 600 œufs. »

Ce que je lis sur le site internet me répugne.

J'examine l'illustration de plus près et me demande s'il s'agit des mêmes petites bestioles agaçantes que celles qui ont émergé des cartons d'Agatha Lawrence et grignotent les tissus. « Dans de nombreuses cultures, ces insectes sont considérés comme étant de mauvais augure, et… »

Il y a quelqu'un dehors. Je regarde par la fenêtre. C'est Sam, assis sur la dernière marche du porche. Il est en train de lire. Lorsque j'ouvre la porte d'entrée pour me joindre à lui, il est debout, son livre sous le bras.

— Mince. Je pensais nous faire un café. J'arrive trop tard ?

— Oui. Il faut que j'y retourne. Je profitais juste d'une pause pour lire un peu.

— Qu'est-ce que c'est ?

— *Misery*, de Stephen King, répond-il en me montrant la couverture. C'est complètement tordu. En parlant de tordu, continue-t-il en baissant la voix, le devoir m'appelle.

Je lui lance un regard espiègle et le regarde s'éloigner. Je retourne dans la maison, tourne le verrou et regagne le bureau. Il a raison : c'est l'heure de se remettre au travail.

***

Je connais sa routine par cœur.

Il se prépare un café dans la salle d'attente.

Il s'installe à son bureau, allume la radio et se sape le moral tout seul à coups d'infos en attendant son premier patient.

La sonnette retentit. Il va chercher sa veste de sport bleue Brooks Brothers dans le placard.

Enfile sa veste, éteint la radio, ouvre la porte.

— Bonjour.

— Bonjour, Sam.

C'est Nancy l'Apathie, pile à l'heure pour son rendez-vous de dix heures. Elle est directrice du développement à Meadow Hills, un pensionnat privé à environ quarante kilomètres au nord, et elle a récemment perdu sa joie de vivre.

— Entrez et installez-vous où vous voulez, l'invite Sam.

Il dit toujours ça. Permettre aux patients de s'asseoir où ils le souhaitent fait partie intégrante de son travail. (J'ai lu pas mal de choses sur les techniques de thérapie pendant mon temps libre, et les gens du métier disent que c'est une composante du diagnostic.) Nancy prend place au bout du canapé, à l'endroit le plus éloigné du fauteuil de Sam (et directement sous le conduit). C'est la place que la majorité des patients choisissent. Seule la femme du pharmacien s'assoit à l'autre extrémité.

Nancy ouvre un sac.

— Accordez-moi une minute pour m'installer, prie-t-elle.

Elle a une maladie, le syndrome du tunnel tarsien, qui crée un engourdissement au niveau des talons. Le traitement consiste à faire rouler des balles dures à picots sous la plante des pieds au moins trois fois par jour. Et il n'y a pas de meilleur moment pour ça que pendant les quarante-cinq minutes à venir, que Nancy va passer à se plaindre de sa fille de dix-sept ans, à en croire la séance de la semaine précédente.

— Ce matin, Angela m'a demandé si elle pouvait inviter ce garçon à se joindre à nous pour les vacances, commence-t-elle.

Bingo. « Ce garçon » est le surnom qu'elle donne au petit-ami de sa fille, en dépit du fait qu'il a vingt-deux ans.

Si Nancy est au courant de leur relation, c'est uniquement parce que quelques semaines plus tôt, elle a fait sonner son réveil à quatre heures du matin et s'est faufilée dans la chambre d'Angela pour fouiner dans son portable. Elle a découvert des messages, ainsi que le compte Instagram secret de sa fille, qui est plutôt accablant, pour tout dire. Je sais de quoi je parle : je l'ai vu. Le compte est privé, alors j'ai dû me créer un faux compte et faire semblant d'être une fille de dix-sept ans boudeuse mais sexy. J'ai piqué la photo de profil sur le compte Facebook d'une fille de Brisbane, en Australie. Ça a fonctionné : Angela a accepté ma demande d'ami le lendemain matin, me permettant d'accéder à l'ensemble des deux cent six photos qui prouvent qu'elle et « ce garçon » semblent beaucoup s'apprécier.

Entendons-nous bien : je sais bien que ce n'est pas bien, ce que je fais (à savoir écouter les séances de Sam cinq jours par semaine depuis un mois), mais qui résisterait ? J'ai entendu de ces trucs… La perte d'intérêt de la Femme du Pharmacien pour le Pharmacien… La Sombre Surveillante Scolaire, que je croise souvent au supermarché, et son angoisse existentielle… Comment pourrais-je arrêter ?

D'autant plus que ce ne sont pas seulement les patients qui m'intéressent : c'est aussi le Dr Statler. Quand j'entends la façon dont il parle à ses patients, dont il les réconforte, la compassion dont il fait preuve face à leur vulnérabilité, je n'arrive pas à m'éloigner du conduit. Et ce n'est pas parce que quelque chose n'est pas bien que c'est forcément mal. Ce n'est pas comme si je mettais des enfants en cage. En réalité, je pense que ce que je fais a un impact bénéfique sur les patients de Sam : je leur apporte une dose supplémentaire d'énergie positive, car je les soutiens tous sincèrement et profondément.

Enfin, tous à part Christopher Zucker, vice-président des Crétins au sein d'une nouvelle boîte débile où il gagne assez d'argent pour passer une demi-heure à rabâcher à Sam l'adoration qu'il porte à David Foster Wallace. Jean Skinny, voilà le petit surnom que je lui ai attribué après l'avoir vu quitter le cabinet de Sam d'un pas nonchalant, dans son jean Diesel ridicule à trois cents dollars. C'est le seul patient homme de Sam, et le genre de type que j'ai toujours détesté. Minet avec une petite-amie mannequin. La sienne s'appelle Sofia avec un « f ». Elle est tchèque et, d'après Jean Skinny, c'est un coup d'enfer au lit. Les filles d'Europe de l'Est sont bien connues pour ça, a-t-il expliqué à Sam, attribuant cela à « toute cette oppression communiste ». J'ai dû me retenir de toutes mes forces pour ne pas lui hurler dessus à travers le conduit et lui rappeler que la République tchèque était redevenue une démocratie libérale en 1989.

Sam et Nancy l'Apathie discutent pendant un moment (son mari lui dit qu'elle est trop stricte avec Angela, mais il n'a pas idée de ce qui se passe de nos jours) quand, soudain, le silence se fait.

— Il s'est passé quelque chose l'autre soir, finit par lâcher Nancy. J'étais en train de préparer le dîner quand un souvenir m'est revenu tout à coup, comme sorti de nulle part. Ma mère qui sort un soir et nous laisse seules, Jill et moi.

— Vous aviez quel âge ? s'enquiert Sam.

— Six ans, je dirais. Ce qui signifie que Jill en avait trois. Je revois très clairement la scène. Comment je suis sortie de mon lit pour trouver une maison vide. Son lit à elle n'était pas défait. J'étais terrifiée.

— Où était-elle, à votre avis ?

— Je n'en ai pas la moindre idée.

Sam attend quelques instants avant de continuer.

— C'est arrivé souvent ?

— Plus d'une fois, ça j'en suis sûre, répond-elle d'une voix tendue. J'ai appelé Jill l'autre jour pour lui demander si elle avait le moindre souvenir à ce sujet. Elle n'en a aucun.

— En avez-vous parlé à votre mère ?

— Non. J'ai peur d'inventer tout ça.

— Pourquoi inventeriez-vous ces souvenirs ?

— C'est vous le psy. À vous de me le dire.

— D'accord. Je pense que vous n'inventez rien et que c'est au contraire une expérience que vous avez dû réprimer, y compris sur le moment, pour gérer cette peur de vous savoir seules à la maison, votre sœur et vous. En tant qu'aînée, vous étiez aux commandes, ce qui n'a fait qu'accroître cette anxiété. C'est naturel pour le cerveau de s'éteindre, si je puis dire, lors de moments traumatisants comme celui-ci, et de refouler le souvenir afin de le rendre difficilement accessible.

— Traumatisant ? Ce n'est pas un peu exagéré ?

— Je ne crois pas, non.

Sam marque une pause. Lorsqu'il reprend la parole, son ton est plus doux.

— Pendant presque toute ma carrière, je me suis consacré aux traumatismes de l'enfance et croyez-moi, le traumatisme peut avoir de nombreux visages.

Je l'imagine à cet instant. Confortablement installé dans son fauteuil, les jambes croisées, les doigts des deux mains joints au niveau du menton.

— Parlez-moi un peu de votre enfance, suggère-t-il gentiment. Comment ça se passait à la maison ?

Je ferme les yeux. *À la maison ? C'était un désastre. Dès que j'ai été en mesure de partir, je l'ai fait.* Je joue à ça, parfois : je fais semblant que c'est moi sur le divan, en face de Sam, qui lui avoue des choses que je ne lui ai jamais racontées.

Je déteste devoir vous dire ça, docteur Statler, mais je n'ai pas été totalement honnête avec vous, lui dirais-je.

C'est-à-dire ?

C'est-à-dire que je ne suis pas la personne pleine d'assurance que je prétends être, avec une enfance heureuse et des parents dévoués. En réalité, mes parents se détestaient et ni l'un ni l'autre ne savait quoi faire de moi.

J'ai envie de croire qu'il ne serait pas fâché. Au lieu de ça, il se laisserait aller contre le dossier de son fauteuil et suggérerait d'explorer les raisons qui font que j'ai ressenti le besoin de lui mentir. Après trois bons quarts d'heure, nous tomberions d'accord sur le fait que j'avais envie de croire aux mensonges que je lui ai racontés. En fait, mon vœu le plus cher a toujours été de faire partie d'une famille heureuse, c'est pourquoi j'ai inventé une réalité alternative.

Je n'ai jamais eu l'intention de lui mentir. Après tout, s'il y a bien quelqu'un qui est en mesure d'encaisser la vérité sur une enfance compliquée, c'est l'homme qui a cosigné « Traumatismes emmagasinés pendant l'enfance et complexité des symptômes : étude réalisée sur un échantillon de 1 653 enfants au cours élémentaire », publié dans le numéro de janvier 2014 du *Journal de la personnalité et de la psychologie*. Mais ensuite, je l'ai rencontré, et je l'ai trouvé si accompli et impressionnant, entre son doctorat et son poste d'enseignant à l'hôpital Bellevue, que… Qu'est-ce que j'aurais dû faire, être sincère ?

— Très instructif, déclare Sam. Nous en reparlerons sans faute la semaine prochaine.

Je sursaute et je rouvre les yeux. L'horloge à terre près de moi indique dix heures quarante-six. Ils ont dépassé d'une minute la durée normalement octroyée à Nancy l'Apathie. Quant à moi, j'étais en train de rêvasser.

Nancy laisse échapper un petit rire. Elle a l'air moins apathique, pour le coup.

— C'est fou. Et dire que je suis arrivée aujourd'hui en pensant que je n'avais rien à raconter.

— C'est le genre de séance que je préfère. Je sais que ce n'est pas simple, mais c'est bien de creuser ces choses-là.

Tandis que je l'écoute l'escorter jusqu'à la salle d'attente, je me demande si j'aurai un jour le courage de lui avouer la vérité et d'enfin montrer à quelqu'un qui je suis vraiment.

Parce que si je n'y parviens pas avec Sam, alors… avec qui ?

Chapitre 7

Sam se gare, agité. Il devait retrouver Annie il y a quarante minutes et il est en retard. Elle est allée rendre visite à sa mère et il lui a envoyé un texto une demi-heure plus tôt pour la prévenir qu'un patient était arrivé en retard pour sa séance mais qu'il était en chemin. Sauf qu'en réalité, il était à la maison pour intercepter le courrier. Toujours aucun papier en provenance de Rushing Waters pour lui donner procuration sur les comptes de sa mère. Il traverse la rue au pas de course et entre précipitamment dans le restaurant. Un quatuor de jazz joue dans un coin, ce qui n'arrange en rien le mal de tête contre lequel il se bat depuis le déjeuner. Il remarque la présence de la cheminée dans le fond, la baie vitrée qui donne sur une terrasse en pierre joliment éclairée et parsemée de feuilles que l'automne a commencé à faire tomber.

Sam n'arrive pas à croire que c'est ici que se trouvait à une époque le Howard Family, un café-restaurant miteux à la sortie de la ville où tout le monde se retrouvait après les cours. Les filles fumaient des Salem Slim Lights à la chaîne et trempaient leurs frites dans un bol de sauce ranch pendant qu'il les examinait et se demandait laquelle il draguerait ensuite. Désormais, c'est le Chestnut, qui appartient à un type venu de Californie bien parti pour obtenir sa première étoile au guide Michelin, et qui propose une escalope de poulet à trente et un dollars.

Sam balaie la pièce du regard à la recherche d'Annie, tout en priant intérieurement pour ne pas croiser un patient. Une femme en tailleur bleu marine avec un bébé accroché contre sa poitrine est entourée d'une petite foule dans la salle à manger. C'est sûrement elle : la candidate à la mairie qui a organisé cette « rencontre et discussion » avec les électeurs. Trente-trois ans, vient d'avoir des jumeaux, en lice pour devenir la première femme élue maire de Chestnut Hill. C'est Annie qui a suggéré qu'ils viennent.

Sam est nerveux. Il se rend au bar pour commander un double whisky et remarque une blonde aux bras maigres qui l'observe depuis son fauteuil dans un coin de la salle, un sourire faussement timide aux lèvres. Sam hoche la tête et détourne le regard. Une femme qui fait ce genre de sourire n'amène jamais rien de bon. L'instant d'après, il aperçoit Annie, qui est en train de deviser avec un couple de personnes âgées. Elle porte une robe ample en lin qui parvient tout de même à mettre ses formes en valeur et il a un coup de chaud tandis qu'il se remémore la soirée de la veille. Il était allé à la salle de sport dans l'espoir de déstresser un peu (après deux appels de sociétés de crédit et une lettre d'un agent de recouvrement). Lorsqu'il est rentré, la maison était plongée dans l'obscurité. Cinq minutes plus tard, la sonnette a retenti. Il a ouvert la porte et trouvé Annie sur le porche, les lèvres maquillées d'un rouge écarlate.

— Je suis navrée de vous déranger, a-t-elle dit avec ce petit air qu'elle arborait toujours dans ces moments-là. Ma voiture est tombée en panne juste à côté d'ici et mon portable n'a plus de batterie. Est-ce que je peux utiliser le vôtre pour prévenir mon mari ?

Elle est entrée et a inspecté l'intérieur, avant de le complimenter sur la décoration tout à fait charmante.

— Je n'ai aucun mérite, a-t-il répondu. C'est ma femme qui a très bon goût.

Elle a hoché la tête. Laissé courir ses doigts sur le cuir du canapé. Examiné le cadre au-dessus de la cheminée, qu'elle avait acheté à un artiste de Bushwick avant de quitter New York.

— J'ai vraiment eu une journée merdique. Est-ce que vous pourriez me servir un verre, par hasard ?

Une demi-heure plus tard, elle était nue. Ils ne sont même pas arrivés jusqu'au lit.

Elle appelle ça « la poursuite ». Elle l'y a initié au début de leur relation, lors de ce fameux mariage pour lequel il était allé chez Brooks Brothers afin de trouver une tenue. Elle s'était approchée de lui alors qu'il était au buffet des desserts. La soirée touchait à sa fin. Elle s'était présentée en faisant comme s'ils ne s'étaient jamais rencontrés. Elle avait prétendu s'appeler Lily et être une cousine éloignée du marié. Elle venait de Boise, où elle élevait des moutons et vendait des bonnets qu'elle tricotait elle-même. Il avait joué le jeu et offert de partager un taxi avec elle. Elle avait papoté avec le chauffeur, lui avait raconté que c'était la première fois qu'elle venait à New York et qu'elle n'avait jamais vu autant de monde au même endroit, tout ça avec la main de Sam sous sa jupe.

C'est vite devenu un jeu régulier. La serveuse sexy. La comptable avec un côté obscur. Elle était incroyablement douée : chaque fois, elle parvenait à le surprendre en imaginant des personnages différents qu'elle interprétait à la perfection. Elle menait lentement la danse, guidant Sam jusqu'à l'inévitable dénouement : une partie de jambes en l'air hallucinante avec une pseudo-inconnue.

Annie Potter, sa femme aussi brillante que magnifiquement sexy.

Il attend que les deux petits vieux s'éloignent avant de traverser la pièce pour la rejoindre.

— Excuse-moi d'être en retard, dit-il en l'embrassant.

— Tu es en retard ? dit-elle en évitant son regard. Je n'avais pas remarqué.

— Est-ce que ça va ?

— Pourquoi ça n'irait pas ?

— Qu'est-ce qui se passe ?

— Rien.

Elle attrape un canapé sur un plateau qui passe à sa portée.

— Je regrette simplement d'avoir épousé un menteur.

Il la dévisage, incrédule.

— Ne me dis pas que tu m'en veux encore pour hier soir.

— Je ne t'en veux pas. Mais l'anglais est ma langue maternelle alors je sais pertinemment que le mot « géocache » n'existe pas.

Sam l'attrape délicatement par les épaules et la fait pivoter pour qu'elle soit face à lui.

— Annie. Vérifie. *Dictionnaire du Scrabble officiel.* Cinquième édition.

Elle plisse les yeux, sceptique.

— Comment tu sais ça ?

— Je l'ai lu quelque part. Il a été voté mot de l'année 2014 dans le cadre d'un concours. Il a battu « zen. »

— Un concours ? C'est comme ça qu'on ajoute des mots à une langue, de nos jours ?

Elle mord dans l'amuse-bouche et un petit morceau de brie fondu reste sur sa lèvre.

— Entre ça et la téléréalité… Est-ce qu'il existe encore quelque chose qui n'ait pas été détruit ?

— Si tu y tiens, je suis heureux de te déclarer gagnante, murmure Sam à son oreille. On peut trouver un placard à balais quelque part et te remettre ton prix.

— Désolée, mon grand, mais non, chuchote Annie, radoucie. Je suis ici pour rencontrer ma candidate.

Sam passe son pouce sur sa lèvre pour enlever le petit bout de fromage qui s'y est attardé.

— Est-ce que tu lui as parlé ?

— Pas encore, je ne sais pas comment l'aborder, explique Annie.

— Tu y vas et tu dis bonjour.

— Non. Si je fais ça, ça veut dire que je discute avant de l'avoir rencontrée, et l'invitation disait « rencontre et discussion ».

L'agitation semble monter d'un cran autour d'eux. Sam regarde derrière lui et voit que la candidate se dirige vers le bar, en s'arrêtant à chaque pas pour serrer des mains.

— C'est parti, dit Annie.

Elle termine son verre de vin et le tend à Sam.

— Souhaite-moi bonne chance.

Sam s'appuie au bar et Annie gagne le fond de la salle pour prendre place dans la queue.

— Ça alors. Salut, voisin.

C'est la femme qu'il a remarquée en arrivant. Elle lui est vaguement familière. Il finit par la situer : c'est la voisine de Cherry Lane, avec le mari et le petit chien. Elle lui a fait signe plusieurs fois depuis son allée, tandis qu'elle ratissait des feuilles dans son manteau rouge orné de l'emblème de l'université. Les Big Reds. (« Comme la marque de chewing-gum ? » avait demandé Annie lorsqu'ils avaient assisté au premier match à domicile de l'équipe universitaire. Elle avait insisté pour que Sam et elle s'y rendent, fière de sa nouvelle ville.)

— Sam Statler, dit Sam en tendant la main.

Elle écarquille les yeux et se met à rire.

— Tu plaisantes ?

Il reste impassible, pour bien lui montrer que non.

— C'est moi, confie-t-elle dans un souffle. Sidney.

Sidney ?

— Sidney Martin !

Ça lui revient, à présent. Été 1999. Son sous-sol, le canapé avec le plaid qui grattait, et lui qui croisait les doigts pour que le père de Sidney, le type baraqué qui entretenait les pelouses, ne descende pas chercher une bière dans le frigo.

— C'est Sidney Pigeon, maintenant, dit-elle en arborant fièrement le diamant qu'elle porte à l'annulaire. J'ai épousé Drew, tu sais, de la promo de 93 ? Enfin bref, j'ai lu l'article sur toi dans le journal. Jolies photos.

— C'était l'idée de l'agente immobilière, explique-t-il, embarrassé. Elle s'est dit que ce serait bon pour les affaires.

— Ça a l'air de fonctionner, si on en croit le nombre de voitures qui défilent dans ton allée. Je n'en revenais pas quand j'ai compris que c'était toi de l'autre côté de la rue, dans cette grande demeure…

Sidney est interrompue par un éclat de rire derrière elle. Sam se retourne et voit Annie et la candidate collées l'une à l'autre comme de vieilles amies.

— Alors comme ça, quelqu'un t'a mis le grappin dessus. Tu es marié depuis longtemps ?

— Treize semaines.

— Treize semaines *?* répète-t-elle. Plus précis, tu meurs.

— C'est une tradition entre nous. On célèbre notre mariage chaque semaine.

— Comme c'est charmant. J'aurais cru que tu serais toujours célibataire, à briser des cœurs à la chaîne.

— C'est fini, tout ça. J'ai changé.

— Je vois ça, dit-elle d'un ton qu'il apprécie moyennement. En parlant de ça, tu te rappelles…

Elle fait un mouvement de tête en direction des toilettes et oui, il se rappelle. Les toilettes des femmes à trois heures du matin le soir du bal de promo de terminale. Sidney n'était même pas sa cavalière.

— Jody refuse toujours de m'adresser la parole, précise-t-elle en référence à la fille qui était sa cavalière et les a pris en flagrant délit. Vingt-deux ans après, elle continue à me lancer des sales regards chaque fois que je la croise au supermarché. Elle te déteste.

— Qui le déteste ?

Une femme apparaît près d'eux. Elle semble être du même âge et a un verre de vin dans chaque main.

— C'est Sam Statler, annonce Sidney en s'emparant d'un des verres.

La femme hoche la tête.

— Sam Statler. Bien sûr.

Elle lui tend sa main libre.

— Becky. Nous étions au lycée ensemble, mais tu ne m'as jamais parlé.

Sam se tortille, mal à l'aise, en priant pour qu'Annie se dépêche de venir à son secours.

— On dit beaucoup de bien de toi, en tout cas, reprend Sidney. Ça doit être dingue d'écouter les secrets des gens à longueur de journée.

Elle se penche vers lui.

— Allez, dis-nous la vérité. Quel est le truc le plus croustillant qu'on t'ait confié pendant une séance ?

— Le truc le plus croustillant ? répète Sam d'un air songeur. Sûrement des chips.

Elles le dévisagent pendant un instant sans rien dire, puis éclatent de rire. Sidney lui donne une tape sur le bras.

— Tu es toujours aussi charmant, Sam.

— N'est-ce pas ?

Annie. Enfin, elle est revenue. Soulagé, Sam glisse un bras autour de sa taille.

— Félicitations d'avoir réussi à passer la corde au cou du Type le Moins Susceptible de s'Engager, lance Sidney.

— Ce n'était pas Sam, corrige Becky. C'était Mike Hammill. Sam a été élu « Bourreau des Cœurs de la Classe ». Pas vrai, Sam ?

— Exact, confirme-t-il tout en sentant le regard d'Annie peser sur lui. Sans oublier roi du bal de promo deux années de suite.

— Pitié, marmonne Annie entre ses dents.

— Qu'est-ce que ça fait d'être mariée à un psy ? demande Sidney à Annie. Il doit lire en vous comme dans un livre.

— En effet. Mais c'est un de ces bouquins dans lequel la femme est cinglée et dont il ne faut pas croire le moindre mot qui sort de sa bouche.

Ils sont interrompus par le tintement d'un couteau contre un verre. La foule se dirige vers le devant de la salle, où la candidate doit prononcer un discours.

— On se réunit à plusieurs de temps en temps, dit Sidney à voix basse. On appelle ça le « Dinner Club ». Il y a Mandy, Ash… Tu te souviens d'elles, Sam.

Sam hoche la tête, même s'il n'a pas la moindre idée de qui sont ces personnes.

— Tu devrais te joindre à nous.

— Ce serait sympa, intervient Annie. Sam préparera des cookies.

Les femmes sourient et s'éloignent pour se rapprocher de la candidate. Sam porte son verre à ses lèvres, mais s'interrompt en voyant l'expression d'Annie.

— Quoi ? murmure-t-il.

— « Sûrement des chips » ?

Il sourit, narquois.

— Tu as entendu ?

— J'ai entendu, oui.

— C'était drôle.

Elle lève les yeux au ciel et se dirige vers un type qui porte un plateau chargé de coupes de champagne.

— Bien sûr, bourreau des cœurs. Si tu le dis.

Chapitre 8

Sam est au travail et je suis d'une humeur cinq étoiles.

M. et Mme Marmonneurs ont eu un déclic monumental pendant leur séance ce matin et je ne pourrais pas m'en réjouir davantage. Mme Marmonneuse voulait passer l'été en Espagne, mais M. Marmonneur a accepté un projet sans la prévenir. Un boulot de designer free-lance pour Apple (enfin, je crois que c'est ce qu'il a dit ; ces deux-là parlent comme s'ils avaient des billes dans la bouche). Il n'a pas pu refuser et ça a donné lieu à une énorme dispute, qui les a poussés à prendre rendez-vous pour voir Sam à dix heures ce matin et leur a permis de comprendre la dynamique nocive qu'ils entretiennent depuis si longtemps. Tout vient du fait que la mère de M. Marmonneur critiquait toujours tout. Ce serait trop compliqué de rentrer dans les détails, mais entre leur illumination et les parfums d'automne qui flottent dans l'air, je suis d'humeur fabuleuse.

Je me rappelle à peine les premiers temps, ces premières semaines qui ont suivi l'aménagement ici, lorsque je me demandais si je n'avais pas commis une terrible erreur en m'embarquant là-dedans. Venir vivre dans cette maison qui est un gouffre financier. Abandonner la grande ville pour cet endroit. *Chestnut Hill, New York, là où tous les jours ressemblent à un mercredi.*

Mais si le mercredi en question est semblable à mercredi dernier, alors je suis plus que d'accord. C'est le jour où j'ai aperçu Sam à travers la fenêtre du Parlor alors que je quittais Farrell à treize heures avec un coffre plein de courses. J'ai laissé la voiture sur le parking de la rive, avant de me faufiler jusqu'au bar sans qu'il me voie. Il était en train de faire des mots fléchés et de boire une eau pétillante agrémentée d'une rondelle de citron vert. Nous avons déjeuné tranquillement (un sandwich au thon pour lui, une assiette méditerranéenne pour moi). Jamais ça ne me serait venu à l'idée de commander un plat à vingt-trois dollars à l'heure du déjeuner sans me soucier de quoi que ce soit. Nous étions si merveilleusement détendus, rien à voir avec le stress de la vie citadine. Jusqu'à ce que je mente à Sam à nouveau.

Il m'a demandé si j'avais davantage réfléchi à mes projets sur le long terme. Ce n'était pas la première fois qu'il me posait la question et, même s'il faisait de son mieux pour ne pas avoir l'once d'un jugement dans la voix, le sous-entendu ne m'a pas échappé. *Est-ce que tu comptes commencer à faire quelque chose d'utile de tes journées ?* Je déteste me sentir stupide, alors j'ai menti.

— C'est marrant, je viens justement d'accepter une offre pour faire du bénévolat, pas plus tard que ce matin. Je pensais qu'on fêterait la nouvelle pendant l'apéritif. Guide touristique pour la Société historique de Chestnut Hill, ai-je ajouté en souriant de toutes mes dents.

Cela faisait longtemps que j'envisageais de travailler en tant que bénévole (relativement vrai) et, sur un coup de tête, j'ai consulté le site web de l'organisation (moins vrai, mais pas inconcevable). J'ai vu l'offre et j'ai décidé de déposer ma candidature (complètement faux).

Sam a eu la politesse de ne pas faire remarquer ce que nous savons tous les deux : cette opportunité de (faux) bénévolat est bien en deçà de mes compétences. Mais nous sommes d'accord sur le fait que c'est une bonne occupation et, pour être honnête, j'aime cette image de moi, guidant un groupe de petites vieilles de Boston de haut en bas de la rue principale, montrant du doigt tous les magasins qui ont changé de propriétaires, des aménagements nécessaires pour les nouveaux arrivants en provenance de la ville. Des lampes sur pied style Mid-Century modern. Des tables de ferme. Des hamburgers à dix-huit dollars qui n'ont même pas la décence de s'accompagner de frites.

Même si mentir à Sam est une très mauvaise habitude, il y a pire que prendre une douche et sortir deux heures par jour, trois fois par semaine (c'est mon emploi du temps à la Société Historique, susceptible d'être modifié). J'ai fait une liste de destinations culturelles que je prévois de visiter pendant les heures où je dois sortir de la maison, pour rentabiliser ce mensonge au maximum. Et ça commence maintenant, à quinze heures par un délicieux mercredi après-midi. Pour mon premier jour de « travail » : la Société historique de Chestnut Hill. Après tout, ça paraît logique de commencer ici. Je suis d'excellente humeur lorsque je me gare sur le parking situé devant la petite maison blanche. Construite en 1798, elle accueille une collection de pièces historiques datant de l'époque où Chestnut Hill était au centre de l'industrie prospère de la brique, une exposition d'objets anciens datant de la guerre civile, et une exposition permanente sur les Lawrence, famille fondatrice de la ville.

Je me gare derrière une autre voiture, une Buick marron, et je grimpe les trois marches branlantes. L'homme chauve à l'accueil semble sincèrement surpris de me voir.

— Je peux vous aider ?

— Oui, j'aimerais voir l'exposition permanente.

Je lui tends le papier que j'ai imprimé depuis le site internet : « Les Lawrence : la famille fondatrice de Chestnut Hill. » Je ne peux pas résister à la tentation de me pencher vers lui pour lui donner un petit conseil.

— Pour le titre, vous pourriez peut-être trouver quelque chose d'un peu plus inspiré.

— Premier étage, répond-il, inexpressif. Prenez l'escalier, l'ascenseur ne fonctionne pas.

— Merci.

Je monte les marches deux par deux, fébrile à l'idée d'en apprendre davantage sur cette famille dont j'occupe la maison. Des magnats des produits chimiques qui s'enrichirent en polluant la planète, et dont les efforts ont été immortalisés ici, sur trente-deux panneaux en carton plume qui auraient bien besoin d'un coup de chiffon.

Je commence par le commencement. James Michael Lawrence. Fit fortune dans le pétrole avant de se reconvertir dans les produits chimiques.

Philip, grand mécène.

Martin, patron de presse, et sa femme Celeste.

Après avoir passé en revue la majorité des papiers d'Agatha Lawrence, j'ai le sentiment de tous les connaître intimement. La scarlatine de James. La colite tenace de Martin. Les efforts de Philip pour faire entrer en vigueur la prohibition dans le comté de Green.

Naturellement, c'est Agatha qui m'intrigue le plus.

Les gens d'ici croient la connaître : la célibataire de soixante-sept ans qui est morte toute seule ; la pauvre vieille fille en haut de la colline. Mais elle était loin de se résumer à ça. Il se pourrait même qu'elle soit la femme la plus intéressante qu'il m'ait été donné de rencontrer. Hier, entre deux patients, j'ai trouvé ses journaux intimes, et le portrait qui en ressort est absolument fascinant. Elle était insolemment indépendante et intelligente et fut une des premières femmes à être admises à l'université de Princeton en 1969. Après son départ pour la faculté, elle fut rarement en contact avec les membres de sa famille, tous de fervents conservateurs. Créatrice textile, elle voyagea dans le monde entier, le plus souvent seule. Son travail fut exposé dans des galeries d'art à New York et à Londres. Elle vivait avec une femme à San Francisco quand elle apprit que son père était mort. Elle savait que ce jour arriverait, le jour où elle deviendrait l'unique héritière de la fortune Lawrence. Elle retourna à Chestnut Hill, dans la demeure familiale, et elle étonna tout le monde en vendant la société et en utilisant presque tous les bénéfices pour acheter de grandes étendues de terrain qu'elle plaça en fiducie, afin de se racheter du rôle de pire pollueur de l'État de New York joué par sa famille pendant plusieurs décennies.

« Soupe au lait », c'est comme ça que mon père appelait les femmes comme elle, et ça n'avait rien d'un compliment. Trop ambitieuse et effrontée. Moi, je suis sous le charme. L'exposition comprend une photo d'elle se tenant devant un chevalet dans le salon de la maison, accompagnée de la légende : « Agatha Lawrence a vécu au manoir Lawrence jusqu'à sa mort, à l'âge de soixante-sept ans. Elle était la dernière personne encore en vie de la famille. » Je reste là longtemps. L'étrange expression sur son visage, ses cheveux roux flamboyant me captivent. Je me demande si elle a eu peur lorsqu'elle est morte, seule dans son bureau.

L'alarme de ma montre sonne fièrement pour me rappeler que l'apéritif avec Sam commence dans trois quarts d'heure. Je me dirige vers la sortie. Il me tarde de rentrer à la maison et de le retrouver. Il doit être très curieux de savoir comment s'est passée ma journée.

Chapitre 9

Sam avance d'un pas dans la queue. Il ne tient pas en place. Il a sous le bras les documents signés par sa mère sur le papier à en-tête de Rushing Waters. Seul un guichet est ouvert. L'employée de banque est une fille dans la vingtaine, aux cheveux bouclés auburn et plein de taches de rousseur. Elle se mord la lèvre inférieure en attendant que la cliente dont elle s'occupe extirpe sa carte bancaire de son portefeuille. Sam se balance d'avant en arrière, impatient. Enfin, c'est son tour. Il s'approche et s'éclaircit la gorge.

— Je suis là pour clôturer un compte et encaisser le solde. J'ai un papier…

Il fait glisser la lettre dans la direction de l'employée.

— Pas de problème, dit-elle en lui adressant un sourire éclatant.

Il maintient son regard au niveau de son visage, loin de son chemisier, dont les boutons se livrent une lutte aussi acharnée que magnifique contre sa poitrine. *Ne fais pas ça, Sam. Ne baisse pas les yeux.*

— Votre déguisement d'Halloween est prêt ? demande-t-elle pendant que ses longs ongles roses pianotent sur son clavier.

Sam sourit tout en ravalant la réponse qu'il a sur le bout de la langue et qu'il lui aurait offerte sans hésiter dans le passé. *Non, mais j'adore le vôtre. Employée de banque sexy. C'est très bien trouvé.*

— Pas encore, dit-il à la place.

Dans sa tête, il est déjà en route pour le Parlor, où il a rendez-vous avec Annie dans vingt minutes. Elle ne sait pas qu'il a reçu la lettre. Elle n'était pas là quand le courrier est arrivé. Planté à côté de la boîte aux lettres, il a soupesé l'enveloppe avant de l'ouvrir. Enfin. Elle contenait une attestation du médecin traitant de Running Waters assurant que Margaret est en pleine possession de ses moyens. Soulagé, Sam est rentré dans la maison et a fait des chèques à l'attention des différentes sociétés de crédit, avant de réserver une table au Parlor ainsi qu'une bouteille de Château Palmer Margaux 2009 aux notes minérales d'anis pour la modique somme de cent cinquante dollars.

Sam attrape un mini-Snickers dans le saladier qui trône sur le comptoir, près du pot à crayons. L'employée attrape la feuille qui vient de sortir de l'imprimante et la pose devant lui. Il se sent indécemment mal à l'aise : elle n'a sans doute pas l'habitude de s'occuper de clients à deux millions de dollars. Néanmoins, elle a l'air impassible. Une vraie pro, il doit bien le reconnaître.

— Parfait, dit-elle avec un clin d'œil une fois qu'il a signé. Vous souhaitez la somme en espèces ?

Il rit.

— Certainement. Peut-être que vous pouvez tout mettre dans des grands sacs poubelle ?

Elle rit avant d'hésiter, incertaine.

— Vous êtes sûr ? Vous préférez des espèces ?

— Non. Un chèque, c'est très bien.

Elle pianote à nouveau. Il sent une bouffée d'excitation l'envahir.

— Voilà, annonce-t-elle en lui tendant un chèque.

Deux cent soixante-quatorze dollars et dix-huit cents.

Il lève les yeux sur elle. Cette fois, c'est la panique qui court dans ses veines, comme une montée d'adrénaline.

— Il y a un souci. C'est... euh... c'est plus que ça.

— Laissez-moi vérifier.

Elle reporte son attention sur l'écran et suit une ligne du bout du doigt.

— Pardon, vous avez raison. J'ai oublié de vous expliquer que depuis peu, des frais sont appliqués pour les clôtures de compte, d'un montant de quatre dollars. J'aimerais pouvoir les annuler, mais c'est programmé automatiquement dans notre système.

Elle se penche en avant et baisse la voix.

— Les banques, je vous jure. Toujours à trouver de nouveaux moyens d'arnaquer les petits consommateurs. Enfin bref, la différence vient de là.

Elle lui sert un nouveau sourire Colgate.

— Est-ce que je peux faire autre chose pour vous ? Nous avons des offres très intéressantes sur un nouveau type de carte Visa.

— Non, je pense que c'est tout, répond-il d'une voix chancelante.

— Dans ce cas, merci d'avoir utilisé NorthStar, et… tenez.

Elle sort une sucette de son tiroir et la pose devant lui.

— C'est mon anniversaire, alors je fais la distribution.

— Merci.

Il s'empare de la sucette, tourne les talons et parvient à peine à atteindre un fauteuil dans le hall d'accueil. Il a des fourmis dans les mains et du mal à respirer. Il doit faire un effort pour se rappeler que ce sentiment qu'il éprouve d'être en train de mourir n'est rien d'autre que ça : un sentiment. Il a déjà connu les symptômes d'une crise de panique. Crise qui n'est pas nécessaire ici, car il y a forcément une explication. Il doit y avoir une explication. Un autre compte avec un numéro différent, peut-être. Un compte au nom de son père.

— Dites-moi que je rêve, dit une voix d'homme derrière lui. Sam Statler.

Pas maintenant, pitié. Il tourne la tête.

Crush Andersen. Promo de 1993. Secondeur de renom, célèbre pour avoir relevé le défi de Joey Amblin et descendu six litres de Fanta orange pendant une fête après leur défaite en finale du championnat de l'État de New York.

— Comment tu vas, mec ?

Il tape sur l'épaule de Sam et l'attire contre lui dans une étreinte gênante.

— Ça va super, Crush, merci.

À l'exception de sa crainte de vomir d'un instant à l'autre.

— Quoi de neuf ?

— Rien de spécial. La routine.

Sam ne sait pas pourquoi il dit ça. Sans doute parce qu'un type comme Crush s'attend à ce genre de réponse lorsqu'il pose ce genre de question. Crush commence à lui raconter que Jesse Alter est venu l'autre jour, et que *qu'est-ce que c'est que ça, une espèce de réunion d'anciens élèves à la filiale locale de NorthStar ?* Sam fait de son mieux pour feindre qu'il s'intéresse à ce que Crush déblatère (trois ans comme directeur de succursale, six ans comme secouriste bénévole chez les pompiers), mais il est surtout occupé à se concentrer pour ne pas rendre son déjeuner.

— Et toi ?

Crush baisse la voix et sourit.

— Ton père est toujours avec le mannequin de *Sports Illustrated* ?

— C'était Talbots, corrige Sam. Et non, ça n'a pas duré.

Il attrape Crush par le coude.

— Dis-moi, Crush, est-ce que, à tout hasard, tu pourrais regarder dans le système si vous n'avez pas un compte à son nom ici ? Theodore Statler.

— Désolé, mon pote, mais je ne peux pas divulguer ce genre d'information, répond Crush.

Il se penche vers lui et lui fait un clin d'œil.

— Mais qu'est-ce que tu dirais de discuter de tout ça dans mon bureau avec vue ?

Il escorte Sam jusqu'à un petit bureau vitré, s'installe dans son fauteuil et fait signe à Sam de s'asseoir sur une chaise en plastique. Pendant que Crush tapote sur son clavier, Sam se répète que tout va bien se passer. Sa mère a fait une erreur. Le compte n'est pas à son nom à elle, il est au nom de son père. C'est...

— Non, assène Crush. À part celui de ta mère, aucun compte au nom de Statler.

Sam fait claquer ses paumes sur ses cuisses.

— D'accord. Merci du coup de main.

— Content de t'avoir vu, mec. Au fait, on doit se retrouver avec les copains pour regarder le match ce week-end, tu devrais te joindre à nous. Rassure-moi, tu n'es pas devenu trop bien pour nous, Stats ?

Sam se relève. Ses jambes parviennent à peine à supporter son poids.

— Non, Crush. Bien sûr que non, voyons.

Chapitre 10

Je suis dans le bain, avec un tas de bulles qui me chatouillent le cou. Un frisson glacé me parcourt par intermittence. Tout est froid. L'air, l'eau, Sam.

Cela fait maintenant trois jours qu'il est bizarre. Bougon, sec, totalement désintéressé par mon emploi (fictif) de bénévole. Je pensais qu'il serait ne serait-ce qu'un peu curieux d'entendre les fascinantes anecdotes que j'avais glanées en tant que spécialiste historique. Mais c'est à peine si j'ai obtenu un grognement peu enthousiaste l'autre matin lorsque je lui ai demandé s'il savait qu'en 1797, Chestnut Hill avait failli être nommée capitale de l'État à un vote près. Et puis il y a eu l'incident avec le Post-it. Collé sur la porte d'entrée, vert néon, avec le message écrit en gros au marqueur pour que je ne le loupe sous aucun prétexte en sortant. « C'est possible de mettre la voiture plus loin. Les patients ont besoin de place pour se garer. »

C'est tout. Il n'a même pas eu la décence d'utiliser une ponctuation digne de ce nom. Ça n'aurait pas été un drame si ce petit mot n'avait pas été notre seul échange ce jour-là, sauf que ça l'a été. Apparemment, il n'était pas d'humeur pour l'apéritif. (Un mal de tête, soi-disant. Je lui ai prescrit deux verres d'eau et une bonne nuit de sommeil, choisissant de m'abstenir de tout commentaire quant au fait que son mal de tête avait sans doute un rapport avec les deux canettes de bière que je l'avais entendu ouvrir, quand il resta tout seul pendant une heure dans son cabinet après le départ de la Sombre Directrice d'École, aussi triste qu'à l'accoutumée, à dix-sept heures trente.) Cela me fait de la peine de l'avouer, mais c'est un aspect de lui que je ne connaissais pas, et que je n'apprécie pas particulièrement : un Sam qui marche d'un pas lourd, avec un regard de chien battu.

Mais tant pis pour lui. J'ai décidé que je n'allais certainement pas laisser sa mauvaise humeur me saper le moral.

Raisons de se réjouir en dépit de l'humeur de Sam : une liste dans l'ordre décroissant

3. Ce n'est pas un mythe : ça paie de travailler dur ! Depuis hier matin, je suis quinzième au classement Amazon (prends ça, Lola de Pensacola !).

2. Il a plu toute la matinée. Aucun touriste fictif ne risque de se présenter pour prendre part à ma fausse visite, ce qui m'offre une après-midi bien méritée de cocooning et m'amène au numéro un de ma liste, la meilleure raison de me réjouir :

1. Le président Josiah Edward Bartlet, l'essence de l'humilité.

À la Maison Blanche, mon Dieu. C'est la série préférée de Sam devant l'Éternel et je comprends pourquoi, à présent. Je n'avais jamais regardé. Ce matin, quand il est parti travailler, j'ai décidé de jeter un coup d'œil au pilote. Trois heures plus tard, mon implication dans le conflit entre Jed Bartlet l'homme et Jed Bartlet le président est totale. Je vais remonter le moral de Sam en lui annonçant la nouvelle ce soir, pendant l'apéritif. *Je l'ai fait, j'ai regardé la première saison. Et je le reconnais : c'est génial.*

J'enlève la bonde de la baignoire et je me lève. Ma peau se couvre de chair de poule tandis que j'attrape ma serviette, en me répétant pour la énième fois que peu importe ce qui se passe avec Sam, ça n'a sans doute rien à voir avec moi. Après tout, il n'y a pas qu'avec moi qu'il est bizarre. Il l'est aussi avec eux. Nos patients, je veux dire. Distrait, désorganisé. Hier, sa séance de treize heures était avec une nouvelle patiente prénommée Pamela, elle-même thérapeute. Elle vit à une trentaine de kilomètres et envisage d'envoyer son fils à problèmes dans un pensionnat.

Alors que je me brosse les cheveux dans le miroir, je remarque quelques cheveux gris. Il faut que je m'occupe de ça. C'est une de mes craintes : venir ici et me laisser aller, exactement comme les gens du coin. Je devrais essayer quelque chose d'audacieux, un roux flamboyant peut-être, comme Agatha Lawrence. J'ai trouvé quatre boîtes de sa coloration dans le placard de la salle de bains. Le roux m'irait sûrement à merveille. Je m'approche de la fenêtre et frotte la buée qui s'est formée sur la vitre pour observer Sidney, notre sympathique voisine. J'ai commencé à la surnommer Le Pigeon, à l'image de ces oiseaux agaçants qui ne comprennent rien à ce qu'on leur dit. Elle est partout, à lancer des « Coucou, c'est la voisine » cachée derrière un paquet de chips, au milieu du rayon des fruits et légumes, ou à traverser le pont avec son chien à la tête bizarre, comme il y a deux jours alors que Sam sortait du cabinet. Elle s'est arrêtée pour le saluer, à grand renfort de battements de paupières.

Mon instinct avait vu juste : ils sont sortis ensemble au lycée. Je l'ai appris lors de la deuxième étape de ma chasse au trésor culturelle : la bibliothèque publique, là où j'ai découvert une étagère avec tous les albums du lycée de Brookside. Il y a un exemplaire de chaque édition depuis la construction de l'école sur un champ de blé en 1968. J'ai failli les louper, rangés au-dessus des magazines, avec le nom du lycée imprimé sur la tranche dans la police d'écritures la plus en vogue cette année-là. Je n'ai pas pu résister : j'en ai attrapé plusieurs et j'ai gagné une table carrée, où j'ai pris (difficilement) place sur une chaise pour enfant. Il y avait des photos du père de Sam, le prof de maths au charme à l'état brut ; Margaret, la secrétaire au joli sourire aimée de tous ; et enfin, Sam lui-même, qui apparaît pour la première fois à la page 14 de l'édition de 1995, avec ses pommettes ciselées et ses lèvres rouges.

Stats. C'est comme ça que les autres le surnommaient, et ce n'est pas la peine d'être « Celle qui a le plus de chances de travailler pour la CIA » (comme l'a été élue Becky Westworth, promotion de 1995) pour comprendre que cela fait référence au nombre de filles avec qui Sam a couché. Et apparemment, cela inclut Sidney Pigeon née Martin. Sidney était tout à fait le genre de Sam : châtain clair, courte sur pattes, grassouillette. (Je plaisante, bien sûr. Elle était mince et absolument charmante.)

De la fumée s'échappe de sa cheminée et la lumière est allumée à l'étage. Je l'imagine dans son salon, en train de regarder les programmes du matin tout en pliant son linge. Je suis sur le point de tourner le dos quand je remarque une voiture dans l'allée, garée derrière celle de Sam. Une Mini Cooper vert bouteille avec des bandes blanches façon voiture de course. C'est la première fois que je la vois.

J'étends ma serviette pour qu'elle sèche et j'enfile le peignoir que j'ai trouvé dans l'armoire d'Agatha Lawrence quand j'ai emménagé (une pièce de la collection cachemire de Neiman Marcus, pour ma défense). Je sais que je devrais oublier que je viens de voir cette Mini Cooper verte et m'en tenir à mon plan : changer les draps et regarder l'épisode 6 d'*À la Maison Blanche* en grignotant les deux Oreo qui m'attendent patiemment sur ma table de nuit. Mais avant d'avoir le temps de réfléchir à ce que je fais, je descends précipitamment l'escalier, direction le bureau, en laissant derrière moi des traces de pas mouillés sur le plancher. C'est exactement ce dont tout le monde dans cette maison avait besoin.

Un nouveau patient.

***

L'air frais qui entre par la fenêtre fissurée me frappe au visage dès que j'ouvre la porte. Je m'approche des cartons et du tapis à motif smiley que j'ai commandé sur Urban Outfitters. C'était probablement superflu, étant donné que Sam se fiche complètement de ce qui se passe dans cette pièce, mais quand j'ai lu la description (« Remplissez votre espace d'ondes positives avec ce tapis smiley doux pour les pieds ! »), je n'ai pas pu faire autrement que l'acheter pour couvrir le conduit.

— De quoi cela vous a-t-il fait prendre conscience ? demande Sam au moment où j'approche mon oreille de la grille métallique.

— Du pouvoir que je suis capable d'exercer.

Femme avec un accent. Italien, peut-être ?

— Vous auriez cru le contraire, pas vrai ?

Pas italien. Français.

— Que voulez-vous dire ? interroge Sam.

— J'avais dix-sept ans et je couchais avec le type de quarante ans pour qui je faisais du baby-sitting. C'est lui qui aurait dû être aux commandes dans cette dynamique et pourtant, j'aurais pu lui faire faire n'importe quoi.

Pommettes bien dessinées, brune, coupe courte. Une Natalie Portman à la française. Je fais ça, parfois : j'imagine à quoi les patients ressemblent et qui jouerait leur rôle dans un film, en m'appuyant uniquement sur leur voix. En général, il me faut au moins trois sessions (pour Nancy l'Apathie, j'hésite encore entre Emma Thompson et Frances McDormand), mais avec celle-ci, c'est immédiat. La sombre Natalie Portman de *Black Swan*.

— Et maintenant, c'est comme une seconde nature.

— Quoi, exactement ?

— Manipuler les hommes pour leur faire faire tout ce que je veux. Vous pouvez appeler ça mon superpouvoir. Je devrais vendre l'idée à Marvel, vous ne croyez pas ? Laissez-moi enfiler une combinaison rouge et regardez-moi trouver les faiblesses des hommes.

— Je vois l'affiche du film d'ici, répond Sam.

Ils rient tous deux de bon cœur et je remarque à quel point il semble détendu. J'irais même jusqu'à dire que c'est la première fois depuis des jours que je le sens si décontracté.

— Je n'arrive pas à m'imaginer dans une relation avec une personne que je ne pourrais pas contrôler. Avec des hommes, du moins. Avec les femmes, c'est une autre histoire.

— Vous êtes en couple en ce moment ? s'enquiert-il.

— Je vois plusieurs personnes en même temps. Mais je consacre presque tout mon temps à Chandler.

Je plaque ma main sur ma bouche pour étouffer un rire. Chandler ?

— En réalité, c'est à cause de lui que j'ai décidé de commencer une thérapie.

— Parlez-moi de lui, l'invite Sam.

Elle soupire.

— Je l'ai rencontré à la fin de l'été, lors d'un vernissage à New York. Le type avec qui j'étais était plutôt barbant et j'ai tout de suite remarqué Chandler. Il se tenait près du bar, sexy à mourir. Vous savez, comme peuvent l'être les types plus vieux.

— Je vous crois sur parole. Quel âge a-t-il ?

— Quarante et un ans.

Elle ricane.

— Désolée si ça vous vexe que je trouve ça vieux.

— Ça ne me vexe pas, mais merci.

— Bref, je l'ai rejoint et nous avons commencé à discuter. Je lui ai demandé si l'exposition lui plaisait. Mon Dieu, la façon qu'il avait de me regarder…

— Comment vous regardait-il ?

— Il me dévorait des yeux. Et il ne s'en cachait pas le moins du monde, accessoirement.

Sa voix est distante. Je l'imagine sur le divan, alanguie, le regard tourné vers le jardin.

— Je continue à me masturber en y repensant.

Je me crispe. Je paierais cher pour savoir ce qu'il peut bien penser de cette fille.

— Sa femme nous a rejoints et s'est présentée. C'était l'organisatrice de l'expo. Nous avons papoté pendant quelques minutes. Il ne m'a pas quittée des yeux de toute la soirée. Avant de partir, j'ai écrit mon nom et mon numéro dans le livre d'or près de la porte.

— Et ?

— Il m'a envoyé un message dans l'heure et il est venu chez moi le même soir.

Elle rit doucement.

— C'était la meilleure nuit de ma vie.

— J'ai pourtant le sentiment qu'il y a un « mais » qui arrive…

— Deux jours plus tard, j'arrive pour mon cours d'atelier à l'université, et je me rends compte que c'est lui le professeur. Je n'en avais pas la moindre idée. Nous n'avons rien dit ni l'un ni l'autre, mais il m'a demandé de rester à la fin du cours.

— Et vous êtes restée ?

— Oui.

— Qu'est-ce qu'il voulait vous dire ?

— Rien. Il a verrouillé la porte et m'a allongée à terre. Depuis, c'est notre rituel à la fin de chaque cours. Il y a quatre autres étudiants. Vous n'imaginez pas la tension qui règne entre lui et moi pendant cette heure-là.

Le silence s'installe. J'imagine Sam installé dans son fauteuil, attendant qu'elle reprenne la parole.

— Je vous choque, docteur ?

— Si vous me choquez ?

— Oui. Une femme impressionnable de vingt-quatre-ans qui couche avec son professeur, marié et plus vieux qu'elle. Ça déroge à tout un tas de règles.

— Que pensez-vous de cet aspect de votre relation ?

— Je trouve ça incroyablement excitant. D'ailleurs, rien ne m'excite davantage que dépasser les limites avec un homme.

— C'est un sujet que j'aimerais approfondir, mais malheureusement, notre séance touche à sa fin.

Je regarde la pendule : quatorze heures quarante-quatre. Son rendez-vous a dû commencer à quatorze heures. J'attrape le carnet que j'avais caché dans l'un des cartons d'Agatha Lawrence et j'ajoute son nom à la liste (« La Française ») tandis que j'entends Sam se tortiller dans son fauteuil en dessous de moi.

— Je suis curieux de savoir ce que vous avez pensé de votre session d'aujourd'hui. Dans votre mail, vous disiez n'avoir jamais consulté auparavant. J'aime bien demander à mes nouveaux patients ce qu'ils…

— Ça m'a fait un bien fou. Vous valez jusqu'au dernier cent de vos honoraires.

— Aimeriez-vous prévoir une autre séance plus tard dans la semaine ?

— Vous souhaitez me voir deux fois par semaine ?

— C'est ce que je suggère à tous mes nouveaux patients, du moins au début.

J'arrête d'écrire. Jamais il ne suggère ça.

— La thérapie aide uniquement les personnes qui s'impliquent réellement, Charlie.

Charlie. J'inscris son nom dans le carnet.

— Est-ce que je peux y réfléchir ? demande-t-elle.

— Bien sûr.

Ils se lèvent et j'entends la porte du cabinet s'ouvrir. J'attends que la porte de dehors claque et que les pas de Charlie résonnent sous la fenêtre avant de remettre le carnet dans le carton et de me redresser pour l'observer à la dérobée à travers la vitre cassée. Elle porte un bonnet orné de fourrure et un long manteau en laine. Je ne parviens pas à distinguer les traits de son visage tandis qu'elle ouvre la portière et s'installe au volant de sa Mini. Je m'éloigne de la fenêtre et remets le tapis en place, puis je resserre les pans de mon peignoir et me faufile hors de la pièce sans faire de bruit pour retourner à l'étage, mal à l'aise.

Il va devoir faire attention avec celle-ci.

Chapitre 11

Malgré la pente raide, Sam court sans ralentir, trempé par la pluie, les poumons en feu.

Continue, se répète-t-il. *Plus que cinq minutes avant le sommet.* Un silence absolu règne, uniquement perturbé par sa respiration entrecoupée et le bruit des semelles de ses nouvelles baskets de course haut de gamme qui claquent contre l'asphalte froid et humide. Il se rappelle la première fois qu'il a couru le long de cette route, le soir où son père est parti de la maison. Sam a laissé sa mère à la table de la salle à manger, devant le gâteau à la noix de coco auquel il avait à peine touché. Il est sorti en trombe de chez eux, a remonté leur rue en cul-de-sac bordée de maisonnettes pourries identiques à la leur, puis il a continué à courir vers le haut de la colline. Albemarle Road. Rien que le nom lui paraissait majestueux, alors il a continué à venir courir ici, à punir son corps, à imaginer ce que ce serait de vivre dans une de ces grandes maisons avec des Velux sous une voûte de pins au milieu des bois. C'étaient les riches qui vivaient là. Des familles avec deux voitures et un père qui ne s'envoyait pas la fille de la page 24 du catalogue Talbots.

Annie sait qu'il y a quelque chose qui cloche. Bien sûr qu'elle le sait, elle n'est pas stupide. Il se comporte bizarrement depuis qu'il s'est rendu à la banque, il y a deux jours. Il l'a appelée en sortant pour annuler leur rendez-vous, en inventant une histoire bidon de patient en crise et de coups de fil à passer. Ensuite, il a passé quatre heures dans sa voiture, sur le parking du lycée, à essayer de fomenter un plan.

Sam entend une voiture approcher et se décale sur le côté de la route, vers le bord du fossé. En dépit de la sensation de brûlure au niveau de ses cuisses, il ne ralentit pas et pique un sprint sur les cent derniers mètres qui le séparent du sommet de la colline. Une fois arrivé, il se laisse tomber à genoux, essoufflé. Son portable pèse dans la poche avant de sa veste de running.

Vas-y, Sam. Fais ce que tu es venu faire. Appelle-le.

Sam sort son portable de sa poche, ainsi que le morceau de papier sur lequel il a inscrit le numéro de téléphone de son père, qu'il a retrouvé après quarante-cinq minutes passées à examiner les relevés d'appels de vieilles factures téléphoniques. Tout va bien se passer. Il va expliquer à son père ce qui lui est arrivé à la banque et celui-ci va tout arranger. Il inspire profondément et compose le numéro.

— Oui, allô ? répond gaiement Ted Statler à la première sonnerie.

— Bonjour, papa.

Le silence règne pendant quelques instants.

— Sammy, c'est toi ?

— Oui, parvient-il à articuler en dépit de sa gorge nouée. À moins que tu n'aies un autre enfant dont j'ignore l'existence.

Son père éclate de rire.

— Je suis surpris, c'est tout. Comment tu vas, fiston ?

— Bien. Je suis désolé de ne pas t'avoir…

Le raffut au bout du fil lui fait laisser la fin de sa phrase en suspens.

— Devine où je suis, lui dit Ted.

— Aucune idée.

— Je suis chez Peter Angelo. Tu sais qui c'est ?

C'est au tour de Sam de rire.

— Bien sûr que je sais qui c'est. C'est le propriétaire des Orioles de Baltimore.

Teddy siffle, admiratif.

— Absolument ! Bien joué, Sammy. Il a carrément une fontaine. Enfin bref, quoi de neuf, fiston ? Comment va la vie à New York ?

— Je ne suis pas à New York. Je suis revenu vivre à Chestnut Hill.

Teddy rit à nouveau, d'un air incrédule cette fois.

— À Chestnut Hill ? Mais pour quoi faire, enfin ?

— Maman est malade, lâche Sam, qui commence à être engourdi par le froid.

Des éclats de rire lointains retentissent.

— Qu'est-ce que tu as dit, Sammy ?

— Maman est malade, répète-t-il.

Ça l'agace que son père ne quitte pas la pièce où il se trouve pour s'isoler dans un coin tranquille afin de discuter avec le fils qu'il n'a pas vu depuis des années.

— Elle a besoin d'aide.

— Je suis navré de l'apprendre, fiston.

— Ah, et je me suis marié, aussi.

— Marié ? beugle Ted. Tu plaisantes ! Comment elle s'appelle ? Enfin, c'est une fille, pas vrai ? On n'est jamais trop sûr de nos jours.

Sam laisse échapper un rire forcé, comme il se doit.

— Elle s'appelle Annie.

Sam entend des éclats de voix étouffés.

— Bon sang, Sammy, tu ne devineras jamais qui vient d'arriver.

— Peter Angelo ? tente Sam.

— Non, répond Teddy dans un murmure. Cal Ripken.

Sam se sent rougir. Cal Ripken, son héros. L'homme qui réunissait père et fils cent soixante-deux soirs par an, pendant que Margaret était dans la cuisine à préparer des spaghettis sauce maison pour le dîner. La maison sentait le pain à l'ail et le visage de son père était crispé par la concentration tandis qu'il regardait le numéro huit, l'Homme de Fer en personne, débouler sur le terrain.

— Tu crois que je devrais aller lui parler ? demande son père.

— Tu rigoles ?

Sam se relève et commence à faire les cent pas.

— Bien sûr que tu vas lui parler. C'est Cal Ripken, bordel.

— C'est Cal Ripken, bordel, répète son père.

— Il est avec qui ? s'enquiert Sam.

— Je ne sais pas. Il est cerné.

— Je veux bien te croire. De quoi il a l'air ?

— Il a l'air d'être encore en super forme. Oh, ça alors. Il est avec une vieille. Ça ne peut pas être sa femme, dit Ted en ricanant. Tu te souviens du jour où on l'a vu battre le record de Lou Gehrig ?

Sam se fige.

— Oui, papa, je me souviens.

C'est le jour où tu as rencontré Phaedra, la fille au nom le plus crétin de l'histoire.

— C'était une super journée, pas vrai, Sammy ?

Sam rit sans joie.

— Une super journée ? Tu te fiches de moi ?

— Ça va, Sammy ?

— Oui, ça va super, réplique-t-il sèchement.

Allez, Sam, règle ça une bonne fois pour toutes.

— Écoute, papa, je t'appelle à propos de l'argent que tu as transféré sur le compte de maman. Je suis allé à la banque et il y a un souci…

Le boucan du côté de son père augmente en intensité, bientôt accompagné d'une musique à plein volume.

— La fête commence, Sammy. Il faut que j'y aille. Est-ce que je peux te rappeler plus tard ?

— Plus tard ? Non, papa, je dois te…

— On est en train de finir les préparatifs avant de partir passer l'hiver dans une des maisons de Phaedra, dans les Caraïbes. Pas mal, hein ?

Sam se fige en plein milieu de la rue.

— Qui ça, on ?

— Ma bourgeoise et moi.

— Tu es toujours marié avec Phaedra ?

— Qu'est-ce que tu racontes ? Bien sûr, que nous sommes toujours mariés. Ça n'a jamais été aussi bien, d'ailleurs.

— Je croyais que vous aviez divorcé. Dans la lettre, tu disais que…

— La lettre ? Quelle lettre ?

— La lettre à propos de l'argent. Sur ton papier à en-tête.

— Je ne vois absolument pas de quoi tu parles.

— Papa, insiste Sam d'un ton sévère. Les lettres que tu m'envoies. Dans lesquelles tu me demandes de t'appeler.

— Je suis désolé de te demander ça, Sammy, mais est-ce que tu es saoul ?

— Saoul ? Non, je…

— Attends deux secondes. Phaedra veut te dire bonjour.

— Sam ! s'exclame Phaedra

Sa voix est aussi stupide que son prénom.

— J'ai entendu ton père dire que tu t'es marié, c'est vraiment trop dommage. J'ai ouvert une boutique de robes de mariée, j'aurais pu vous faire un prix. La prochaine fois, tu m'envoies ta fiancée.

Ted reprend le téléphone, rieur.

— Je suis vraiment content d'avoir de tes nouvelles, fiston. Tu devrais nous rendre visite. On a de la place. Il faut que je file. Prends soin de toi.

Ted coupe la communication. Petit à petit, la lumière se fait dans l'esprit de Sam.

Son père n'a pas divorcé.

Ce qui veut dire qu'il n'y a pas eu de jugement.

Et ça, ça veut dire que…

Il n'y a pas d'argent.

— Elle a tout inventé.

Sam a prononcé ces mots à voix haute.

Sa mère a tout inventé.

Son père n'a jamais écrit la lettre que Sam a trouvée. Non seulement il ne l'a pas écrite, mais il semblerait qu'il n'en a écrite aucune. Le papier à en-tête. Les grandes déclarations de Ted clamant qu'il pensait à lui, qu'il l'aimait, les missives qui se terminaient toujours par une invitation à appeler, ce que Sam n'a jamais fait. En réalité, c'était Margaret qui tentait désespérément d'arranger les choses pendant tout ce temps.

Son portable sonne. Il ferme les yeux et, même si c'est absurde, il s'autorise à espérer que c'est son père qui rappelle, s'excuse d'avoir été aussi con et lui demande s'il a un stylo. *Je viens de me rendre compte que j'avais mal recopié le numéro de compte, Sammy !*

Mais ce n'est pas son père. C'est un numéro inconnu. Encore. Le type de l'agence de recouvrement. Il dit s'appeler Connor, sauf que c'est impossible qu'il s'appelle Connor parce qu'il vit en Inde où il gagne deux dollars par jour, et Sam a du mal à imaginer que beaucoup de garçons se prénomment Connor là-bas. Il a déjà appelé deux fois aujourd'hui, du même numéro.

— Bonjour, Connor, éructe Sam en décrochant. C'est fort aimable à vous de rappeler. Après cinq heures sans nouvelles, vous commenciez à me manquer. Ah, je ne sais pas si vous êtes au courant, mais je suis psychologue, je vous conseillerais par conséquent de bien réfléchir à certains choix de vie que vous avez faits parce que sincèrement, le boulot pourri que vous exercez est...

— Sam ?

C'est une voix de femme.

— Oui ?

— C'est Sally French, de Rushing Waters.

Il s'éclaircit la gorge.

— Bonjour, madame French, répond-il avec embarras. Comment allez-vous ?

— Très bien, Sam, merci.

Elle marque une pause.

— Et vous ?

— Ça va, merci.

En fait non, j'ai l'impression de perdre les pédales.

— Est-ce que tout va bien ?

— Oui. Enfin, non. James, notre chef de la comptabilité, voulait vous appeler, mais j'ai préféré le faire moi-même. Le chèque que vous avez envoyé a été refusé.

— Vraiment ? bafouille-t-il.

— Je suis certaine qu'il s'agit d'un malentendu. Seriez-vous en mesure de nous en déposer un autre demain ?

— Bien sûr. Pas de problème.

— Comme vous le savez, vous avez des retards de paiement et...

— Oui, l'interrompt-il. Je sais. Je m'en occupe demain.

— Parfait. Merci, Sam.

— Merci, madame French.

Le vent se lève. Il se remet à courir, en se répétant que tout va s'arranger.

Chapitre 12

Je mets le sachet de pop-corn dans mon sac à dos par-dessus mon exemplaire de *L'Infinie comédie*, avec la ferme intention d'atteindre la fin du chapitre 3, aussi lent et pénible soit-il. Je n'ai pas pu résister à la tentation d'en commander un d'occasion sur Amazon, pour quatre dollars plus frais de livraison. Jean Skinny n'arrête pas de jacasser sur ce bouquin qui le fait se sentir si inférieur créativement, et au lieu de lui hurler dans le conduit *ALORS ARRÊTE DE LE LIRE*, j'ai décidé d'appréhender la situation de la même façon que le ferait le Dr Sam Statler. Avec empathie.

Naturellement, le Dr Statler ne me montre pas la moindre empathie. Entre son humeur et les lettres que j'ai dénichées parmi les affaires d'Agatha Lawrence, la tension dans cette maison me donne envie de téléphoner à mon employeur fictif pour demander des heures supplémentaires. Les lettres étaient dans une boîte au fond d'une armoire de classement. Il y en a des dizaines, dans des enveloppes jaune pâle adressées à une personne qu'elle appelle toujours « mon ange ». Leur contenu est à fendre le cœur : des déclarations de dévotion à un amour interdit à longueur de missives jamais envoyées.

Je cherche impatiemment mes clés. Si je ne me dépêche pas, je risque de croiser Sam. Il n'a pas de patient pendant l'heure à venir et il aime aller déjeuner dehors, et je ne suis pas d'humeur à supporter son attitude désagréable. J'attrape ma veste dans le placard et j'ouvre la porte d'entrée. Mais en entendant une voiture monter l'allée qui mène à la maison, je retourne à l'intérieur. Il a dû caler un patient pendant sa pause-déjeuner. Tant pis. Ma décision est prise, j'ai besoin de faire un break loin de cette maison. Je sors.

J'attends que le bruit de pas s'éloigne et que la porte du cabinet de Sam claque avant de m'aventurer sur le porche. J'en suis à me demander si je devrais essayer le nouveau restaurant de sushis où M. et Mme Marmonneurs ont fêté leur premier anniversaire, quand je vois la voiture garée près de celle de Sam. C'est la Mini Cooper verte avec les bandes blanches.

La Française est de retour, deux jours après sa première séance.

Je tourne les talons et retourne dans la maison. On dira que je me fais porter pâle.

***

— Je suis ravi que nous ayons trouvé un créneau, dit Sam une fois que nous sommes tous installés.

Il est dans son fauteuil Eames hors de prix, la Française est sur le divan et je suis au-dessus, près du conduit.

— Merci à vous d'avoir trouvé le temps de me recevoir. On dirait que Chestnut Hill fourmille de femmes d'âge moyen pleines de récriminations. J'étais persuadée que votre carnet de rendez-vous serait plein.

Sam rit.

— Je n'ai ouvert mon cabinet que depuis quelques mois. Je suis encore en train de me constituer une patientèle.

— Où étiez-vous avant de venir ici ?

— À New York. J'y suis resté dix-huit ans.

— J'adore New York.

— Vous y avez vécu ?

— Oui, j'ai quitté Paris pour étudier la sculpture à l'université de New York.

Je lève les yeux au ciel. Cette fille est un cliché ambulant. *Je sculpte des nus et le week-end, j'aime boire du whisky perchée sur mon escalier de secours et sortir en compagnie d'Ethan Hawke.*

— Qu'est-ce qui vous a poussée à choisir la sculpture comme moyen d'expression ?

— J'aime manipuler des choses avec mes mains. J'ai toujours eu cette passion. Vous, c'est la course à pied, pas vrai ?

— Comment le savez-vous ?

— J'ai lu l'article sur vous dans le journal, la petite interview que vous avez accordée. « Vingt questions au Dr Sam Statler. »

— J'ai fini par être un peu dépassé, confie Sam. Si c'était à refaire, je ne suis pas sûr que je recommencerais.

— Ne soyez pas gêné, le rassure-t-elle. L'article vous fait apparaître comme un homme charmant.

C'est évident qu'elle flirte, et ça m'agace, mais je ne peux qu'être d'accord avec elle. Le portrait dépeint dans l'article est très attachant.

— Merci, Charlie, c'est gentil.

Un silence flotte entre eux l'espace de quelques instants. C'est elle qui le rompt.

— L'article déclarait que vous étiez marié, mais ne disait pas un mot à propos de votre femme. Vous êtes casé depuis longtemps ?

— Puis-je vous demander pourquoi cela vous intéresse ?

Je savais qu'il répondrait ça. C'est la parade qu'il utilise chaque fois qu'un patient lui pose une question sur sa vie privée. En faisant ça, il ne franchit pas les limites et reporte l'attention sur eux.

— Je vous raconte les détails les plus intimes de ma vie, Sam. Je pense que vous pouvez me dire depuis combien de temps vous êtes marié.

— Ça se tient. Quinze semaines, cède Sam.

— Quinze semaines ? On parle d'un mariage ou d'un nouveau-né ?

— Ma femme et moi le célébrons chaque semaine. C'est une tradition entre nous.

— Ça me paraît extrême. Et un peu désespéré.

Il garde le silence un moment, avant de reprendre la parole.

— Est-ce que vous vous imaginez vous marier ?

Elle rit doucement.

— C'était une tentative très adroite d'essayer de reporter l'attention sur moi, docteur. Vos professeurs seraient fiers de vous.

Elle marque une pause avant de poursuivre :

— Non, je ne m'imagine pas me marier. S'engager auprès d'une seule personne pour le restant de ses jours ? Qu'est-ce qui peut bien pousser les gens à avoir envie de ça ?

Sam hésite.

— Ça présente des défis, je suppose, finit-il par confier.

Ah, j'ai compris. C'est une technique. Il essaie de montrer qu'il la comprend pour la mettre en confiance et l'encourager à se concentrer sur sa thérapie. Très malin.

— Il vous a fallu combien de temps pour savoir que votre femme était la bonne ?

— J'ai fait ma demande au bout de six mois.

Elle laisse échapper un nouveau rire.

— C'est sacrément couillu.

— Je vous remercie.

— Ça vous est arrivé, alors. La légende de « quand c'est la bonne personne, on le sait ». On rencontre l'autre et c'est une certitude.

— Oui.

Il marque une pause et je me rends compte que je retiens mon souffle.

— Enfin, je crois.

— Vous n'avez pas l'air très sûr de vous.

— Vous l'avez dit vous-même, s'engager auprès d'une seule personne n'est pas toujours facile.

— Quelles sont les difficultés que vous rencontrez dans votre mariage ? s'enquiert-elle.

Une série de coups sonores m'empêchent d'entendre sa réponse. Au début, je pense que c'est quelqu'un dans sa salle d'attente qui frappe à la porte du cabinet. Mais la sonnette retentit et je comprends que ça ne vient pas d'en bas, mais d'ici. Il y a quelqu'un à la porte.

Je fais glisser le tapis sur le conduit d'un geste agacé et je sors en trombe de la pièce.

— Bonjour, c'est la voisine !

Le Pigeon est là, sur le porche. J'essuie mes paumes sur mon jean et j'ouvre la porte.

— Vous êtes au courant ? Ils annoncent un ouragan.

Bien sûr que je suis au courant. Je ne suis pas amish, je regarde les infos. Ce genre d'événement, les météorologues du coin ne vivent que pour ça, et ça fait deux soirs qu'Irv Weinstein, star locale de la météo, s'époumone sur le sujet chaque jour à dix-huit heures. Franklin Sheehy, le chef de la police loyal de longue date de Chestnut Hill, s'est exprimé pendant le bulletin d'informations de ce matin : il a expliqué à quel point c'était important de ne pas prendre la route et de faire des réserves d'eau et de nourriture. L'ouragan Gilda, voilà comment ils l'ont baptisé. Il faudrait vraiment être stupide pour ne pas avoir imprimé une liste de courses d'urgence à avoir chez soi en cas d'ouragan de catégorie deux qui s'apprête à semer une pagaille monstre et compliquer sérieusement les déplacements.

— Un ouragan au milieu du mois d'octobre, fait remarquer le Pigeon. On n'a jamais vu ça.

Je réponds avec impatience :

— C'est le changement climatique.

— Absolument. Je pensais organiser une manifestation. Vous savez ce que Drew m'a répondu quand je lui ai parlé de mon idée ? « S'il y a bien une chose qui va freiner le changement climatique, c'est une manif de dix femmes au foyer à Chestnut Hill. » Crétin. Enfin bref.

Elle sourit et me tend un plat en pyrex, comme si on était dans un épisode de *Desperate Housewives.*

— J'ai préparé trop de chili végétarien et je ne voulais surtout pas jeter de la nourriture. Vous aimez le chili ?

— Il y a des gens qui n'aiment pas ? Merci, c'est gentil.

Je lui prends le plat des mains.

— Je vous en prie. J'adore vos lunettes, au fait. Vous les avez achetées où ?

Je lève la main pour toucher la monture bleu pétant des lunettes que j'ai dénichées dans un des cartons d'Agatha Lawrence. La correction est exactement la même que la mienne. *Elles appartenaient à la femme qui vivait ici, et je les aime beaucoup.*

— En ville. Il y a très longtemps.

— Elles sont top. Vous devriez les rentrer dans la maison, conseille-t-elle en montrant du doigt les deux fauteuils à bascule sur le porche. Les rafales vont être terribles.

— Bonne idée. Je demanderai à Sam de s'en occuper quand il aura fini. Encore merci pour le chili.

Je rentre et mets le plat au réfrigérateur. Alors que je suis sur le point de retourner dans le bureau, je marque une pause, puis change d'avis et me dirige vers l'escalier. J'ai eu ma dose de la Française pour la journée.

Chapitre 13

Sam est étendu sur le lit, son ordinateur portable qui chauffe de plus en plus posé sur le ventre. Il relance la vidéo une nouvelle fois.

— Fin de la cinquième manche, et vous savez ce que ça veut dire ! annonce une version floue de son père à l'écran.

— Oui, papa, c'est bon, je sais ce que ça veut dire, répond Sam.

Puis il articule le reste tout bas en même temps que Ted :

— C'est l'heure de « Le saviez-vous ? » avec nos amis Keyote et Frank Key.

Keyote et Frank Key, les deux mascottes des Keys de Frederick : un coyote qui ressemble à un chien et un type blanc en tenue coloniale que quelqu'un a cru utile d'ajouter il y a quelques années.

— James de Columbia, est-ce que vous êtes prêt ? demande Ted alors que Sam attrape la bière appuyée contre l'oreiller d'Annie.

C'est l'enregistrement d'un match du 12 juin 2016, disponible sur YouTube. Sam regarde pour la dix-septième fois les trois minutes et seize secondes où son père apparaît à l'écran. Annie est allée rendre visite à sa mère à Rushing Waters et il en est à sa troisième bière. Son père se tient au milieu du champ intérieur avec un énorme micro, un bras autour des épaules d'un type enrobé en jean délavé.

La plupart des commentateurs dignes de ce nom détestent probablement cette partie de leur boulot, mais Sam voit bien que Ted adore ça. Le jeu des questions-réponses après le cinquième tour de batte, la présentation de l'invité spécial de la soirée avant le premier lancer… bien sûr qu'il adore ça : ça donne à ce bon vieux Teddy de Freddy une chance de faire étalage de son côté charmeur et d'avoir sa place sous les projecteurs, l'endroit au monde qu'il préfère.

— Si vous trouvez la bonne réponse, tous les spectateurs de la tribune 6 rentreront à la maison avec un bon d'achat pour une pizza familiale, avec la garniture de leur choix, chez nos bons amis de Capitol Pizza, où chaque soir est une soirée familiale ! C'est parti.

Ted consulte sa fiche.

— D'où vient le nom de Frank Key, notre grand ami et merveilleuse mascotte ?

C'est du gâteau. Même si Sam n'avait pas déjà entendu la question plusieurs fois, il s'attendrait à ce que les gens sachent que ça vient de Francis Scott Key, l'enfant chéri de Frederick, Maryland, qui a écrit l'hymne national des États-Unis. Mais James de Columbia l'ignore et personne ne repart avec une pizza gratuite. Sam referme son ordinateur, en se demandant comment Annie va réagir lorsqu'il lui dira pour les dettes.

Il a prévu de lui en parler lorsqu'elle rentrera à la maison. Elle devrait être là d'une minute à l'autre. Ça fait une heure qu'il répète son texte. C'est facile : il va lui dire la vérité. Que sa mère a tout inventé : le divorce de son père, les deux millions de dollars, les lettres sur le beau papier à en-tête chaque année pour que Sam sache que son père l'aimait… *Ah, et devine quoi, il n'y a pas d'argent !* Il a relu la lettre (qu'il avait rangée dans la boîte où il conservait toutes les missives que « son père » lui envoyait), et l'ampleur du délire de sa mère lui est enfin apparue. *Depuis que je suis parti, il ne s'est pas passé un jour sans que je pense à toi, Maggie. Je regretterai toujours de t'avoir quittée.*

Sam avouera qu'il a du mal à décider qui est le plus pathétique : Margaret, parce qu'elle a dépéri pendant vingt-deux ans à cause de ce connard, ou lui parce qu'il est tombé dans le panneau. Il expliquera les lacunes de son raisonnement, admettra qu'il aurait dû écouter Annie et attendre d'avoir reçu l'argent avant d'acheter une Lexus RX 350 flambant neuve avec intérieur cuir et démarrage à distance. S'il avait réfléchi un peu, il aurait peut-être réalisé à quel point c'était invraisemblable qu'un père qui ne songeait à appeler son fils que deux fois par an maximum pour ne parler que de son nombril (« Tu te rends compte, Sam, tu parles à un mec qui a une cave à vin ! ») lègue soudain deux millions à la famille qu'il a abandonnée, et ce parce que leur bonheur lui tient à cœur.

De plus, fera remarquer Sam, ça aurait sans doute été aussi une bonne idée de contempler la possibilité que la lettre n'avait pas été écrite par son père, mais par une femme en phase deux sur l'échelle de l'évaluation clinique de la démence. Phase qui se caractérise par une désorientation spatio-temporelle, un manque de jugement et une propension aux réalités alternatives comme, par exemple, s'imaginer que le connard égoïste qu'elle avait épousé regrettait de lui avoir gâché sa vie.

Sam se rend dans la cuisine en quête d'une autre bière. Il va tout avouer à Annie à la seconde où elle sera là, et elle comprendra. Qui sait ? Peut-être qu'elle ne le quittera pas à la seconde pour retourner à New York. Peut-être qu'elle le pardonnera. Peut-être même qu'elle aura de la peine pour lui. *Je pense que tu es un idiot d'avoir dépensé de l'argent que tu n'avais pas*, répondra-t-elle. *Mais je comprends. Tu voulais croire que l'argent existait vraiment parce que cela signifiait obtenir enfin ce que tu as cherché toute ta vie durant. Une preuve que ton père t'aime.*

C'est exactement ça, confirmera-t-il. *Un cas classique de vœu pieux ou, plus techniquement, de prise de décision fondée sur ce que l'on se plaît à imaginer et non pas sur ce qui est rationnel.* C'est tellement évident, Sam ira jusqu'à se taper sur le front. *Avec ma formation, on s'attendrait à ce que je sois plus malin que ça.*

Il prend la dernière bière dans le réfrigérateur et entend une voiture dans l'allée. Un nœud se forme dans son estomac. Annie est de retour. Il décapsule la bouteille et boit une longue gorgée. *Je peux le faire*, songe-t-il au moment où son portable bipe sur le plan de travail.

Bonjour Dr S. C'est Charlie, votre nouvelle patiente préférée. Vous faites quoi en ce moment ?

Charlie. Il hésite à lui dire la vérité. *Bonjour, Charlie. J'attends que ma femme rentre pour lui avouer que je suis endetté jusqu'au cou. Et vous ?*

Bonjour, Charlie, répond-il à la place. Est-ce que tout va bien ?

Oui. Je voulais vous remercier pour la séance d'hier. J'ai une toute nouvelle perspective sur la vie.

J'en suis très heureux.

Les commentaires des femmes de Chestnut Hill à votre sujet sur Yelp disaient vrai. Vous êtes très doué.

Dans l'allée, Annie coupe le moteur.

Merci. C'est agréable à entendre. Aimeriez-vous convenir d'un autre rendez-vous ?

J'aimerais bien, oui. Demain.

Il jette un coup d'œil par la fenêtre. Le plafonnier de la voiture d'Annie est allumé.

J'ai de la place demain matin, écrit-il.

Je voulais dire demain soir.

La portière d'Annie claque.

Demain soir ?

Il entend les pas d'Annie résonner dehors et le déclic de la lumière du porche qui s'allume.

— Salut mon joli, dit-elle en entrant, suivie d'une vague d'air froid.

Il range son portable dans sa poche tandis qu'elle pose son sac à main sur le plan de travail.

— Comment se porte-t-on ?

— On se porte bien.

Elle l'embrasse.

— Ça va ?

— Oui, ça va.

— J'ai pris à emporter pour le dîner. Des biscuits et du vin rouge. Tu as faim ?

Il hésite, soupèse ses options. Il peut s'asseoir avec sa femme, lui dire la vérité et gâcher la soirée, voire sa vie, ou alors il peut aller se réfugier dans la salle de bains et discuter avec Charlie.

— J'ai des trucs à finir pour le boulot, dit-il avant de finir sa bière. Je vais sauter dans la douche et m'en occuper pour être débarrassé.

— D'accord, répond Annie. Mais ne t'attends pas à ce qu'il y ait des restes.

Il l'embrasse sur le front et emprunte le couloir menant à la chambre, qu'il traverse pour gagner la salle de bains attenante.

Oui, Dr Statler, demain soir.

Je ne comprends pas.

Vous comprenez très bien, Sam. Vous voulez que je vous supplie ?

Il attend, le souffle court.

Parce que si c'est le cas, je le ferai.

Il s'appuie contre le lavabo. L'adrénaline court dans ses veines. *C'est parti.*

Chapitre 14

— Bienvenue chez Lowe's. En quoi puis-je vous aider ?

L'homme porte un marcel bleu avec l'inscription DEMANDEZ-MOI CE QUE VOUS VOULEZ sur la poitrine. J'envisage de lui demander pourquoi Sam est si froid et si distant, mais à la place, je lui demande où je peux trouver les amortisseurs de porte Everlite.

Je ne comprends pas. J'ai fait de mon mieux pour faire preuve de compréhension et de patience, j'ai alterné entre lui laisser de l'espace et tenter de l'aider, mais rien n'a l'air de fonctionner. Il continue à traîner les pieds en tirant une tête de dix pieds de long.

Mais ça ne fait rien, parce que je vais tout arranger. Ce soir, à l'occasion d'un apéritif spécial, je vais le confronter gentiment, le pousser à se confier. Il faut qu'il accepte de s'ouvrir. Après tout, pendant toute sa carrière, il a encouragé les gens à « mettre les mains dans le cambouis », comme je l'ai entendu le dire depuis ma cachette, et quoi de mieux pour nous que de mettre les mains dans le cambouis avec un cocktail que j'ai imaginé moi-même ? Ce matin, j'ai passé deux heures à faire des essais avec différentes concoctions à partir des bouteilles d'alcool que j'ai trouvées dans le garde-manger d'Agatha Lawrence. J'ai fini par opter pour un martini à la poire épicée, me donnant un mal de chien pour pocher trois poires dans de l'anis étoilé et une demi-bouteille de brandy. (J'ai décidé de baptiser le cocktail Gilda, comme l'ouragan imminent).

— Et voilà, dit le vendeur lorsque nous arrivons au niveau de l'allée 9J.

Il me tend les amortisseurs, qui rejoignent les piles et l'engrais déjà présents dans mon panier. Je lui souris et me dirige vers le rayon des appareils électroménagers. J'aime l'énergie de cet endroit. Il n'y a qu'en Amérique que vous pouvez acheter une boîte de douze amortisseurs de porte pour quatre dollars et quatre-vingt-dix-neuf cents et une tondeuse Craftsman autoportée à rayon de braquage zéro pour deux mille neuf cents dollars. Je m'arrête pour examiner la tondeuse. Je devrais l'acheter. J'ai toujours eu envie d'en avoir une, depuis le jour où j'ai vu Craig Parker, mon voisin d'en face à Wayne, dans l'Indiana, conduire fièrement la sienne dans son jardin.

M. Parker était avocat et Mme Parker faisait du bénévolat à la cafétéria tous les lundis. Elle vendait du lait et des glaces à vingt-cinq cents l'unité, et elle filait des chewing-gums à tous les amis de Jenny. C'était leur fille. Jenny, un prénom que je n'arrive pas à prononcer sans gémir. Elle était pom-pom girl et était dans la classe du dessus. Parfois, je restais à ma fenêtre pour l'observer avec sa famille. En été, M. Parker arpentait le jardin avec sa tondeuse, traçant des lignes bien droites sur la pelouse, pendant que Mme Parker et Jenny arrachaient des mauvaises herbes, leurs têtes couvertes de chapeaux assortis. Une fois qu'elles avaient terminé, elles disparaissaient à l'intérieur de la maison. Là, j'imaginais que Jenny allait chercher une canette de soda au raisin bien frais dans le réfrigérateur. (Je sais de source sûre qu'elle en buvait. J'ai été chez eux à six reprises, et j'ai vérifié à chaque fois.) Leur maison était la plus belle et la plus grande du quartier, extravagante par rapport au pavillon avec deux chambres, que mon père n'avait pas payé quarante-deux mille dollars pour voir mes foutues chaussures traîner au milieu du salon.

Mais quand bien même, ce n'est pas une raison pour acheter cette tondeuse Craftsman. Je la dépasse et me dirige vers les caisses. Tout en posant mes articles sur le tapis, j'observe la caissière, qui affiche un enthousiasme presque inexistant. Elle est du coin, ça se voit à sa peau. Elle serait jolie si elle était née ailleurs, dans un endroit avec de meilleures écoles et une eau de meilleure qualité.

— Ça vous fera trente-deux dollars et six cents, annonce-t-elle une fois qu'elle a scanné tous mes achats.

— Attendez, il manque ça.

J'attrape un snack sur le présentoir au bout du tapis roulant.

— Pourquoi pas, après tout. J'ai quelque chose à fêter.

De toute évidence, elle n'a pas le sentiment qu'on la paie pour demander aux clients ce qu'ils fêtent, mais le fait est que Josh Lyman et Donna Moss se sont enfin embrassés. *À la Maison Blanche*, saison 7, épisode 13. J'étais trop en colère contre Sam pour lui dire que j'en étais à la dernière saison, mais j'y suis. Donna a quitté la Maison Blanche de Bartlet pour travailler sur une autre campagne, et elle et Josh étaient si heureux en voyant les résultats des derniers sondages qu'ils se sont embrassés dans la chambre d'hôtel de Josh. C'était tendre mais aussi sexy à mourir, comme on pouvait tous s'y attendre, et si ce n'est pas une bonne excuse pour faire une folie et s'autoriser un Kit-Kat, alors je ne sais pas ce qu'il vous faut.

Quand je sors du magasin pour gagner précipitamment ma voiture, il a commencé à pleuvoir et le vent s'intensifie. Je conduis prudemment, longe la voie ferrée et tourne à droite sur Cherry Lane. Toutes les lumières sont allumées chez le Pigeon. Je ralentis en passant devant chez elle et je l'imagine en train de compter ses bouteilles de vin, se demandant si elle en a assez pour survivre le temps de la fermeture des écoles.

Je passe sur le pont et me gare dans mon allée. L'Audi blanche immaculée de Jean Skinny est stationnée à côté de la Lexus de Sam. Je remonte l'allée à pas rapides, au milieu des feuilles que le vent fait tourbillonner. Je laisse mes bottes dehors et suspends ma veste dans l'entrée, puis je me précipite dans la cuisine. J'hésite à aller jusqu'au conduit pour savoir si M. Jean s'est senti plus créatif dernièrement, pour finalement renoncer à cette idée. À la place, je choisis d'ouvrir le réfrigérateur et de me servir un Gilda. J'en ai préparé tout un pichet ce matin. *Pour me donner du courage,* comme disait ma mère quand elle descendait ses deux verres de rouge chaque soir avant que mon père ne rentre à la maison. Je bois une longue gorgée puis je vais à l'étage pour me préparer.

C'est important que je sois sur mon trente et un.

Chapitre 15

La porte claque derrière Christopher. Sam observe le ciel qui s'obscurcit à mesure que l'ouragan approche. Il a été baptisé Gilda : des pluies diluviennes, des rafales de vent jusqu'à cent trente kilomètres-heure et une injonction à ne pas se déplacer. Il consulte la pendule : dix-sept heures trois. Le vent fouette les fenêtres. Dans le tiroir du bas de son bureau, il s'empare de la bouteille de Johnnie Walker Blue qu'Annie lui a offerte le jour de l'ouverture officielle du cabinet. Il en reste un fond. Il vide la fin de la bouteille dans un verre et sort son portable de sa poche pour envoyer un message.

Bonjour, Charlie. J'ai réfléchi à votre invitation.

Des bulles apparaissent aussitôt.

Et ?

Et je serai là, répond-il.

Et l'ouragan ? Ça a l'air violent dehors.

Ça va aller.

Il boit son whisky d'un trait.

C'est à quelle adresse ?

Il attrape son imper dans le placard pendant qu'elle répond, mais laisse son parapluie sur sa patère, pour se faufiler dehors sans attirer l'attention. Sans faire de bruit, il sort de son bureau et ferme la porte à clé derrière lui en priant en son for intérieur pour réussir à sortir sans se faire voir. Il relève son col et remonte l'allée à pas rapides.

Dès qu'il arrive en bas du porche, il entend la porte de la maison s'ouvrir, les glaçons qui s'entrechoquent dans les verres, le bonjour qui commence à lui taper sur les nerfs.

— Bonjour, bourreau des cœurs.

Et merde. Il est coincé.

Chapitre 16

Quelque chose ne va pas.

J'ai un goût amer dans la bouche et la migraine, comme si quelqu'un m'avait ouvert le crâne à coups de marteau. Je plisse les yeux pour lire l'heure (neuf heures trois) et je tends la main pour m'emparer du verre d'eau sur la table de nuit. Près de la porte, je remarque des traces de pas boueux sur le plancher, et un pichet vide à terre, près de la porte du placard. Je me redresse brusquement et écarte les couvertures. Soudain, la mémoire me revient. Hier soir. L'ouragan. L'apéritif.

Je ferme les yeux et je me souviens. J'attendais Sam sur le porche avec nos boissons et un bol rempli d'un mélange de fruits secs (je me faisais une telle joie de ce cocktail que j'avais oublié les choses à grignoter). La pluie tombait déjà à seaux, le vent fouettait les branches des arbres. J'avais apporté deux couvertures pour nous emmitoufler dans les fauteuils à bascule, en pensant que ce serait agréable de discuter tout en regardant l'ouragan.

Et là… il a eu le culot de m'ignorer superbement. Il a fait comme si je n'étais pas là à poireauter dans le froid, avec un verre dans chaque main. J'étais bouche bée en le voyant courir vers cette bagnole ridicule, comme s'il redoutait d'être vu. Il est monté en voiture, trempé jusqu'aux os, et il a démarré en trombe. Le brouillard était si épais que la lumière de ses feux arrière avait disparu avant même qu'il n'atteigne le pont.

Je sors du lit, avec la nausée et la tête qui bourdonne. J'ai le vague souvenir d'avoir descendu les deux Gilda assez vite. Puis j'ai dû aller dans la cuisine pour prendre le pichet et l'amener à l'étage, avant de tout boire et de m'endormir. J'attrape le peignoir d'Agatha Lawrence accroché derrière la porte et je vais dans la salle de bains. Je me tiens au mur d'une main tandis que je fouille dans l'armoire à pharmacie à la recherche d'un Advil, que j'avale avec une gorgée d'eau. J'examine mon reflet dans le miroir et remarque de nouveaux cheveux gris. J'aimerais tellement pouvoir appeler Linda et lui raconter ce qui s'est passé hier soir, lui dire à quel point Sam a été blessant. Mais nous ne nous sommes pas parlé depuis que j'ai déménagé, et je me vois mal décrocher mon téléphone et l'appeler pour me plaindre de Sam. Elle me répondra ce que je sais déjà : c'était idiot de ma part de tout quitter pour venir ici, de croire que je pouvais recommencer à zéro et trouver le bonheur. Je n'ai pas besoin de l'entendre me dire à quel point j'ai été stupide.

J'avance jusqu'à la fenêtre d'un pas mal assuré. De grosses branches jonchent le jardin devant la maison et le panneau (Dr Sam Statler, Psychologue) que j'avais installé avant l'ouverture du cabinet a été arraché et traîne sur la chaussée. Puis je remarque autre chose : la voiture de Sam n'est pas là.

Un frisson me parcourt tandis que je me précipite hors de la chambre. Je descends l'escalier, traverse la cuisine. Quand j'ouvre la porte du bureau d'Agatha Lawrence, une bouffée d'air froid me frappe au visage. Le sol est mouillé et jonché de morceaux de verre. L'ouragan a fait voler la fenêtre en éclats. Je cours jusqu'au coin de la pièce, pousse le tapis smiley, mais avant même de coller mon oreille au conduit, je sens le vide qui règne au rez-de-chaussée.

Je me lève et traverse le couloir en courant. J'atteins les toilettes juste à temps pour vomir le pichet de martini à la poire d'hier soir, le ventre noué par la ferme conviction qu'il y a un très gros problème.

***

Deux heures plus tard, je suis à la place de Sam, dans son fauteuil, le regard fixé sur la petite pendule posée à terre près du divan. L'interphone de Sam sonne pour la troisième fois. M. et Mme Marmonneurs sont dehors pour leur séance de quatorze heures. Ils attendent encore quatre-vingt-seize secondes avant d'abandonner. Je les imagine regagner leur voiture sous un parapluie, fâchés (avec raison) que Sam ne les ait pas appelés pour annuler.

Le vent souffle violemment contre la baie vitrée qui donne sur le jardin et les bois derrière la maison. J'entends le bruit du moteur qui s'évanouit et je repense à ma première promenade dans ces bois, la semaine où j'ai emménagé dans le manoir Lawrence. Le soleil brillait et j'avais flâné en solitaire entre les arbres, me frayant un passage à l'aide de la machette que j'avais achetée à la quincaillerie Hoyts, me retournant de temps à autre pour admirer la grandeur de la maison, sans en revenir que quelque chose d'aussi beau puisse être à moi.

Nouvelle vague de nausée. Je ferme les yeux et je sens le poids des factures de carte de crédit dans mes mains. Neuf en tout, pour un montant de plus de cent vingt mille dollars, cachées dans le tiroir du bureau de Sam, dissimulées entre les pages du roman de Stephen King qu'il lisait sur le porche il y a quelques semaines.

Il a menti. Quand nous nous sommes rencontrés, il m'a assuré qu'il avait une situation financière stable, qu'il n'aurait jamais de problème pour payer les factures ou le loyer. Je ne sais plus ce que je dois croire, à présent.

Cela dit, qui suis-je pour lui jeter la première pierre ? Ce n'est pas comme si j'avais moi-même été un exemple d'honnêteté cent pour cent du temps. D'ailleurs, la preuve de mes mensonges se trouve à l'étage, dans le classeur violet rangé dans ma bibliothèque. Celui où je conserve mes listes, y compris la plus honteuse.

Les choses à propos desquelles j'ai menti à Sam, par ordre d'importance

1. Notre rencontre n'avait rien d'un hasard. Le jour où le destin a fait se croiser nos chemins, je savais très bien qui il était. J'avais lu tous les articles qu'il avait écrits, visionné les vidéos de ses cours sur les liens entre santé mentale et traumatismes infantiles. J'étais tellement sous le charme que je…

La sonnerie du téléphone sur mes genoux me fait sursauter. Je regarde l'écran mais je ne reconnais pas le numéro. Sûrement un démarcheur téléphonique ou un enquêteur quelconque. Quelqu'un qui ne comprendra pas que je ne suis pas d'humeur à discuter.

Je réponds sèchement :

— Oui, allô ?

— Ah, vous êtes là.

C'est une voix de femme où perce le soulagement.

— Je suis désolée de vous déranger, mais est-ce que Sam est là ?

— Sam ?

J'agrippe le téléphone et je me redresse.

— Qui est à l'appareil ?

— C'est Annie. Sa femme.

Chapitre 17

— Annie.

Je me lève. La pile de factures et le livre tombent dans un bruit mat. C'est elle, c'est sa femme.

— Est-ce que tout va bien ?

— Non. Sam n'est pas rentré hier soir et je suis inquiète. J'ai trouvé votre numéro sur le bail. Est-ce qu'il était à son cabinet ce matin ?

Je balbutie.

— Non… Je ne l'ai pas vu depuis hier, quand il est parti après le travail.

— Est-ce que vous lui avez parlé ?

— Non.

J'ai essayé, Annie, mais il est passé à côté de moi sans un mot, comme si je ne valais rien à ses yeux.

— Je l'ai aperçu par ma fenêtre en train de courir jusqu'à sa voiture. Il n'avait pas de parapluie.

— J'ai un service à vous demander. Il faut que vous me laissiez entrer dans son cabinet. Je peux être là dans quinze minutes.

— Dans son cabinet ?

Je balaie la pièce du regard.

— J'aimerais beaucoup vous aider, Annie, mais je ne peux pas.

— Pourquoi ? demande-t-elle d'un ton brusque.

— Je n'ai pas le droit d'aller au rez-de-jardin. Il y a une clause de restriction d'accès sur le bail que lui et moi avons signé, vous pouvez vérifier. Je ne peux entrer dans son bureau qu'avec sa permission explicite.

— Je comprends. Mais vous pouvez me donner la clé et…

— Je n'ai pas de clé.

Elle garde le silence pendant quelques instants.

— Vous plaisantez ? C'est votre maison et vous n'avez pas un double de la clé du cabinet ?

— Votre mari a insisté, expliqué-je d'une voix neutre. Il est très consciencieux pour ce qui est de la protection de la vie privée de ses patients.

Elle jure entre ses dents.

— Sincèrement, je ne sais pas quoi faire.

— Avez-vous essayé de l'appeler ?

— À votre avis ? Bien sûr que j'ai essayé, réplique-t-elle avec impatience. Il ne répond ni à mes appels ni à mes messages. Il ne fait jamais ça.

— Il doit forcément y avoir une explication.

— Je vous appelle depuis mon portable, mais est-ce que je peux aussi vous donner mon numéro de fixe ? Pour que vous me préveniez si jamais il débarque au cabinet ?

— Bien sûr. Attendez, je prends de quoi écrire.

Je regarde autour de moi et mes yeux se posent sur le roman de Stephen King au sol. Je le ramasse et trouve un stylo dans le tiroir du bureau de Sam.

— Je vous écoute.

J'ouvre la couverture et je note le numéro qu'elle me dicte.

— Si jamais il passe ici, je vous promets de vous appeler dans la minute. Et ne vous en faites pas, madame Statler, tout va s'arranger, vous verrez.

— Merci. Ah, et c'est Potter.

— Je vous demande pardon ?

— C'est Annie Potter. Nous n'avons pas le même nom de famille.

— Potter. D'accord.

J'inscris son nom en dessous du numéro.

— Alors au revoir.

Elle raccroche. Je me baisse pour ramasser les factures de Sam et les remettre entre les pages du livre, puis je sors du cabinet. Dans l'entrée, je cache le double de clé que le serrurier a eu la gentillesse de faire pour moi, je retire mes gants en latex et je vais dans la bibliothèque, entre impatience et excitation. Potter, pas Statler. Bien sûr. C'est pour ça que je ne t'ai jamais trouvée toutes les fois où je t'ai cherchée sur Google, Annie. Je m'assois à mon bureau, je taille mon crayon et je consulte ma liste.

<u>Liste des choses que j'apprends sur la femme de Sam</u>

1. Annie Marie Potter, quarante et un ans, née à Kennebunkport, dans le Maine.

2. Pour reprendre le terme qu'aurait employé mon père, elle est du genre ambitieux :

i. Un doctorat avec mention en littérature comparée à l'université de Cornell.

ii. Un poste de professeure à l'université de Columbia, dans le département des études de genre, un truc vraisemblablement inventé dans les années 1970.

iii. Depuis le mois de septembre, elle est enseignante-chercheuse invitée dans une petite université privée de Chestnut Hill, New York, où, autant que je sache, elle ne donne qu'un cours : « C'est dans sa tête : les femmes et la folie dans la littérature. Des héroïnes folles de la littérature classique victorienne jusqu'à l'ascension de la narratrice non fiable, la vulnérabilité psychologique des femmes est depuis longtemps un sujet captivant. Les mardis et jeudis à dix heures, auditorium Higgins Hall. »

3. Elle n'est pas aussi jolie que ce à quoi je m'attendais. Je sais qu'il existe sans doute tout un tas de cours dans le département d'Annie expliquant pourquoi c'est mal de ma

part de la juger sur son apparence physique, mais c'est vrai. Elle semble éviter les réseaux sociaux, ce qui est sage, mais j'ai tout de même trouvé une photo d'elle sur le site internet de l'université. Voilà une heure que j'étudie attentivement le cliché. Je suppose qu'elle est séduisante, mais ce n'est pas le style mannequin que j'avais imaginé.

4. Jamais je n'aurais adressé la parole à Annie ou à Sam au lycée, pour différentes raisons. Sam parce qu'il aurait cru qu'il était trop bien pour moi ; Annie parce que les filles pleines d'assurance me faisaient peur.

Je savais bien qu'elle existait, en théorie. D'abord parce qu'elle était mentionnée (en passant) dans l'interview que Sam avait accordée au journal local, et aussi parce que lui-même a parlé d'elle à plusieurs reprises, comme le jour où il a répondu à la petite annonce que j'avais glissée sous ses essuie-glaces. Il est venu visiter l'espace en bas et a passé une heure à faire les cent pas, tout en écoutant mes idées pour rafraîchir les lieux. *Vous pourriez mettre votre cabinet ici, et il suffirait d'abattre le mur du fond et de mettre une grande baie vitrée à la place.*

— Ma femme Annie est beaucoup plus douée que moi pour imaginer ces choses-là. Mais c'est vrai, ça pourrait être une solution, avait-il répondu, enthousiaste.

Je suis vraiment stupide. J'aurais dû me douter que Sam avait choisi une femme du genre à garder son nom de jeune fille. Dr Annie Marie Potter. Pas Ann ni Anne ni Anna, mais *Annie.* (Ce n'est pas vraiment le nom que des parents donneraient à une petite fille pour laquelle ils ont de grandes ambitions. Les filles prénommées Annie rêvent d'être hôtesses de l'air ou décoratrices d'intérieur qui coordonnent la couleur de vos coussins à celles de vos pulls, pas quelqu'un qui va un jour – le 6 mai 2008, exactement – publier un article qui fera date dans *La Théorie féministe,* un journal dont je n'avais jamais entendu parler.)

Je m'étais imaginé que je la croiserais au supermarché un jour, que nos caddies se rentreraient dedans au rayon de la viande bio, là où les couples comme Sam et Annie viennent satisfaire leurs envies de bœuf nourri exclusivement d'herbe. Même si ça lui serait sans doute égal, j'adorerais avoir l'opportunité de lui en dire un peu plus sur moi…

1. J'ai cinquante et un ans et je suis célibataire.
2. J'ai travaillé comme aide de soins de santé chez Home Health Angels pendant vingt-cinq ans, et j'ai fini trois fois en tête du classement des meilleurs employés.
3. Je suis aux petits soins pour son mari depuis qu'il a emménagé en bas, il y a trois mois. En fait, je lui ai carrément accordé tout ce qu'il demandait (peinture non toxique, chauffage par le sol), j'aurais donc cru qu'il m'apprécierait davantage.

Qui sait, peut-être que nous nous rencontrerons tout de même un jour, Annie et moi. Peut-être qu'elle passera ici demain pour se lamenter avec moi sur la disparition de Sam, et je lui dirai à quel point je suis triste pour elle qu'elle ait perdu ses parents à l'âge de dix-huit ans.

Ils s'appelaient Archie et Abigail Potter, et leur faire-part de décès fut publié dans le *York County Coast Star* de Kennebunkport, État du Maine, le 12 juin 1997.

> Archie, époux dévoué, et sa femme Abigail, mère aimante, ont été tués dans un accident d'hélicoptère au-dessus du fleuve Hudson, l'après-midi de leur vingtième anniversaire de mariage. Ils laissent derrière eux leur fille de dix-huit ans.

Quelle histoire. Archie avait toujours eu peur de l'avion, et des autres transports aériens, et Abigail était déterminée à lui faire confronter et vaincre sa phobie. Elle lui avait fait la surprise de réserver un vol en hélicoptère de trente minutes au départ de New York, sauf qu'une avarie du moteur avait mis le feu à l'appareil qui s'était abîmé dans le fleuve, les tuant tous les deux.

La pendule sur le bureau sonne. Il est déjà treize heures. Comment la matinée a-t-elle pu passer si vite ? Je retire mes lunettes et me frotte les yeux. Ma gueule de bois s'est transformée en un mal de tête lancinant. J'éteins l'ordinateur et sors de la bibliothèque, dont je referme les double portes coulissantes derrière moi. Je regagne ma chambre au premier étage. Je marque une pause devant la fenêtre et m'empare des jumelles suspendues au crochet adjacent pour jeter un coup d'œil chez le Pigeon. Sa voiture est dans l'allée. Je l'imagine à l'intérieur, en train de boire un café dans un énorme mug orné de l'inscription EN VRAI… C'EST DU VIN. Je remets les jumelles à leur place quand soudain une voiture apparaît en haut de la colline. Elle passe devant la maison du Pigeon, traverse le pont et s'engage dans mon allée. Je ferme les rideaux et vais chercher des vêtements à enfiler à la place de mon peignoir.

La police est là.

***

J'ouvre la porte d'entrée au moment où le conducteur sort du véhicule.

— Bonjour, lance-t-il alors qu'il approche du porche. J'aimerais parler au propriétaire du manoir Lawrence.

— C'est moi.

— Franklin Sheehy, annonce-t-il en tendant son badge. Chef de la police.

— Je sais. Je vous ai vu à la télé, lorsque vous avez averti la population concernant l'ouragan.

— Ça aurait été bien si davantage de gens avaient écouté.

Il est rejoint par un autre agent. Un jeune homme grand au visage de poupon, qui ne doit pas avoir plus de vingt-cinq ans.

— Je vous présente l'agent John Gently. Nous sommes navrés de vous déranger, mais...

— C'est à propos du docteur Statler ?

— Vous êtes au courant ?

— Oui, sa femme a appelé tout à l'heure. Elle avait l'air inquiète.

Un vent froid soulève le col de l'uniforme en nylon de Sheehy.

— Est-ce que ça vous embête si on entre ?

— Non, si ça ne vous embête pas de vous déchausser. Je viens de passer la serpillière.

— Bien sûr.

Sheehy passe la porte et retire ses bottines noires, le genre de chaussures pratiques qu'on s'attend à voir aux pieds d'un chef de la police.

— Qui d'autre vit ici ?

— Personne. Il n'y a que moi.

Il entre dans le salon et inspecte les lieux.

— C'est sacrément grand pour une personne seule.

— Après sept ans en ville, j'avais envie d'espace.

— New York ?

— Non, Albany. Je déteste New York.

— J'ai un neveu à l'université d'État à Albany. C'est très joli.

— Et donc, concernant le docteur Statler, l'encouragé-je afin de lui rappeler qu'on est ici pour parler de Sam, pas pour échanger des opinions TripAdvisor. Y a-t-il des raisons de s'inquiéter ?

— Sa femme pense que oui, répond Sheehy. Elle l'attendait à leur domicile hier soir, et il n'est jamais rentré. On comprend aisément qu'elle soit contrariée.

Il sort de la poche de sa veste un carnet de notes et des lunettes de lecture à monture écaille de tortue. Ce n'est pas le style que j'aurais choisi pour lui.

— On m'a rapporté qu'il louait un bureau chez vous.

— C'est exact.

— Depuis combien de temps ?

— Trois mois. Il a emménagé le 1er juillet exactement.

Le 1er juillet à quinze heures trente, encore plus exactement. Je m'en souviens comme si c'était hier. J'observais depuis une fenêtre à l'étage tandis qu'il arrivait dans l'allée et garait sa belle Lexus toute neuve derrière ma voiture. Il avait déchargé six cartons de son coffre et les avait emmenés dans son cabinet. Avant de partir, il avait frappé à ma porte.

— C'est gentil de votre part, avait-il dit en montrant la pancarte que j'avais installée au bout de l'allée.

DR SAM STATLER, PSYCHOLOGUE.

— Ça me fait très plaisir.

— Bienvenue au manoir Lawrence, avais-je répondu. J'espère que vous vous plairez ici.

Il m'avait ensuite expliqué qu'il avait demandé à un serrurier de venir installer un verrou supplémentaire à la porte de son cabinet, mais il devait sauter dans un train pour New York. Est-ce que cela me dérangerait de laisser entrer l'artisan ? Il s'appelait Gary Unger, de la serrurerie Gary Unger, avait-il précisé, en ajoutant qu'il aurait aimé faire partie du panel que le serrurier avait engagé pour trouver le nom parfait pour son entreprise. J'avais ri et dis à Sam que ça ne me dérangeait pas le moins du monde. D'ailleurs, c'était toujours un plaisir de rendre service.

— Et vous le connaissez bien ? demande Sheehy, me ramenant dans le présent.

— Aussi bien qu'on puisse connaître un locataire. Nous nous disons bonjour quand nous nous croisons.

— Était-ce un bon locataire ?

— Très bon.

— Payait-il le loyer à l'heure ?

— Il ne payait pas de loyer.

Le chef de la police et son subordonné tournent brusquement la tête vers moi.

— Du tout ? C'est vraiment très généreux de votre part, fait remarquer Sheehy.

— Avant de vous plier en quatre pour me faire canoniser, il faut que vous sachiez qu'on avait un arrangement. Sam avait accepté de m'aider dans la maison. Pour des petites choses, comme changer les ampoules ou sortir la poubelle. Comme vous l'avez dit vous-même, cette maison représente beaucoup de travail pour une seule personne.

— Surtout les vieilles demeures comme celle-ci. Il y a toujours quelque chose à faire.

Sheehy secoue la tête avec l'air d'un homme qui sait de quoi il parle.

— Et concernant les visites qu'il recevait ? Avez-vous déjà remarqué la présence de drôles d'individus ?

John Gently sourit.

— Ils sont tous un peu drôles, vous ne croyez pas ? J'ai une sœur qui fait une thérapie. Deux cents dollars, voilà ce qu'elle paie pour se plaindre de son mari pendant quarante-cinq minutes. Les riches sont doués quand il s'agit d'inventer des moyens de dépenser leur argent.

Je me force à adopter une expression neutre. Si seulement ce jeune homme savait combien de personnes Sam a aidées, s'il savait tout ce qu'il a fait pour moi, par simple osmose, alors il comprendrait que le prix de ses consultations avec Sam est totalement justifié.

— Non, pas de drôles d'individus. Même si c'est évident qu'un thérapeute doit toujours faire attention aux problèmes de transfert.

— Je vous demande pardon ? demande le chef de la police en me regardant par-dessus sa monture.

— Il n'est pas rare que certains patients idolâtrent leur thérapeute. Ils développent un besoin malsain d'être proche de lui.

Comme la Française avec son passif de relations inconvenantes, que j'examinerais de plus près si j'étais vous.

— Est-ce qu'il vous parle de ses patients ? demande le jeune dans une tentative de se joindre à la conversation.

Je ris.

— Bien sûr que non. Ce serait une violation du secret médical. Mais n'importe quelle personne un tant soit peu intelligente peut comprendre que ce genre de profession est aussi difficile que gratifiante.

— Hum hum.

Sheehy a l'air de s'ennuyer.

— Et le soir de l'ouragan ? Sa femme nous a dit que vous avez indiqué avoir vu le docteur Statler quitter son cabinet ?

— C'est exact. Aux alentours de dix-sept heures. Si vous saviez comme je m'en veux de ne pas avoir parlé à Sam des consignes que vous aviez données. Ça m'étonnerait qu'il ait le temps de consulter les prévisions météo quand il passe ses journées à aider les autres. J'aurais dû…

— Je ne culpabiliserais pas à votre place, dit Sheehy, le nez baissé sur son carnet. Vous savez comment sont les gens, parfois. Ils ne veulent rien entendre.

— Est-ce que vous croyez qu'il a eu un accident ?

— Nous n'écartons aucune hypothèse. On est aussi à la recherche de sa voiture, ajoute-t-il en refermant son carnet. C'est dommage qu'on ne puisse pas entrer dans son cabinet pour jeter un coup d'œil. Pas de double des clés, c'est bien ça ?

Je secoue la tête.

— Respect de la vie privée. Sam était très à cheval là-dessus.

— C'est rassurant de savoir qu'il y a encore des gens qui accordent de l'importance à ces choses-là.

— Je ne vous le fais pas dire. J'aimerais pouvoir vous aider davantage.

Sheehy glisse ses lunettes dans sa poche de veste et se lève.

— Appelez-nous si jamais vous avez du nouveau, me dit-il pendant que je les raccompagne jusqu'à la porte.

— Bien sûr. Bon courage ! leur lancé-je tandis qu'ils regagnent leur voiture sous une pluie froide. J'espère que vous allez vite le retrouver.

Chapitre 18

Plantée devant la fenêtre, Annie compose à nouveau le numéro.

— Urgences de l'hôpital St. Luke, en quoi puis-je vous aider ?

C'est la même femme que celle qui lui a répondu quelques heures plus tôt.

— Oui, bonsoir, Annie Potter à l'appareil. J'ai appelé tout à l'heure pour demander si on vous avait signalé un accident depuis hier soir. Mon mari n'est pas rentré à la maison et…

— Rappelez-moi son nom ?

— Sam Statler.

Annie l'entend taper sur son clavier.

— Un instant, je vous prie.

Elle se retrouve avec une chanson de Richard Marx dans les oreilles. C'est son troisième appel depuis hier soir, et c'est la première fois qu'on la met en attente. Ça veut peut-être dire que son nom figure dans la liste des admissions et que…

— Excusez-moi, dit la femme en reprenant la communication. Il fallait que j'éternue. Et non, aucune victime d'accident n'a été admise ce soir.

Annie soupire.

— Merci, dit-elle avant de raccrocher.

Elle glisse son portable dans la poche arrière de son jean et reste à la fenêtre, en espérant que la voiture débile de Sam apparaisse dans l'allée. Elle l'imagine se garer sous le pin, à son emplacement habituel, et courir vers la maison avec une pizza au pepperoni.

— J'ai attendu quinze ans pour ce truc, dirait-il en secouant la tête pour débarrasser ses cheveux des gouttes de pluie. Le service est vraiment nul.

Elle fait les cent pas et finit dans la cuisine. Le sweat à capuche de Sam est là où il l'a laissé la veille, sur un des tabourets près de l'îlot central. Elle le met, ouvre le réfrigérateur et inspecte son contenu d'un regard vide. Son téléphone sonne dans sa poche. Elle s'en empare à toute vitesse et son cœur se serre en voyant le numéro qui s'affiche sur l'écran. Ce n'est pas lui. C'est Maddie, sa cousine, qui l'appelle de France.

— Du nouveau ? demande Maddie à la seconde où elle décroche.

— Non, rien du tout.

Annie a téléphoné à Maddie hier soir pour lui dire qu'il y avait un ouragan et que Sam avait deux heures de retard. La municipalité avait fait diffuser des messages incitant les gens à ne pas se déplacer, le chef de la police avait conseillé d'éviter les routes. Quand Annie appelait Sam, elle tombait directement sur son répondeur. Elle avait fini par décider de braver les éléments et avait pris sa voiture pour aller jusqu'au manoir Lawrence, en priant pour que Sam ait décidé de rester au bureau jusqu'à ce que l'ouragan passe. La pluie tombait si dru sur son pare-brise qu'elle voyait à peine la route. Le centre-ville était désert, de grosses branches d'arbres jonchaient la chaussée. Son téléphone avait vibré sur le siège passager alors qu'elle passait le pont sur Cherry Lane en direction du manoir. C'était un message d'alerte du Service météorologique national. « Alerte inondation. Évitez les abords de la rivière. Écoutez les médias locaux. »

Le manoir Lawrence était plongé dans l'obscurité et la voiture de Sam n'était pas dans l'allée. Le déluge avait trempé Annie jusqu'aux os alors qu'elle courait jusqu'au cabinet. Elle avait collé son visage à la fenêtre. La salle d'attente était vide, la porte fermée à clé.

— Est-ce que tu as appelé la police ?

— Oui, hier soir. Un agent a pris ma déposition, ils vont surveiller les routes.

— C'est positif, non ?

— Rien de tout ça n'est positif.

Maddie soupire bruyamment.

— Comment tu te sens ?

— Je suis morte de peur.

— Est-ce que tu veux que je vienne ? propose Maddie.

— Bien sûr, que je veux que tu viennes. Mais tu vis en France.

Maddie est la personne dont elle se sent le plus proche. C'est la fille de Therese, la sœur jumelle de la mère d'Annie. Après la mort de ses parents, son oncle et sa tante lui ont ouvert leur porte comme si elle était leur propre fille. C'est chez eux qu'Annie passait toutes ses vacances.

— Je sais, mais il y a des avions maintenant. Je peux être là demain.

— Ça va aller.

Elle promet à Maddie de l'appeler dès qu'elle aura des nouvelles et raccroche. Elle traverse le couloir qui mène à la chambre. En passant devant la baie vitrée qui donne sur le patio, elle constate qu'ils ont perdu un des jeunes chênes qu'ils ont plantés quelques semaines après leur emménagement. Sam reviendra pour nettoyer le jardin, songe-t-elle. Il sera là demain, à empiler des branches dans sa brouette pour en faire du bois pour la cheminée.

Elle s'assoit de son côté à lui du lit et se prend la tête entre les mains. Il n'était pas comme d'habitude ces temps-ci. Ça fait plusieurs semaines qu'il est distrait, distant, qu'il dort mal. L'autre jour, pendant le petit-déjeuner, elle lui a demandé s'il avait envie de parler de ce qui le contrariait, et il a grommelé une vague réponse (le nouveau cabinet, sa mère), indiquant clairement que non, il n'en avait pas envie. Elle n'a pas insisté, pensant qu'il lui parlerait quand il serait prêt.

Elle s'allonge et ferme les yeux. Elle est sur le point de s'endormir quand elle entend une voiture dans l'allée. Elle se lève d'un bond et regarde par la fenêtre. C'est la police.

— Franklin Sheehy, dit l'homme lorsqu'elle ouvre la porte. Chef de la police de Chestnut Hill.

— Vous avez du nouveau ? interroge-t-elle, terrifiée.

— Non, m'dame.

Un jeune avec une tête de poupon apparaît derrière lui.

— L'agent John Gently m'accompagne.

Annie le reconnaît : c'est l'agent qui a pris sa déposition la veille.

— Vous avez quelques minutes à nous accorder ?

— Bien sûr. Entrez.

Elle s'écarte pour les laisser passer puis les emmène au salon, et les invite à s'installer sur un des deux canapés. Elle s'assoit en face d'eux.

— Nous venons de passer au manoir Lawrence. Votre mari a bien été vu alors qu'il quittait son cabinet vers dix-sept heures. J'imagine qu'il ne vous a toujours pas contactée ?

— Toujours pas, non. J'ai essayé de le joindre sur son portable, mais il n'a plus de batterie.

— Comment le savez-vous ? demande Sheehy.

— Je tombe directement sur sa messagerie.

— Ce que je veux dire, c'est : comment savez-vous qu'il n'a pas éteint son téléphone ?

Elle fronce les sourcils.

— Pourquoi ferait-il ça ?

Sheehy ignore sa question et sort un carnet et des lunettes de la poche intérieure de sa veste.

— Je sais que vous vous êtes déjà entretenue avec l'agent Gently, mais est-ce que cela vous dérangerait que je vous pose quelques questions supplémentaires ?

— Pas du tout.

— Est-ce que votre mari a des problèmes d'addiction ? Alcool, jeux d'argent ?

— Non, rien de tout ça.

— Comment allait-il ces derniers temps ?

Elle hésite.

— Bien... Enfin, je l'ai senti un peu distrait.

— Il vous a dit pourquoi ?

— Non. Mais nous sommes dans une grosse période transitoire. Le déménagement, le cabinet, la mère de Sam... Ça fait beaucoup.

Sheehy secoue la tête et fait claquer sa langue contre son palais.

— J'ai appris pour Margaret. C'est vraiment triste. Elle n'a plus jamais été la même après que Ted l'a quittée pour cette fille. Je suis désolé de devoir vous demander ça, mais est-ce que c'est possible que votre mari ait quelqu'un ?

— Non. Il n'a personne.

— Comment le savez-vous ?

— Parce que je connais mon mari et qu'il ne ferait jamais une chose pareille, répond-elle aux deux hommes qui la fixent.

John Gently éclate de rire.

— Pardon, dit-il en plaquant une main sur sa bouche et en lançant un regard gêné à Sheehy. Simplement, je... je suis allé dans le même lycée que Stats. Ce mec est une légende.

Annie le regarde à peine.

— C'était il y a vingt ans. Sam a changé. Est-ce que vous êtes parvenu à entrer dans son cabinet ?

— Malheureusement, non. Vous aviez raison : pas de double.

— Et vous n'avez pas d'autres moyens d'y accéder ?

— Non, m'dame. Pour nous introduire dans le bureau d'un particulier, il nous faut des preuves tangibles, et j'ai bien peur que ce ne soit pas le cas ici.

— Des preuves tangibles ? C'est-à-dire ?

— Gently ? interroge Sheehy.

Gently se redresse dans le canapé.

— Ça veut dire que si le chef de la police Sheehy fait venir la procureure dans la salle d'audience du juge Allison pour demander un mandat de perquisition alors que tout ce que le chef de la police a c'est un type qui n'est pas rentré du boulot, personne ne va être très content.

— Bingo, confirme Sheehy.

— Un type qui n'est pas rentré du boulot ? répète Annie en faisant de son mieux pour garder son calme. J'espère que vous n'êtes pas en train de sous-entendre que Sam est... parti ? Il a pris la voiture pendant un ouragan terrible. Il a probablement eu un accident.

Sheehy et Gently échangent un regard, puis Sheehy hoche la tête et remet son carnet dans sa poche.

— On cherche sa voiture, et la police d'État aussi. S'il a eu un accident, on va le retrouver. En attendant, madame Statler, le mieux que vous puissiez faire, c'est de vous reposer un peu.

Elle se force à sourire et se lève.

— Merci. Je vais essayer.

Elle les raccompagne à la porte et reste à la fenêtre tandis que la lumière des phares de leur voiture s'éloigne dans la rue. Elle regarde une nouvelle fois l'écran de son portable (pas d'appels manqués) et rédige un nouveau message.

Bonjour, cher mari. Je ne sais pas ce qui se passe, mais je déteste ça. Est-ce que tu peux rentrer à la maison maintenant, s'il te plaît ?

Chapitre 19

Je me connecte, je m'étire et je me lance dans la rédaction de mon commentaire.

Misery, de Stephen King.

J'en ai encore la tête qui tourne.

Un ami en avait un exemplaire. Moi qui pensais lire quelques pages en diagonale, je l'ai dévoré en une soirée. J'ai remarqué que certains lecteurs utilisaient des mots comme *dérangée* et *cinglée* pour décrire Annie Wilkes. Personnellement, je trouve ces qualificatifs aussi inadaptés qu'insensibles. À mes yeux, c'est très clair : la souffrance de notre protagoniste est le résultat de profondes blessures psychologiques infligées dans l'enfance. Une fois adulte, elle fait du mieux qu'elle peut pour s'en sortir, en utilisant divers mécanismes de défense : fixation, déni, régression, sans parler de sa tentative (ratée) de réprimer la colère qu'elle ressent d'être une femme d'âge moyen sans enfant. Prend-elle toujours les meilleures décisions ? Bien sûr que non. Mais ce n'est pas la méchanceté qui l'y pousse, c'est l'angoisse.

(Pour les personnes que ce sujet intéresse, je vous conseille de regarder le cours « Misery et la vie de femme » du Dr Anne [*sic*] Potter, ancienne professeure de l'université de Columbia et ancienne consœur du Guggenheim, dont la vidéo est disponible sur YouTube.)

Fin un peu bâclée. Quatre étoiles.

Je poste mon commentaire puis je m'écarte de l'ordinateur, complètement à plat. J'ai trouvé la vidéo d'Annie hier soir, après le dîner. Ils avaient mal épelé son nom dans la description, c'est pour ça que mes recherches avaient été infructueuses au début. Elle avait consacré tout un cours au même roman de Stephen King que celui que Sam lisait (comme c'est mignon). Quarante-deux minutes pendant lesquelles le Dr Potter explorait la psyché d'Annie Wilkes et analysait ses deux rôles, celui de mère et celui de séductrice. J'ai regardé la vidéo six fois d'affilée. Après ça, ma curiosité était piquée au vif et j'ai décidé d'emprunter l'exemplaire qui se trouvait dans le bureau de Sam. L'instant d'après, il était deux heures du matin et je venais de lire la dernière page.

Je traverse la cuisine, j'ouvre la porte du bureau d'Agatha Lawrence et j'inspire profondément l'odeur de propre qui règne dans la pièce. Je l'ai fait : j'ai enfin tout mis en ordre. Je n'arrivais pas à dormir après avoir fini le roman, alors j'ai décidé de me rendre utile. Au début, je pensais simplement ranger les papiers et me débarrasser des cartons (afin d'en finir une bonne fois pour toutes), mais avant d'avoir eu le temps de dire ouf, j'étais en train de faire la queue à quatre heures du matin à un Home Depot ouvert vingt-quatre heures sur vingt-quatre, avec le dos en compote et de quoi réparer la fenêtre moi-même.

J'aurais pu m'arrêter là et aller me coucher, mais à la place, j'ai transformé le bureau en chambre d'amis avec des rideaux fraîchement lavés et un lit individuel que j'ai traîné depuis l'étage du dessus. Résultat : une atmosphère à la fois confortable et chic, avec une palette de couleurs douces et la lumière chaude de la lampe vitrail que j'ai découverte dans un placard.

J'inspecte la pièce une dernière fois avec la satisfaction du travail bien fait, et je retourne dans la cuisine avec la serpillière. Pendant que je la tords dans l'évier, mon regard se pose sur le numéro du jour du *Daily Freeman*, qui traîne sur la table où je l'ai posé. Il y a un article sur Sam en première page. Quand j'ai ouvert ma porte ce matin, je ne m'attendais certainement pas à voir son visage trempé et ridé me sourire depuis mon paillasson. J'aurais dû, pourtant. L'histoire allait forcément éveiller la curiosité : un habitant du coin, psy adoré de ses patients, qui disparaît le soir de l'ouragan. Qu'il soit bel homme ne gâche rien, et le fait que sa femme et lui soient jeunes mariés ajoute encore plus de piment à l'intrigue. Suffisamment, en tout cas, pour que le rédacteur en chef du *Daily Freeman* confie le sujet à la jeune et intrépide Harriet Eager, forte d'une licence en journalisme et d'un nom de famille qui colle parfaitement à sa personnalité[2]. C'est elle qui a été chargée de relater la mauvaise nouvelle comme quoi Sam n'a pas été aperçu depuis deux jours.

La disparition du Dr Sam Statler a été signalée il y a deux jours par sa femme, lorsqu'il n'est pas rentré du travail. Quiconque ayant des informations concernant les déplacements de M. Statler est prié de contacter la journaliste Harriet Eager à l'adresse suivante : tuyaux@DailyFreeman

Il est particulièrement beau sur la photo qu'ils ont imprimée pour accompagner l'article d'Harriet, dans son costume bleu avec une cravate qui fait ressortir ses yeux. J'imagine que c'est Annie qui l'a prise, tandis qu'il était assis sur le porche de leur maison au 119, Albemarle Road. Quatre chambres sur trois hectares de terrain avec une cuisine entièrement rénovée et une suite parentale au rez-de-chaussée, pour la modique somme de huit cent trente-cinq milles dollars. J'ai trouvé l'annonce immobilière (avec photos et tout le bazar) grâce au patron d'Harriet, qui a jugé bon de publier l'adresse de Sam, là où sa femme Annie vit désormais toute seule, sans la présence d'un homme pour la protéger.

2. *Eager* signifie fervent, passionné (NdT).

J'attrape les ciseaux dans le tiroir et m'installe à la table de la cuisine en me demandant ce que le Dr Annie Marie Potter dirait si elle découvrait les factures en retard de carte de crédit que son mari porté disparu lui a cachées. Autrement, pourquoi les conserverait-il dans son bureau, glissées entre les pages d'un roman ? J'ai consulté le détail des transactions, et je n'en reviens pas de voir dans quoi il a claqué son argent.

À vrai dire, je trouve ça extrêmement blessant que Sam ne m'ait parlé de rien. Je sais bien que c'est absurde : crouler sous cent vingt milles dollars de dettes est un sujet bien trop déprimant pour l'apéritif. Mais j'aurais pu l'aider à analyser ce qui l'avait poussé à se retrouver dans cette situation et échafauder un plan pour le sortir de là. (D'un autre côté, je dois reconnaître que ça me console un tout petit peu. La froideur de Sam lors des dernières semaines n'avait rien à voir avec moi. C'étaient ses ennuis financiers qui le mettaient dans cet état.)

Je viens juste de finir de découper l'article quand un éclair coloré passe devant la fenêtre. Je me lève pour regarder dehors. C'est le Pigeon. J'envisage de me glisser dans la salle de bains en attendant qu'elle s'en aille, mais c'est trop tard. Elle m'a vu et me fait signe à travers la vitre. Je range les ciseaux, me dirige calmement vers l'entrée et m'accroche un sourire à la face.

— Est-ce que vous avez vu l'article ? demande-t-elle à la seconde où j'ouvre la porte.

— J'étais en train de le lire, justement.

— Je suis dévastée.

Elle ferme les yeux puis fait la dernière chose à laquelle je m'attendais : elle me prend dans ses bras.

<u>Liste de la dernière fois où j'ai eu un contact humain</u>

Le 4 mars dernier, il y a sept mois, le jour où j'ai quitté Albany.

C'était Xiu, l'aînée des quatre filles des propriétaires de Happy Chinese, au rez-de-chaussée de mon bâtiment. Je les ai regardées, elle et ses sœurs, grandir dans ce restaurant, travailler au bar, accepter chacune leur tour les pourboires de deux dollars qu'elles savaient que je donnais chaque fois qu'elles m'apportaient le sac plastique contenant ma nourriture. Du riz frit au poulet les lundis et des travers de porc sauce barbecue les vendredis, chaque semaine pendant six ans.

Xiu était assise à terre dans l'entrée, près des boîtes aux lettres, à mâchonner le bout de sa queue-de-cheval pendant qu'elle lisait *Le Journal d'un dégonflé*. Elle m'a demandé où j'allais avec une si grosse valise. Quand je lui ai expliqué que je déménageais et que je ne reviendrais pas, elle a interrompu sa lecture pour me serrer dans ses bras. Je n'y croyais pas. Son geste m'a paru si doux et si touchant que j'en ai eu les larmes aux yeux, des larmes qui étaient toujours là après une heure de voyage en car en direction de Chestnut Hill, New York. (Voyage sur un siège standard. Je venais de déposer un chèque à mon nom d'un montant que je n'aurais jamais pu imaginer posséder un jour, et pourtant j'étais là, sur le siège 12C, à fixer avec envie davantage d'espace pour les jambes et un siège inclinable trois rangs devant moi pour seulement vingt-neuf dollars de plus.)

— J'ai vu que la police était aussi passée chez vous, reprend le Pigeon en relâchant enfin son étreinte.

Elle a baissé la voix, comme si elle redoutait que la porte ne nous entende.

— Qu'est-ce que vous leur avez dit, vous ?

— Rien de spécial. Que j'avais vu Sam courir vers sa voiture après sa journée de travail, sans doute dans l'espoir de rentrer avant l'ouragan.

— Oui, je l'ai vu passer devant la maison. C'était de la folie de prendre le volant par un temps pareil. Une de mes amies a un arbre qui a carrément éventré sa toiture, et presque toute la ville est sans électricité.

— J'ai entendu, oui.

J'étais debout aux aurores, en compagnie de notre météorologue local Irv Weinstein, qui arrivait à peine à se contrôler pendant les infos de six heures. (*Des centaines d'arbres arrachés ! Des coupures d'électricité dans tout l'est du comté !*)

— Pauvre Annie, dit Sidney.

— Elle doit être morte d'inquiétude.

— Je les ai vus ensemble il y a quelques semaines. Ils avaient l'air heureux. Je n'arrive toujours pas à croire que quelqu'un ait réussi à passer la corde au cou de ce type.

Elle marque une pause, et puis…

— On est sortis ensemble, Sam et moi, vous savez.

— Je l'ignorais. Il n'en a pas parlé.

Elle rit.

— En même temps, je ne vois pas pourquoi il le ferait. C'était il y a une éternité et ça n'a pas duré longtemps. Bref…

Elle sort de sa poche arrière une feuille de papier pliée en quatre.

— Je suis venue vous dire qu'il va y avoir une battue. Organisée par des anciens de notre classe. Tout le monde se retrouve au bowling dans une heure.

Je prends le tract qu'elle me tend.

— « Battue communautaire pour Sam Statler. »

— Oui. Enfin, je dirais plutôt pour sa voiture. Il y a de grandes chances qu'il ait eu un accident, vous ne croyez pas ?

— Ça, ou alors une fugue dissociative.

J'ai googlé ça hier soir : *Pourquoi certains hommes disparaissent sans laisser de traces.*

— Un type dans le Delaware est parti acheter des donuts, expliqué-je au Pigeon. Il a été retrouvé deux semaines plus tard à San Diego, alors qu'il cherchait un endroit où se faire tatouer le visage. Il n'avait pas la moindre idée de comment il était arrivé là. Enfin bref.

J'agite le tract et je recule d'un pas.

— Merci pour l'info, en tout cas.

Je ferme la porte et je reste dans l'entrée, d'où j'écoute le bruit de ses pas s'éloigner dans l'allée. Une fois qu'elle a atteint la haie, je tourne le verrou et je relis le papier. « Rendez-vous au Lucky Strikes à 10 h 00 ! Habillez-vous chaudement ! »

Dans la cuisine, je prends la coupure de l'article d'Harriet Eager et je vais dans la bibliothèque. J'attrape le classeur violet sur l'étagère et je m'installe au bureau d'Agatha Lawrence. Je perfore trois trous dans le tract et l'article, j'ouvre les anneaux et j'ajoute les deux papiers à la suite de tous les autres documents. Je referme les anneaux et je parcours le contenu du classeur à rebours, depuis les factures de carte de crédit de Sam, que j'ai classées ce matin, jusqu'à la toute première entrée. L'interview qu'il a accordée au journal local.

Je n'oublierai jamais le jour où je l'ai lue et où j'ai découvert l'existence de Sam. Cela faisait trois mois que je vivais à Chestnut Hill, sans personne, dans cette grande maison remplie des souvenirs d'une morte. J'avais appelé un entrepreneur pour réparer une fuite dans le plafond du salon. Quand il eut terminé, je l'avais rejoint et j'avais trouvé le sol de la pièce couvert d'exemplaires du *Daily Freeman*, avec le visage de Sam qui apparaissait un peu partout. J'avais ramassé un journal et lu l'interview. Un garçon du coin qui revenait vivre ici pour s'occuper de sa mère, ancienne secrétaire du lycée. Ses réponses étaient drôles et charmeuses et j'avais aussitôt bondi sur Google. J'avais passé la nuit sans dormir, à lire des articles sur son travail, et j'avais tout de suite su que c'était quelqu'un que j'avais envie de connaître.

Je ferme le classeur, je le range sur l'étagère à côté des autres et je vais chercher mes bottes. La battue pour Sam commence bientôt, il ne faut pas que je tarde trop.

Chapitre 20

Au volant de sa voiture à l'arrêt, Annie tient entre ses mains le tee-shirt sale de Sam. Elle enfouit son visage dans le tissu, respire l'odeur de sueur qui s'est attardée entre les fibres, l'imagine en train de rentrer de la salle de sport un peu plus tôt dans la semaine. Quatre femmes passent à côté de sa voiture, vêtues du même imperméable violet de l'église catholique de St. Ignatius. Elles ouvrent la porte du bowling et disparaissent à l'intérieur du bâtiment. Lucky Strikes, le quartier général officieux de la « Battue pour Sam ! » annoncée sur les tracts que des camarades de lycée de Sam ont photocopiés et placardés partout en ville ce matin. Ils n'ont pas lésiné sur les points d'exclamation. « Rendez-vous au Lucky Strikes à 10 h 00 ! Habillez-vous chaudement ! » Ça fait maintenant douze minutes qu'Annie est assise là, à regarder les autres voitures se garer et les gens trotter sous la bruine vers l'entrée du bowling, bottes en plastique aux pieds et capuches sur la tête.

Elle imagine Sam sur le siège passager à côté d'elle, comme s'ils n'étaient qu'un couple comme les autres venus se joindre à la battue, heureux d'avoir quelque chose d'excitant à faire par un vendredi matin.

Regarde ce que tu as fait, murmure-t-elle. *Tu reviens vivre ici et tu réunis tout le monde. Tu devrais te présenter aux élections municipales quand tu reviendras.*

Bonne idée, répond-il. *Tu voudras bien t'occuper des rencontres et discussions avec les électeurs ?* Elle sent sa main s'emparer de la sienne. *Il faut que tu y ailles.*

Je ne veux pas.

Pourquoi pas ?

Je ne sais pas, chuchote-t-elle.

Bien sûr que tu sais, andouille. Il entrelace ses doigts dans les siens. *C'est parce que tu meurs de trouille qu'à un moment, quelqu'un tombe sur ma voiture et découvre mon cadavre, et tu n'arrives pas à affronter cette possibilité.*

La sonnerie de son portable sur le siège passager la fait sursauter. C'est Gail Withers, la directrice de la filiale la plus proche de Chase Bank, à quarante-cinq kilomètres de là.

— Madame Withers, répond précipitamment Annie. Merci de me rappeler.

— J'ai eu les messages que vous avez laissés ce matin. En quoi puis-je vous aider ?

— Mon mari a un compte chez vous et j'essaie de déterminer quand sa carte a été utilisée pour la dernière fois.

— Êtes-vous également titulaire du compte ?

— Non.

— Je vois.

— J'ai passé je ne sais combien de temps au téléphone avec des numéros verts pour essayer d'obtenir des réponses.

— Et quelles informations ont-ils été en mesure de vous communiquer ?

— Rien du tout.

Annie appuie sur son front, à l'endroit où un mal de tête est en train de se former.

— C'est pour ça que je vous appelle. J'ai pensé qu'en parlant à quelqu'un du coin, peut-être…

— Je suis navrée, madame Potter, mais la banque n'est pas autorisée à divulguer des informations aux personnes qui ne sont pas titulaires d'un compte chez nous. C'est pour la protection de nos clients.

— Ce n'est pas à la banque que je demande de l'aide, Gail. C'est à vous.

Elle hésite, mais finalement…

— Je suis désolée, Annie. Quand bien même je voudrais vous aider, je ne peux pas.

Annie inspire profondément et résiste à un brusque besoin de crier.

— Je n'ai pas parlé à mon mari depuis deux jours. Je ne sais pas quoi faire.

— Je suis désolée, répète Gail d'un air sincèrement attristé. J'ai vu l'article ce matin. Je sais à quel point c'est dur.

Annie a envie de rire. *Vraiment, Gail ? Alors comme ça, vous aussi, votre mari a disparu dans la nature, et pour éviter de l'imaginer en train d'agoniser dans le bolide le plus ridicule du monde, votre cerveau tourne en boucle pour trouver un moyen de découvrir s'il a utilisé sa carte bancaire ?*

— Merci, Gail.

Elle raccroche, sort de la voiture et se dirige vers le bowling à pas rapides. Quand il faut y aller, il faut y aller. Une fois à l'intérieur, elle est enveloppée par une odeur de frites et de graillon. Une femme vient à sa rencontre, armée d'un porte-bloc et d'un stylo. Elle a la soixantaine, et les cheveux couleur raisin violacé.

— Votre nom, s'il vous plaît ?

— Je ne reste pas, explique Annie. Je suis juste venue déposer quelque chose.

Un homme passe précipitamment à côté d'elle avec deux boîtes de donuts frais qu'il pose sur une table adjacente, placée sous un écriteau collé au mur : AVEC TOUTE NOTRE SYMPATHIE. BOULANGERIE-PÂTISSERIE EILEEN, CENTERVIEW PLAZA.

— Servez-vous avant qu'il n'y en ait plus, madame Escobido, lance-t-il par-dessus son épaule.

La dame aux cheveux violets secoue la tête.

— J'en suis au quatorzième jour de mon nouveau régime et tout ce que j'ai perdu, ce sont deux semaines de bonheur.

Annie s'éloigne. Des gens s'affairent, servent du café au comptoir sur fond de Bon Jovi. Plusieurs femmes ont formé une chaîne de production alimentaire et étalent du beurre de cacahuète sur des tranches de pain de mie. L'une d'elles lui fait signe, l'air triste, et Annie met une bonne minute à la remettre. Sidney Pigeon, la femme qui vit en face du manoir Lawrence. Une énième ex qui lançait des regards à Sam à l'autre bout de la pièce. C'était lors de ce rassemblement politique pour les élections municipales. Annie se rappelle être remontée en voiture ce soir-là en faisant semblant d'être Sidney Pigeon, promotion 1998. Une fois de retour à la maison, elle avait emmené Sam dans la chambre à coucher en lui décrivant, pompette, toutes les choses qu'elle avait fantasmé faire avec lui pendant les réunions d'anciens élèves des quinze dernières années.

Annie hoche la tête à l'attention de Sidney et embrasse la pièce du regard, à la recherche de Crush. Crush Andersen, receveur idole de l'équipe des Trifouilleurs de Maïs (« Je ne veux pas savoir », avait dit Annie la première fois que Sam avait mentionné le nom de son ancienne équipe de base-ball). Annie a rencontré Crush au Mulligan, le repaire de Sam à l'époque du lycée, peu après leur arrivée à Chestnut Hill. Cela faisait dix minutes qu'ils étaient là, attablés devant une assiette de nachos et des margaritas glacées, quand six types avec la même coupe de cheveux avaient débarqué. Il y avait eu des tapes dans le dos et un rapide tour de table – Crush, Tucky, tout le casting d'*Happy Days*, super contents d'apprendre que leur vieux pote Stats était de retour.

Un des types des forces de police a prévenu Crush qu'une alerte avait été communiquée à toutes les patrouilles à propos d'un certain Dr Sam Statler, et Crush n'a pas perdu de temps à venir à la rescousse. Des tracts. Une page Facebook. La mise à disposition gracieuse du bowling tant que le rassemblement s'achève à dix-sept heures, heure à laquelle démarre la promotion « Soirée fun en famille ». Deux femmes en parka orange s'approchent de la table à donuts.

— Barbara a dit que quelqu'un de la télé allait venir, affirme l'une d'elles en tripotant un beignet. Tu penses que ça va passer aux infos nationales ?

— Ne dis pas de bêtises, lui répond l'autre. Ce n'est pas El Chapo, non plus.

— Annie chérie, tu es là !

C'est Crush qui s'approche d'elle, les bras tendus.

— Comment tu te sens ? demande-t-il en la serrant contre lui dans une étreinte qu'elle aurait préféré éviter.

— Comme une loque. J'ai apporté ça, indique-t-elle en lui tendant le tee-shirt de Sam. Tu as dit qu'il fallait un truc qui sente fort, alors...

Il s'empare du vêtement et le renifle.

— Beurk, dit-il en écartant le tissu de son visage. Zander va adorer.

Zander est le chien-policier-secouriste à la retraite que son propriétaire a proposé d'apporter pour le faire participer à la battue.

— Tu as mis le paquet, fait remarquer Annie.

La voix de Sam résonne dans sa tête. *Tu t'attendais à quoi ? Je te l'ai bien dit, que Crush avait été élu « Celui le plus susceptible de mener une battue à la recherche de Sam Statler quand il disparaîtra dans vingt ans ».*

— Stats en ferait autant pour moi, assure Crush.

Certainement pas, non, répond Sam.

— Tu restes un peu ?

— Non, dit Annie. Ce n'est pas mon truc. Mais tu m'appelles si jamais il y a quoi que ce soit…

— Ne t'inquiète pas, Annie. Je te tiens au courant.

Elle le remercie et se dirige vers la sortie. L'estomac noué, elle conduit plus vite qu'elle ne le devrait le long de la Route 9, avant de prendre à gauche en direction de la colline. Elle ralentit dans les virages à mesure qu'elle s'approche de chez elle et tend le cou pour voir au-dessus de la glissière de sécurité, en essayant de ne pas imaginer le pire. *Le vent était plus violent que ce qu'il croyait, il aura pris un virage trop vite…*

Le ciel est d'un gris sombre lorsqu'elle arrive à la maison. Elle allume la lumière du salon et observe le désordre qui règne dans la pièce. Des piles de papiers à terre, des livres qui traînent, le contenu du tiroir à bazar de la cuisine étalé sur la table basse. Elle laisse tomber son manteau sur le canapé et va dans la cuisine. Elle n'a pas l'énergie nécessaire pour faire face au chaos qu'elle a semé la nuit dernière dans sa quête du double des clés du cabinet de Sam. Elle sait qu'il en a fait faire un. Elle revoit clairement la scène : Sam qui lui montre une grosse clé dorée accrochée à un porte-clés en plastique orange avec une étiquette portant la mention

GARY UNGER

SERRURERIE GARY UNGER

C'était l'anniversaire de leurs deux semaines de mariage et Sam était arrivé avec dix minutes de retard au Parlor, en se plaignant que son excentrique de propriétaire solitaire lui avait tenu la jambe alors qu'il était sur le point de partir du manoir.

— C'est un double du cabinet, avait expliqué Sam. En cas d'urgence.

— Une urgence de quel genre ? Te retrouver coincé sous un ego particulièrement énorme ? avait-elle plaisanté.

Mais après ça, il ne lui avait pas dit où il avait mis la clé. Elle a mis la maison sens dessus dessous jusqu'à trois heures du matin, en se disant qu'il fallait vraiment être crétin pour faire une clé en cas d'urgence et ne dire à personne où elle se trouve. Elle sait bien que c'est inutile : la police lui a affirmé qu'il avait été vu en train de quitter son cabinet et que s'il y était retourné, sa voiture aurait été là-bas. Mais elle est trop fébrile pour rester assise sans rien faire.

Dans la cuisine, elle ouvre et referme la porte du réfrigérateur. Elle ne sait plus à quand remonte la dernière fois où elle a mangé. Agitée, elle va dans la chambre et songe à se replonger dans les notes qu'elle a commencé à rédiger pour son prochain cours, mais elle est trop distraite. Elle imagine tout le monde au Lucky Strikes en train de recevoir des consignes, avant de sortir armés de leur carte mouillée à la recherche de la moindre trace de Sam.

Elle se met au lit. Les lettres qu'elle a trouvées hier soir jonchent encore l'oreiller de Sam. Elles étaient dans une boîte sur une étagère dans le placard, une pile de missives provenant du père de Sam, tapées sur un papier à en-tête visiblement coûteux. Elle s'était endormie en les lisant. Chacune contenait le même message : *Salut Sammy ! Je pense tout le temps à toi, fiston. Appelle-moi dès que tu en as envie ! Je t'aime, fiston !*

Elle se blottit sous les couvertures et repense à l'expression blessée sur le visage de Sam quand il lui avait raconté l'histoire de son père : son départ de la maison alors que Sam avait quatorze ans, le cadeau inattendu de deux millions de dollars. Elle sort son portable de la poche arrière de son jean et consulte son répondeur. Elle a besoin d'entendre sa voix. Grâce au Bluetooth, elle est connectée au système audio à la pointe de la technologie que Sam a absolument tenu à installer dans toutes les pièces de la maison. Elle appuie sur son écran pour écouter un message qu'il lui a laissé il y a quelques semaines, alors qu'il était sur la route de la maison après le travail. Sa voix envahit la pièce.

Bonjour Annie. C'est Sam, ton mari. Elle ferme les yeux, son cœur se serre dans sa poitrine. *Je t'appelle au téléphone comme si on était en 1988, pour te dire que je vais passer chez Farrell dans dix minutes et te demander si tu voulais quelque chose. Ah, et j'ai constaté que tu n'avais toujours pas changé ton nom dans ta signature automatique d'e-mail. Ça ne dit toujours pas Mme Sam Statler.* Sa voix devient sévère. *C'est la dernière fois que je te le dis. C'est bien clair ?*

Elle ne peut pas s'en empêcher : elle rit. Elle a écouté ce message au moins dix fois au cours des dernières vingt-quatre heures et il la fait rire à chaque fois. Mais ensuite elle arrête de rire et d'un coup, elle se met à pleurer sans parvenir à s'arrêter. Est-ce que c'est ça, la vie ? Tout va à merveille pendant un laps de temps très court, avant que la tragédie ne s'abatte et ne fasse tout disparaître ? C'est comme si elle revenait en arrière, qu'elle avait de nouveau dix-huit ans et qu'elle était en train de faire signe à ses parents sur cette jetée, le jour de leur accident. La pire journée de sa vie.

Son portable bipe. Un nouveau message. Elle essuie ses larmes et attrape son téléphone. C'est Crush.

On se met en route, Annie. Souhaite-nous bonne chance.

Chapitre 21

— Sam ?

Sam ouvre les yeux. Il fait noir et sa tête lui fait un mal de chien.

— Sam, vous m'entendez ?

— B'jour, marmonne Sam.

Il tente de se redresser, mais la douleur dans sa boîte crânienne le rive au sol.

— Aidez-moi…

— Ne bougez pas, Sam.

C'est une voix d'homme.

— Restez où vous êtes. Tenez, voyez si vous arrivez à me serrer la main.

Sam sent une main dans la sienne et s'exécute.

— Formidable, Sam. Tout va bien se passer.

Des doigts effleurent sa bouche, placent des comprimés sur sa langue.

— Je vous donne quelque chose pour calmer la douleur et je vous sors de là. Ça va vite faire effet, vous allez voir.

L'homme a raison : Sam ne sait pas ce qu'il a avalé, mais la douleur diminue aussitôt. D'ailleurs, il ne lui faut pas bien longtemps pour ne plus sentir grand-chose, à part des mains puissantes qui le hissent et le traînent lentement sur des graviers.

— Accrochez-vous, Sam. Ça va aller, dit l'homme essoufflé.

La texture du sol change, le ciel apparaît et avant même que Sam n'ait le temps de demander où il se trouve, ses paupières se ferment et il se rendort.

Chapitre 22

Dans la bibliothèque, je m'installe dans le fauteuil devant mon ordinateur et je pose ma tasse de thé sur un sous-verre. J'inspire profondément et je vais sur Amazon pour consulter mon classement, la peur au ventre. Mon estomac se noue. J'ai perdu quinze places en l'espace de moins d'une semaine, tandis que Lola-sûrement-pas-de-Pensacola est passée neuvième, cette malade. Mais ça ne fait rien. Je vais arranger ça. Je vais tout arranger.

J'ouvre mon carnet et je commence à rédiger le commentaire du premier article de ma liste : une paire de chaussures de randonnée TrailEnds imperméables en bleu cendré.

> Je viens de passer deux heures à marcher dans la boue et l'humidité ne s'est quasiment pas infiltrée. En revanche, je ne COMPRENDS PAS pourquoi ces chaussures ne sont pas munies de guêtres intégrées !

J'aurais dû prendre des photos. J'ai dû m'arrêter trois fois pour retirer les cailloux qui étaient entrés dans mes chaussures, ralentissant du même coup les huit autres personnes chargées de fouiller les bois en bordure de la Route 9, route que Sam aurait empruntée pour rentrer chez lui en sortant du travail le soir de l'ouragan. Les dames de la cantine du lycée de Brookside et moi avons passé l'après-midi à inspecter les bois, à chercher sans succès le moindre signe de sa voiture. Tout le monde semblait réticent à l'idée d'être dehors sous la pluie, et nous aurions sans doute abandonné plus tôt sans la présence d'Eleanor Escobido, chef cuisinière adorée du lycée depuis trente-cinq ans. (Je l'ai reconnue car elle figure tous les ans en quatrième de couverture des albums de promo, souriant tandis qu'elle fait signe de la main à travers le hublot de la porte de la cafétéria.) Il faisait froid et gris, et pourtant, Eleanor faisait de son mieux pour remonter le moral des troupes en racontant des anecdotes sur Sam, le beau-jeune-homme-si-gentil que tout le monde semblait apprécier, et sur sa mère dévastée par le départ de son mari-pas-si-gentil qui l'avait quittée pour un mannequin lingerie.

Naturellement, j'ai eu plusieurs fois envie de l'interrompre pour y aller de mes anecdotes, à moi aussi. Pour leur raconter que Sam occupait l'espace en rez-de-jardin chez moi, et que j'adorais écouter ses sessions. Et à quel point la solitude me pèse depuis que je sais que je ne peux plus traverser le couloir et entendre sa voix dispenser de sages conseils de cette douce intonation. Ce qui ne m'empêche pas de continuer à coller mon oreille au conduit métallique froid en regrettant que les choses soient ce qu'elles sont.

Je commence à rédiger un commentaire sur le lot de six marqueurs que j'ai reçu l'autre jour (« Les couleurs sont très vives, exactement comme sur les photos ») quand je distingue un faible bruit de moteur. J'arrête d'écrire pour écouter. J'aurais pu croire que c'était le Pigeon qui revenait d'une journée shopping avec le #gangdefilles qu'elle tague toujours sur Instagram, si je ne l'avais pas vue enfourcher son vélo d'intérieur dans sa chambre il y a dix minutes. J'éteins l'écran, j'enfile ma robe de chambre et je descends. L'épais brouillard sombre est transpercé par une lumière de phares. Une voiture arrive au sommet de la colline et s'approche du pont. Je m'écarte de la fenêtre. La voiture s'engage dans mon allée et la personne au volant coupe le contact. Je retiens mon souffle en m'attendant à entendre des pas retentir sur les marches du porche. Mais la personne longe le porche au petit trot et emprunte le chemin qui mène à la porte du cabinet de Sam. J'écarte les rideaux et vois une Mini Cooper verte à rayures blanches.

La Française est ici.

Je m'éloigne de la fenêtre et vais chercher mon manteau dans le placard, me résignant à être l'oiseau de mauvais augure qui lui annonce la nouvelle : le Dr Statler est porté disparu depuis quarante-huit heures et il n'est donc pas disponible pour écouter ses petites insécurités pendant les quarante-cinq minutes à venir. J'ouvre la porte et sors sur le porche, mes chaussons aux pieds. Peut-être que je devrais offrir mes services et me porter volontaire pour lui asséner la vérité : elle a des mœurs légères parce qu'elle n'a pas d'estime d'elle-même. Il se trouve que j'ai lu pas mal de choses sur le sujet depuis son dernier rendez-vous, ce qui m'a permis de comprendre que son comportement licencieux vient d'un manque de supervision lorsqu'elle était enfant, manque qui l'a poussée à utiliser le sexe pour attirer l'attention, ce qui ne lui apporte rien d'autre que des relations vides de sens et de moins en moins de dignité.

J'appelle dans l'obscurité :

— Il y a quelqu'un ?

J'avance à pas prudents sur le petit chemin glissant qui mène à la porte de Sam. Silence. Soudain, la lumière s'allume dans la salle d'attente.

Je me baisse précipitamment. *Elle est entrée.* Je fais demi-tour et grimpe les marches du porche quatre à quatre. J'ai les mains qui tremblent tandis que je verrouille la porte d'entrée et que je me précipite dans la cuisine, puis dans le couloir qui mène au bureau d'Agatha Lawrence. Je tombe à genoux et déplace le paillasson smiley.

J'entends la porte du cabinet qu'on ouvre, puis le déclic de l'interrupteur. Des pas et… mon Dieu, le bruit de tiroirs qu'on ouvre et qu'on referme. Je ne sais pas quoi faire. Appeler la police ? Lui hurler de ficher le camp ?

Je sais. Je vais descendre et lui rappeler qu'il s'agit d'une propriété privée. Mais au moment où je me lève, j'entends qu'elle commence à pleurer.

— Allô, c'est moi. Je suis au cabinet de Sam.

Silence.

— Non, je suis venue toute seule.

Elle marque une pause, renifle.

— J'ai trouvé le double de la clé dans la poche d'un de ses manteaux.

Il y a quelque chose qui cloche dans sa voix. Il me faut un moment pour comprendre ce que c'est : son accent français a disparu.

— Je viens juste d'arriver.

D'un coup, je percute. Cette voix. Je la connais. C'est la même que celle de ce cours sur YouTube, « Misery et la vie de femme », que j'ai bien dû visionner vingt fois au moins. J'ai la tête qui tourne. La Française n'est pas du tout française.

La Française est la femme de Sam.

Chapitre 23

— Et alors ? demande Maddie avec nervosité.

Annie ouvre lentement un autre tiroir du bureau de Sam. Il contient des stylos et les cahiers qu'il aime bien.

— Tout a l'air normal, répond Annie.

Les livres sont bien rangés sur les étagères, le tapis porte la trace de lignes droites laissées par l'aspirateur.

— Je suis venue l'autre jour, et rien ne semble avoir changé depuis.

Annie entend Maddie prendre une grande inspiration. Elle imagine sa cousine devant le restaurant qu'elle possède à Bordeaux, en train de fumer la cigarette qu'elle s'autorise en fin de soirée, après le dernier service. Maddie et Annie ont seulement onze mois d'écart et les gens les prenaient souvent pour des sœurs lors des étés qu'Annie et ses parents passaient en France, à l'oliveraie où sa mère avait grandi et où sa tante et son oncle vivent désormais. Chaque année, Maddie et Annie faisaient le compte à rebours : elles cochaient sur un calendrier les jours qui les séparaient du moment où Annie arriverait et où elles partageraient une chambre, même s'il y avait suffisamment de place pour qu'Annie ait une chambre à elle.

— Ça ne me plaît pas que tu sois là-bas toute seule, dit Maddie. Tu veux bien rentrer, maintenant ?

— Oui, j'y vais.

— Promis ?

— Promis.

Annie raccroche et embrasse la pièce du regard. L'atmosphère est paisible ici. La vue sur le jardin qui baigne dans le brouillard. Les murs d'un bleu azur brume censés, d'après Sam, évoquer la sérénité (« Je pensais que c'était ton travail », lui avait-elle répondu lorsqu'il lui avait montré l'échantillon.) Elle s'approche de la console et inspecte les papiers posés dessus. Une copie d'un article universitaire sur Anna Freud et les mécanismes de défense. Le dernier numéro d'*In Touch Weekly*, avec en couverture le mariage secret de Kris Jenner au Mexique.

Elle se laisse tomber sur le divan et fixe le fauteuil vide de Sam en face d'elle. Elle le revoit il y a quelques jours, lorsqu'elle a débarqué dans sa salle d'attente en faisant semblant d'être une patiente.

Elle ferme les yeux et se souvient de l'expression sur son visage. Une femme en tailleur rayé et aux lèvres rouge écarlate était sortie du cabinet quelques minutes plus tôt, saluant Annie d'un signe de tête au passage.

— Annie ?

Sam l'avait dévisagée, confus de la trouver sur un de ses fauteuils blancs, à feuilleter un numéro du *New Yorker*. Il s'était approché pour la prendre dans ses bras.

— Qu'est-ce que tu fais ici ? J'attends une nouvelle patiente d'une minute à l'autre et...

— Annie ? avait-elle répété avec son meilleur accent français. Vous devez me confondre avec une autre patiente, docteur Statler. Je m'appelle Charlie, je vous ai envoyé un e-mail pour prendre rendez-vous.

— C'était toi ?

Elle l'avait observé tandis qu'il faisait le lien. Le mail qu'il avait reçu trois jours plus tôt depuis une adresse Gmail qu'elle s'était créée pour l'occasion : Charlie, vingt-quatre ans, tourmentée et pleine de doutes quant à son avenir. Il avait répondu et proposé cet horaire, et Annie s'était demandé jusqu'où il serait prêt à aller. Ici, dans son cabinet, l'itération la plus périlleuse de la « poursuite » à ce jour.

— Bien sûr. Charlie, avait dit Sam, jouant le jeu comme elle l'avait espéré. Pardonnez ce malentendu. Entrez, je vous en prie. Installez-vous où vous le souhaitez.

Elle était entrée dans le cabinet et avait retiré sa veste.

— N'importe où ? Même dans votre fauteuil ?

Il avait joué son rôle à merveille : le thérapeute curieux, avec des principes, qui posait des questions sur son passé et ses antécédents de son ton le plus professionnel. Elle savoure ce souvenir. Être assise sur ce divan, lui décrire dans le moindre détail ses ébats avec un autre homme, savoir que son parfum s'attarderait après son départ et le distrairait pour le reste de la journée.

Elle avait prévu de mettre fin à la poursuite le soir de l'ouragan. Elle avait envoyé un texto de la part de Charlie la veille au soir, l'invitant à venir chez elle. Cette après-midi-là, elle était passée chez le caviste après son cours pour acheter deux bouteilles de rouge et les ingrédients nécessaires à la concoction du plat préféré de Sam : des lasagnes accompagnées de pain à l'ail. Toute la journée, elle avait imaginé avec impatience le moment où elle lui ouvrirait la porte. Elle avait prévu de leur servir un verre de vin puis d'allumer un feu de cheminée, avant de s'asseoir pieds nus sur le canapé. Sam commencerait par lui expliquer que ce n'est pas rare d'éprouver des sentiments pour son psy. Elle lui répondrait qu'il était très perspicace, avant de lui décrire toutes les choses qu'elle s'était imaginée faire avec lui. Elle venait de se lancer dans les préparatifs du dîner quand il lui avait envoyé un message à dix-sept heures trois, tout de suite après sa dernière séance.

Bonjour, Charlie. J'ai réfléchi à votre invitation.

Et ?

Et je serai là.

Elle se rappelle les minutes passées à la fenêtre à guetter la lumière de ses phares. *Il me fait attendre.* Voilà ce qu'elle s'était dit au début. Il prenait son temps, il s'attardait au cabinet, il jouait avec elle. Mais ensuite, ça avait trop duré : il ne répondait ni à ses messages ni à ses appels, et elle avait cessé de croire que ça faisait partie de la poursuite. Il s'était passé quelque chose.

Un craquement presque imperceptible au-dessus d'elle la ramène sur terre. Il y a quelqu'un dans la maison. *C'est trop beau pour être vrai.* Voilà comment Sam avait décrit cet endroit. Il avait pris le train depuis New York pour faire le tour des espaces disponibles à la location et il l'avait appelée dans la matinée, découragé. Puis il avait rappelé quelques heures plus tard, surexcité. Quelqu'un avait glissé une annonce sous ses essuie-glaces, pour un espace professionnel à louer. Il était allé le visiter : le rez-de-jardin d'une demeure historique à quelques minutes du centre-ville. Il y avait des travaux à faire, avait expliqué Sam, mais la personne à qui appartenait la maison était d'accord pour que Sam dessine les plans lui-même afin de créer le cabinet de ses rêves.

— C'est le destin, avait-il déclaré. S'il nous fallait un signe pour nous indiquer qu'on fait le bon choix en déménageant à Chestnut Hill, le voilà. Ça va être génial, Annie. Je le sais.

Elle inspire profondément, ferme la porte du placard et éteint la lumière avant de sortir du cabinet. À travers la fenêtre de la salle d'attente, elle constate que la pluie a cessé. Elle fouille son sac à la recherche de sa clé de voiture quand son téléphone sonne dans sa poche arrière. Elle l'attrape précipitamment et voit le nom de Crush sur son écran. Elle répond d'une voix nerveuse.

— Allô, Crush. Du nouveau ?

Chapitre 24

La peau du front de Sam le tiraille.

— Vous sentez ça ?

Sam tente de hocher la tête, mais il n'arrive pas à bouger.

— Oui, parvient-il à articuler.

— Parfait. Vous faites du bon travail. Encore quelques minutes et vous serez entièrement recousu. Vous m'entendez, Sam ? Tout va bien se passer.

***

— Sam, dépêche-toi mon chéri. Ton père t'attend.

C'est le jour du match de base-ball et sa mère l'appelle depuis la cuisine, où elle finit d'étaler de la mayonnaise sur deux tranches de pain sans croûte. Son père attend dans la voiture, le moteur tourne.

Margaret s'essuie les mains avec un torchon et rejoint Sam dans le couloir. Elle redresse la casquette qu'il a sur la tête.

— Est-ce que tu as ta batte ? demande-t-elle.

Sam brandit son Easton Black Magic, la meilleure batte de base-ball du marché, celle avec laquelle il a réussi six coups de circuit en un seul match contre les Pirates de Hawthorne, établissant un nouveau record chez les moins de quinze ans. Il aura quatorze ans dans deux semaines et il espère que cette journée va être la plus belle de sa vie.

On est le 6 septembre 1995. Il a des places pour voir Cal Ripken Junior au Camden Yards, le jour où l'Homme de Fer va entrer sur le terrain pour son 2 131e match consécutif, battant le record de Lou Gehrig. Margaret rayonne.

— Et interdiction de revenir à la maison avant d'avoir fait signer ta batte par l'Homme de Fer, rappelle-t-elle. Est-ce que tu veux qu'on passe le plan en revue une dernière fois ?

— D'accord, répond Sam. La queue se forme à la sortie près de la section 12. Papa et moi, on va se lever au début de la neuvième manche pour aller faire la queue.

Sam lui montre le plan de Camden Yards qu'elle l'a aidé à dessiner. Une grosse ligne rouge tracée au marqueur indique le chemin le plus rapide depuis leurs places dans la section 72, dans le champ gauche, jusqu'à un point de l'autre côté du stade, où on raconte que Ripken apparaît immédiatement après chaque match pour signer des autographes, pendant dix minutes exactement.

— Ils laissent passer cent personnes. Je serai le premier.

— Sam, allez ! crie Ted depuis l'allée.

— Vas-y, ton père t'attend.

Les yeux de Margaret pétillent tandis qu'elle serre longuement Sam dans ses bras. Elle lui rappelle de trouver une cabine téléphonique pour l'appeler lorsqu'ils seront arrivés à Baltimore puis lui tend un sac en papier qui contient deux sandwichs au jambon.

— J'ai mis un Oreo en plus pour toi.

— Je ne veux pas y aller, assène-t-il soudain.

Elle incline la tête, perplexe.

— Comment ça, tu ne veux pas y aller ? Tu as attendu ce jour toute ta vie.

— Je sais, mais c'est là-bas qu'il va rencontrer le mannequin Talbots, et ensuite il va nous abandonner. S'il te plaît, ne me force pas à y aller. S'il te plaît !

Sam ouvre les yeux.

Il fait chaud et il fait noir, à l'exception d'un rai de lumière qui filtre sous la porte. Il règne une forte odeur d'antiseptique et son dos et sa tête lui font mal.

Il est à l'hôpital. À St. Luke. L'hôpital où il est né ; celui où un médecin a attelé son petit doigt cassé assez vite pour qu'il puisse être de retour sur le terrain pour la sixième manche ; celui où il s'est retrouvé avec sa mère dans ce bureau du quatrième étage quand le Dr Walter Alderman leur a annoncé qu'elle était atteinte de démence.

— De démence présénile à un stade modéré, pour être exact, ajoute le médecin tandis que Sam s'abandonne de nouveau à l'obscurité. En général, cela frappe des personnes très jeunes.

— Bien, maintenant on sait ce que c'est, déclare Margaret.

Elle est bien droite sur sa chaise, un sourire figé aux lèvres, comme si le Dr Alderman venait de lui annoncer qu'elle avait à nouveau remporté le concours de la meilleure tarte à la myrtille de la fête foraine, pour la sixième année consécutive.

— Qu'est-ce que ça signifie ? demande-t-elle.

— Ça signifie que les comportements qui vous ont poussée à venir consulter vont devenir de plus en plus fréquents. Confusion, perte d'inhibition, boulimie, et un déclin progressif des comportements acceptables en société.

Il marque une pause et se tourne vers Sam, le bon fils qui a loué une voiture afin de venir au rendez-vous et est désormais assis là, silencieux et impassible.

— Je pense que nous devrions commencer à prendre des dispositions afin de vous faire bénéficier de soins médicaux à plein temps, Margaret.

Dans l'ascenseur, Sam prend la main de sa mère dans la sienne. Il n'a pas fait ça depuis qu'il était petit garçon.

— Oh, ne t'inquiète pas, dit-elle en lui tapotant le bras et en retenant ses larmes. Je suis sûre qu'il exagère. Je ne vais pas si mal que ça.

Ils traversent le parking sans un mot, sous un ciel sans nuage, en direction de la Corolla bleue de sa mère. Tout à coup, elle se fige, incapable de se rappeler comment ouvrir la portière. Une fois de retour à la maison, elle va dans sa chambre et il enfile sa tenue de running. Il sort et commence à courir sur Leydecker Road en direction d'Albemarle, la route à la montée la plus éprouvante de Chestnut Hill. Arrivé en haut, il hurle de rage et supplie quiconque veut bien l'écouter de ne pas la lui enlever, elle aussi.

Il veut continuer à crier, assez fort pour qu'Annie l'entende, arrive et ouvre la porte de sa chambre d'hôpital. Il sent qu'elle est tout près. En bas, au Starbucks sûrement, en train de boire son cinquième café pendant qu'elle attend qu'il reprenne connaissance afin de pouvoir le ramener à la maison. Mais quand la porte s'ouvre, ce n'est pas Annie, c'est encore le médecin, qui vient examiner sa blessure au front et lui met dans la bouche des comprimés qui le font replonger dans un sommeil entièrement dépourvu de rêves.

Chapitre 25

À la table de la cuisine, je parcours le dernier des articles que j'ai imprimés à partir de sites web dignes de confiance, la vision brouillée à force de lire.

> En conclusion, la plupart des spécialistes de santé sexuelle s'accordent à dire que les jeux de rôle peuvent aider les couples heureusement mariés, qui s'y adonnent sainement, à développer un lien plus profond, tout en constituant un moyen aussi efficace qu'agréable pour chacun des partenaires de s'affirmer. Le comptable barbant peut devenir un despote sans merci. La mère au foyer stressée peut se métamorphoser en grande séductrice. Les possibilités sont infinies.

Je repose l'article sur la table et prends une poignée de pop-corn dans le saladier posé à côté de moi. Bon, d'accord, j'ai compris. Dr Annie Marie Potter faisait semblant d'être une Française sensuelle de vingt-quatre ans afin d'avoir davantage confiance en elle dans la chambre à coucher et en dehors, tout en faisant plus intimement connaissance avec Sam. L'accent. L'âge. Tout ça faisait partie du jeu. Apparemment, c'est la mode, si j'en crois le Dr Steven Perkins, sexologue résident chez AskMen.com. D'après une étude qu'il a réalisée, près de soixante-six pour cent des couples mariés ont déjà eu recours à ce genre de stratagème à un moment de la relation.

Je ramasse les grains de maïs grillés qui traînent au fond du saladier en secouant la tête. Je crois bien que je ne comprendrai jamais les rituels d'accouplement des couples mariés. Comment le pourrais-je ? Ma relation amoureuse la plus longue a duré exactement zéro jour. (En fait, si, il y a bien une chose dont j'ai la certitude : le fait qu'ils aient choisi de faire ça à son cabinet, sur son lieu de travail, dans une pièce que nombre de ses patients considèrent sans doute comme un sanctuaire, c'est pousser le bouchon beaucoup trop loin si vous voulez mon avis.) Je lave le saladier et je commence à arroser ma collection de plantes suspendues quand mon réveil sonne. Les infos sont sur le point de commencer.

Dans le salon, je brandis la télécommande en direction de la télévision en m'attendant à ce que le journal de vingt-trois heures démarre de la même façon que celui de six heures : avec le météorologue Irv Weinstein qui brave le froid devant le bâtiment de la chaîne. Mais ce n'est pas Irv qui apparaît à l'écran : c'est la présentatrice blonde à l'air coincé, vêtue d'une robe rose en polyester. Les mots « battue pour le médecin porté disparu » s'affichent à côté de sa tête.

— Nous commençons notre édition du soir avec les dernières informations concernant le docteur Sam Statler, dont la disparition a été signalée il y a deux jours. Alors que la police a passé les dernières quarante-huit heures à tenter de reconstituer ce qui a pu arriver au psychologue, les résidents de Chestnut Hill se sont mobilisés en masse dans le cadre d'une battue cette après-midi. Nous sommes en direct avec Alex Mulligan, qui se trouve sur place.

Une autre femme en imperméable bleu apparaît à l'écran.

— Bonsoir, Natalie. En effet, en dépit de la pluie, près d'une centaine de bénévoles ont passé plusieurs zones au peigne fin ce vendredi après-midi, comme les bois derrière le lycée de Brookside, dont Sam Statler a été l'un des athlètes-phares, explique-t-elle en montrant les bosquets dans l'ombre derrière elle. Malheureusement, aucun indice n'a été découvert qui permettrait de déterminer ce qui a pu lui arriver le soir de l'ouragan, après qu'il a quitté son cabinet vers dix-sept heures. Comme vous le savez, un avertissement avait été diffusé pour dissuader les gens de se déplacer et les conditions météo étaient extrêmement dangereuses. Je suis en compagnie de la personne qui a mené la battue.

La caméra fait un zoom arrière et révèle un Crush Andersen souriant. C'est l'ancien receveur baraqué qui accueillait tout le monde avec effusion au bowling cette après-midi.

— Crush, dites-nous ce que vous espériez trouver pendant la battue d'aujourd'hui, demande la journaliste avant de tendre le micro vers lui.

— N'importe quoi qui aurait pu nous aider à résoudre ce mystère. Mais ce qu'on cherchait surtout, c'était une trace de sa voiture. On était très nombreux en dépit du mauvais temps et on a réussi à ratisser davantage que ce qu'on espérait. Si Stats avait eu un accident sur la route en rentrant chez lui, on aurait trouvé son véhicule.

— Étant donné l'absence d'indices, qu'est-ce qui est arrivé à votre ami, à votre avis ?

Crush secoue la tête, visiblement perplexe.

— Aucune idée. Mais nous voulons continuer à croire qu'il va bien, et que toute cette histoire va bien se terminer.

La journaliste lui offre un hochement de tête compatissant avant de repasser l'antenne à Natalie, qui enchaîne sur un sujet concernant une nouvelle série de licenciements dans un élevage de volailles de la région. J'éteins la télévision et je vais dans ma chambre.

Crush a raison. Sam va bien et tout va bien se terminer.

Chapitre 26

Sam ouvre lentement les yeux.

La pièce est plongée dans l'obscurité et il ne se rappelle pas la dernière fois qu'il a vu de la lumière. Il a mal partout et quelque chose ne va pas. Il lui faut un moment pour finalement comprendre de quoi il s'agit.

Ses jambes.

Il n'arrive pas à les bouger.

Il tend la main et sent quelque chose de dur sous ses doigts. Un plâtre. Il a les deux jambes plâtrées. Il essaie de les soulever, mais il n'y arrive pas. Soit les plâtres sont trop lourds, soit ses jambes sont trop faibles. Sa seule option est de se rendormir. Il ne sait pas combien de temps s'est écoulé lorsque le bruit de la porte qui s'ouvre le réveille en sursaut. La lumière du couloir envahit la pièce et lui brûle les yeux. Une silhouette apparaît près de son lit. Il attend que la lumière de sa chambre s'allume, mais rien ne se passe.

— Qu'est-ce qui est arrivé à mes jambes ?

Sa gorge est si sèche qu'elle lui fait mal quand il parle.

— Oh, vous êtes réveillé.

La voix de l'homme lui est familière. C'est le médecin qui lui a recousu le front.

— Vous avez eu un accident.

— Un accident ? Je suis ici depuis combien de temps ?

— Trois jours.

Trois jours !

— Où est ma femme ? demande-t-il pendant que le médecin lui place un brassard autour du biceps.

Le médecin élude sa question et appuie sur la poire pour faire gonfler le brassard et vérifier sa tension.

— On vous a trouvé juste à temps. Vous étiez coincé dans votre belle voiture de luxe, ou plutôt ce qu'il en restait. Un homme aussi intelligent que vous… On s'attendrait à ce que vous écoutiez les conseils du chef de la police au lieu de prendre la route.

Il enlève le brassard puis allume une lampe de poche pour éclairer ce qui est sûrement le dossier médical de Sam. Alors qu'il prend des notes, les yeux de Sam s'ajustent suffisamment pour discerner les détails de la pièce où il se trouve. Il est allongé dans un lit simple couvert d'un dessus de lit en patchwork. Il y a un placard et une petite fenêtre habillée de rideaux à fleurs. Du papier peint couleur chartreuse, avec des formes bizarres, façon Escher sous acide. Sam ferme les yeux. Ce n'est pas une chambre d'hôpital. C'est la chambre de quelqu'un.

— Où suis-je ?

— Je ne m'attends pas à ce que vous vous souveniez de ce qui s'est passé, dit le médecin. Les capacités cognitives et de réflexion ont tendance à arrêter de fonctionner lors d'événements traumatisants. C'est la façon qu'a notre cerveau de nous aider à oublier les mauvaises choses.

Le médecin se tourne vers lui. Sam constate que ce qu'il a pris pour une lampe de poche est en réalité une lampe frontale attachée à la tête du médecin, et dont la lumière lui atterrit directement dans les yeux à présent.

— Enfin, je me demande pourquoi je vous raconte tout ça, n'est-ce pas, docteur Statler ? Je ne vous apprends absolument rien.

Le médecin fixe Sam par-dessus ses lunettes et Sam n'arrive pas à détacher ses yeux de son visage tandis que son cerveau assemble lentement les pièces du puzzle.

Les cheveux courts, les tempes grisonnantes. Les lunettes bleu vif qui dissimulent les mêmes yeux que ceux que Sam sentait sur lui depuis une des fenêtres du manoir Lawrence, tous les jours quand il arrivait au cabinet.

— Albert Bitterman ? demande Sam, persuadé que son cerveau lui joue des tours. Mon propriétaire ?

Albert s'approche plus près et lui sourit.

— Bonjour, bourreau des cœurs.

— Albert, répète Sam sans comprendre. Qu'est-ce que je fais chez vous ?

Mais Albert le fait taire en lui fourrant deux comprimés dans la bouche.

— Il faut dormir, docteur Statler.

Il éteint sa lampe frontale et Sam se sent flotter vers l'obscurité.

— Après tout ce que vous avez traversé, vous devez vous reposer.

Chapitre 27

— Albert Bitterman ! crie le livreur d'UPS depuis la portière ouverte de son fourgon le lendemain matin.

— Oui, c'est moi !

J'enfile ma veste et sors sur le porche. Le livreur disparaît à l'arrière du fourgon puis réapparaît en poussant un diable chargé de cartons.

— Vous avez fait vite, fais-je remarquer alors qu'il s'approche. Je vous ai vu sur le GPS, un petit point bleu qui a quitté l'entrepôt juste après huit heures. Pratique, cette nouvelle fonction.

Le livreur monte les marches à reculons avec le diable.

— Personnellement, je trouve que ça craint, si vous voulez mon avis.

Maintenant, je regrette de ne pas l'avoir dit en premier, car je suis entièrement d'accord avec lui. D'ailleurs, s'il consultait les derniers commentaires sur la page Facebook d'UPS, il verrait qu'un utilisateur anonyme (moi) en a dit autant il y a vingt minutes. *Suis-je le seul à trouver ça dangereux qu'on permette à n'importe quel crétin disposant d'une connexion internet de suivre un fourgon qui transporte des milliers de dollars de matériel médical haut de gamme ?*

Des gouttes de pluie tombent de la visière de sa casquette UPS tandis qu'il sort un petit appareil de sa poche arrière. Je fais l'inventaire : un chariot en métal avec barres rétractables ; un chariot d'urgence avec poubelle intégrée et attaches latérales pour balai et serpillière (un des rares équipements auxquels j'ai accordé cinq étoiles en tant qu'employé de Home Health Angels, Inc. pendant vingt-cinq ans).

— On dirait bien que tout y est.

— Vous voulez que j'amène tout à l'intérieur ?

— Dans l'entrée, ce sera parfait.

— Pas de problème.

Il entre à reculons avec le diable et pose les cartons par terre.

— C'est sympa, chez vous, dit-il en regardant dans le salon. Très lumineux.

— Je n'ai aucun mérite, expliqué-je en m'emparant du terminal qu'il me tend pour que j'appose ma signature. C'est l'ancienne propriétaire qui avait décoré, et je n'ai rien voulu changer.

— Agatha, c'est ça ? Elle était très gentille.

Je me fige, le stylet en plastique en suspens au-dessus de l'écran.

— Vous la connaissiez ?

— Un petit peu. Quand on suit toujours le même itinéraire de livraison, on finit par rencontrer tout le monde au moins une fois.

Je signe et il remet le terminal dans sa poche.

— J'étais triste d'apprendre sa mort. Vous savez qu'elle est restée là pendant cinq jours avant que la femme de ménage la trouve ?

— C'était un homme.

— Pardon ?

— La personne qui l'a trouvée. C'était un homme.

— Ah bon ?

Il hausse les épaules.

— J'ai entendu dire que c'était la personne qui faisait le ménage, alors j'ai supposé que c'était une femme. Enfin bref.

Il revisse sa casquette sur sa tête et remonte son col avant de braver le froid.

— Passez une bonne journée.

J'attends que la lumière de ses feux arrière disparaisse avant d'aller dans la cuisine. J'enfile le tablier bleu Home Health Angels que je n'ai pas eu le courage de jeter après avoir perdu mon emploi, je l'attache autour de ma taille et je remplis les poches : un tube de pommade cicatrisante antibiotique, un pansement neuf et une paire de gants chirurgicaux. Je traverse le couloir, mets la clé dans la serrure sans faire de bruit et ouvre la porte. J'entre dans la chambre et j'allume la lumière. Sam s'agite dans son lit et murmure le prénom de sa femme. Je ferme la porte et le rejoins, le dos bien droit, le cœur léger, me sentant enfin utile pour la première fois depuis bien longtemps.

Chapitre 28

Annie se gare entre deux camionnettes de police et met sa capuche. Elle n'en peut plus de cette satanée pluie. John Gently est à l'accueil quand elle entre dans la salle d'attente.

— Est-ce que le chef de la police Sheehy est là ?

Gently attrape le téléphone et appuie sur un bouton.

— Des nouvelles de votre mari ? s'enquiert-il.

— Toujours pas, non.

— Allô, chef, dit-il dans le combiné d'une voix exagérément grave. La femme du docteur est là. Elle veut vous parler.

Il hoche deux fois la tête et raccroche.

— Dernière porte à droite.

Franklin Sheehy est installé à son bureau, les manches relevées, les boutons de sa chemise distendus sur son ventre.

— Entrez, madame Statler, l'invite-t-il.

— C'est Potter, corrige-t-elle.

— Désolé, j'oublie tout le temps. Vous voulez un café ? Ce n'est sûrement pas un de ces cafés chics auxquels vous êtes habituée, mais ça vous réchauffera.

— Je snifferais des rails de café si vous en aviez. Ça fait trois jours que je ne dors pas.

Sheehy appuie sur un bouton de son téléphone fixe.

— Deux cafés, Gently. Et du lait et du sucre à part.

Il raccroche et sourit.

— Il déteste quand je fais ça.

— Je vous ai apporté quelques photos de Sam, dit Annie.

Elle les sort de son sac et les fait glisser sur le bureau. Trois clichés, pris le jour de leur mariage dans leur nouveau jardin, par une prof de yoga du coin. Maddie était avec eux en FaceTime, faisant office de demoiselle d'honneur pour Annie *via* écrans interposés, le téléphone posé sur une branche de l'arbre sous lequel ils se tenaient. Annie avait imprimé les photos et les avait données à Sam en lui suggérant de les envoyer à son père. Au lieu de ça, il les avait fourrées dans un tiroir de la cuisine.

— J'ai aussi imprimé une liste des spécifications de sa voiture, avec la marque et le modèle exacts.

Elle résiste à l'envie d'utiliser le surnom qu'elle emploie d'habitude pour la Lexus : Jasper, le prénom le plus crétin qu'elle ait trouvé.

Elle était dans leur appartement, en train de faire les cartons à l'approche du déménagement direction la campagne, quand il l'avait appelée pour lui dire de regarder par la fenêtre, comme s'ils étaient dans une comédie romantique. Il était garé devant une bouche d'incendie, le visage resplendissant.

— J'ai acheté une Lexus, avait-il dit au téléphone.

— Je vois ça.

Une Lexus 350, avec intérieur cuir et démarrage à distance. Il adorait faire ça : être debout au milieu du salon, appuyer sur le bouton et regarder la voiture s'allumer et écouter le moteur démarrer. (« Regarde-toi », avait dit Annie la première fois qu'elle avait assisté à la scène. « Aussi fier qu'un père chrétien évangélique au bal de pureté de sa fille. »)

La porte s'entrouvre et John Gently entre dans le bureau, deux gobelets de café en équilibre dans la paume gauche et du lait et du sucre dans la droite.

— Voilà, chef.

Il leur tend les gobelets en carton et renverse quelques gouttes sur le bureau au passage, avant de ressortir et de refermer sèchement la porte derrière lui avec une mauvaise grâce évidente.

Sheehy inspecte les petits sachets de sucre jusqu'à en trouver un d'aspartame.

— Est-ce que vous avez du nouveau concernant Sam ou au moins sa voiture ?

— Gently ! crie Sheehy.

La porte s'ouvre à la volée, à croire qu'il était en faction dans le couloir à épier leur conversation.

— Madame Statler aimerait connaître les dernières avancées de l'enquête.

— Oui, chef.

John Gently entre dans le bureau.

— Nous avons envoyé une alerte à toutes les patrouilles il y a trois jours, dès que vous nous avez signalé sa disparition, et un signalement pour une Lexus gris métallisé avec intérieur cuir et démarrage à distance. Très bel engin. Nous avons aussi contacté le département des autoroutes et les agences de la région équipées de lecteurs de plaques d'immatriculation. S'il passe devant un de ces lecteurs, alors nous serons en mesure d'obtenir son itinéraire. On est actuellement en train d'examiner les enregistrements de caméras de surveillance publiques et privées dans la région. Si sa voiture est quelque part, on va la trouver.

— Et s'il a eu un accident ? demande Annie.

Sheehy secoue la tête.

— À vrai dire, madame Statler, c'est peu probable. Ça fait soixante-douze heures qu'il a disparu et aucun accident n'a été signalé. Mes hommes ont effectué plusieurs fois le chemin entre le cabinet de Sam et votre domicile. S'il y avait eu un accident on aurait retrouvé son véhicule.

Il lui offre un piètre sourire, faisant de son mieux pour avoir l'air compatissant.

— Je sais que vous êtes inquiète, mais soyez certaine que nous faisons tout ce qui est en notre pouvoir. À la minute où on a du nouveau, on vous appelle. Ce que vous, vous pouvez faire, c'est tenter de vous détendre.

— Je vais essayer, répond-elle en se levant. Et en échange, peut-être que vous pouvez tenter de retenir mon nom. C'est Potter.

Chapitre 29

Sam sent un léger frôlement sur sa joue et ouvre les yeux. Les papillons disparaissent et c'est de nouveau son visage qui apparaît devant lui. Albert Bitterman, son propriétaire, qui se tient sur le pas de la porte, avec un tablier bleu noué à la taille.

— Bonjour, bourreau des cœurs, lance Albert en poussant un chariot médical dans la pièce. Comment vous sentez-vous ?

— Un peu perdu, dit Sam en tentant de se redresser dans son lit. Qu'est-ce que je fais chez vous ?

Et qu'est-ce que vous fabriquez avec un chariot médical ?

— Je vous l'ai déjà dit. Vous avez eu un accident.

Il amène le chariot au pied du lit de Sam et attrape une paire de gants en latex bleu.

— Un arbre est tombé sur votre voiture alors que vous veniez de démarrer. Heureusement pour vous, j'ai tout vu depuis le porche. J'ai couru à votre secours aussi vite que j'ai pu.

— Pourquoi est-ce que je ne suis pas à l'hôpi...

— Vous vous êtes brisé les deux jambes, l'interrompt Albert. Mais ne vous en faites pas. J'ai réparé tout ça. Et je vais vous donner quelque chose pour calmer la douleur.

Tout ça lui paraît bien curieux, mais aussi étrangement familier à la fois (deux jambes cassées, un flot constant de médicaments), sans qu'il arrive à s'expliquer pourquoi.

— Annie. Il faut que j'appelle Annie. Je dois appeler ma femme. Est-ce que je peux utiliser votre téléphone ?

Mais Albert l'ignore et sort un flacon de comprimés de la poche de son tablier.

— Non, dit Sam. Je ne veux pas de cachets. Je veux appeler Annie.

Sam essaie de détourner la tête mais Albert lui agrippe le menton et lui colle de force trois pilules dans la bouche. Puis il maintient la mâchoire de Sam d'une main, assez longtemps pour que les comprimés fondent sur sa langue. Le goût est horrible et lui rappelle le sirop que sa mère lui faisait prendre quand il avait mal à la gorge. « Ça a mauvais goût. Et ça fonctionne » : c'était le slogan de la marque, imprimé sur la boîte. Mais même le sirop était délicieux comparé aux cachets, dont l'efficacité est aussi rapide que redoutable. Son corps semble fondre, les papillons reviennent et sa réalité se résume à deux choses : il n'a plus mal à la tête et il est vraiment, mais alors vraiment dans la merde.

Chapitre 30

— Professeure Potter, attendez ! l'interpelle un étudiant le lendemain.

Il bondit de marche en marche jusqu'à la rejoindre.

— Super, votre cours aujourd'hui.

Il lui décoche un sourire tandis qu'elle lui tend le papier qu'elle a à peine réussi à corriger à temps avant le cours, et dans lequel il a écrit deux fois le mot « patriarcat » entre guillemets.

— Vous commencez presque à me convaincre que je devrais remettre en question les hypothèses que je formule quand je lis quelque chose. Presque.

— Merci, Brett, répond Annie.

Il rougit.

— Je m'appelle Jonathan.

Je sais que tu t'appelles Jonathan. Tu es un des mecs qui se sont inscrits à ce cours uniquement parce que presque tous les étudiants sont en réalité des étudiantes. Mais Brett est un nom de connard, et tu m'as tout l'air d'en être un.

— Désolée, dit Annie. Bonne journée.

Elle rassemble ses notes et attend que les derniers étudiants aient quitté la salle pour éteindre les lumières. Elle se demande comment elle a fait pour survivre à ce cours. Quarante-cinq minutes devant un amphi rempli d'étudiants en manque de sommeil, à explorer la façon dont les auteurs hommes décrivent les personnages féminins dans six œuvres de fiction populaire, en commençant par *Tendre est la nuit* de Francis Scott Fitzgerald. « Son corps s'attardait avec grâce aux confins de l'enfance : elle avait presque dix-huit ans, serait bientôt femme, mais la rosée sur elle se voyait encore », avait-elle lu tout haut depuis l'estrade, en espérant que les étudiants ne remarqueraient pas que sa main tremblait. Cent fois, elle avait failli annuler le cours, mais ce matin, elle a décidé que non. Elle va perdre la raison si elle reste à la maison, à guetter le bruit de la clé de Sam dans la serrure.

Elle traverse à pas rapides la cour intérieure simple et triste du bâtiment, aux antipodes de l'université de Columbia. Mais c'est ce qu'elle voulait. C'est ce qu'ils voulaient tous les deux, avec Sam : une vie plus simple. Elle n'avait pas arrêté depuis qu'elle avait obtenu son doctorat à Cornell, où elle était restée pour enseigner. Quand elle avait rencontré Sam, elle arrivait à la fin d'un contrat de deux ans à l'université de Columbia et se demandait quoi faire ensuite. On lui avait proposé un poste de titulaire à Utah State avec peut-être une chance de se faire publier, mais elle avait refusé. À la place, elle avait opté pour un poste de professeure invitée ici, dans une petite fac d'arts libéraux dans le nord de l'État de New York, pour suivre le premier homme qu'elle avait jamais aimé.

Un petit groupe de personnes attend l'ascenseur. Elle prend les escaliers jusqu'à son bureau, au deuxième étage. Elle est en train d'ouvrir sa porte quand Elisabeth Mitchell, la doyenne du département, sort de son bureau.

— Annie, qu'est-ce que vous faites ici ?

— C'est mon jour de cours.

— Je sais, mais je...

Le Dr Mitchell hésite, puis :

— J'ai lu l'article concernant Sam.

— Ah.

— Vous n'êtes pas obligée de faire acte de présence. Vous auriez pu…

Annie l'interrompt.

— Mon père était le descendant d'une longue lignée de catholiques irlandais. J'ai appris à travailler malgré la douleur.

— En tout cas, si vous voulez prendre des congés…

— Merci.

Annie entre dans son bureau et laisse la porte légèrement entrouverte derrière elle. Elle regarde l'horloge. Une heure. Elle peut le faire. Elle s'assoit et sort le sandwich qu'elle a acheté avant le cours à la cafétéria du bureau des étudiants. Panini à la dinde et au fromage avec un supplément piments, le même toutes les semaines. C'est une habitude qu'elle a, de commander toujours la même chose. Ça rend Sam complètement dingue. Quand ils avaient commencé à sortir ensemble à New York, ils se retrouvaient au même restaurant au moins deux fois par semaine : Frankies 457, à un pâté de maisons de l'appartement d'Annie. Sam la dévisageait, incrédule, tandis qu'elle passait la même commande à chaque fois : des pâtes au chorizo italien et une salade verte.

Elle revoit l'expression perplexe sur son visage.

— Tu ne veux rien goûter d'autre ?

— Je sais ce que j'aime, et j'assume. Tu ferais bien de t'y habituer.

Mais aujourd'hui, rien que la vue du panini lui retourne l'estomac. Elle le met à la poubelle et attrape son portable dans son sac pour appeler Maddie en FaceTime. Sa cousine répond aussitôt. Ses boucles brunes sont attachées en chignon et elle a des écouteurs dans les oreilles.

— Qu'est-ce que tu fais ? demande Annie.

— J'allais partir courir, répond Maddie.

Rien que le son de sa voix suffit à l'apaiser.

— Tu détestes courir.

— Je sais, mais tout le monde au restaurant s'est inscrit à une course débile de cinq kilomètres et… C'est quoi, cette tête ? Qu'est-ce qui se passe ?

Annie se lève pour fermer la porte de son bureau.

— Des factures sont arrivées pour Sam, murmure-t-elle.

— Comment ça, des factures ?

— De cartes de crédit.

La première est arrivée hier. Chase Sapphire Preferred, avec un montant équivalent au plafond maximum autorisé : soixante-quinze mille dollars. Ça l'a sidérée, mais elle a essayé de ne pas en faire tout un plat. Le déménagement, la nouvelle maison… elle savait bien que les dépenses s'accumulaient. Mais en vérifiant la boîte aux lettres avant de venir à la fac, elle en a trouvé une autre : Capital One, avec un total dû de trente-cinq mille dollars.

— Mais enfin, qu'est-ce qu'il a acheté, bon sang ?

— La question serait plutôt : « qu'est-ce qu'il n'a pas acheté ».

Il a dépensé des sommes absolument ridicules. Elle a parcouru le détail de la facture, assise dans sa voiture. Trois cents dollars pour des baskets. Cinq mille pour un tapis pour son bureau. Six tasses à café à trente-quatre dollars pièce.

— Est-ce que tu étais au courant qu'il avait toutes ces cartes ?

— Non, mais Sam a quarante ans, alors ça n'a rien d'étonnant qu'il ait des cartes de crédit. Nous n'avons pas mis nos finances en commun.

Elle arpente son bureau, huit pas dans un sens, huit pas dans l'autre, puis se laisse tomber dans son fauteuil, soudain frappée par une fatigue extrême.

— Je suppose que ça explique pourquoi il semblait aussi distrait.

— Ah bon ? Tu ne m'en as pas parlé.

— On a déménagé, il a ouvert un nouveau cabinet et l'état de sa mère se dégrade, rétorque Annie, sur la défensive. C'est le contraire qui serait étonnant.

— Annie, est-ce que tu crois que...

Maddie ne finit pas sa phrase, le visage crispé par l'inquiétude.

— Quoi ?

— Je ne sais pas. C'est bizarre qu'il ne t'en ait pas du tout parlé.

La gorge nouée, Annie déglutit péniblement.

— Je sais.

Elle entend des bruits de pas dans le couloir et attend qu'ils s'éloignent pour recommencer à parler.

— Il faut que j'y aille, dit-elle en affectant un air assuré. Je suis au boulot. Je te rappelle plus tard.

Elle raccroche, rouvre légèrement la porte et retourne s'asseoir à son bureau. Elle tente de se plonger dans l'un des livres qui figurent au programme de son prochain cours, mais ça ne sert à rien : au bout de trente secondes, elle attrape son sac à main et en ressort les factures pour les consulter à nouveau.

— Espèce d'idiot, chuchote-t-elle. Sept cents dollars pour des couteaux à steak ?

— Docteur Potter ?

Une de ses étudiantes se tient sur le pas de sa porte. Annie se creuse la tête pour retrouver son prénom.

— Excusez-moi, la porte était ouverte.

— Pas de problème, Clara. Entrez, je vous en prie.

— Vous êtes sûre ?

Annie hoche la tête. L'étudiante entre dans le bureau tandis qu'elle remet discrètement les factures dans son sac.

— On m'a fait une offre d'emploi et j'aimerais bien avoir votre avis.

— Bien sûr, répond Annie en fermant son sac à main. Asseyez-vous. Je vous écoute.

Chapitre 31

La lumière est allumée quand Sam se réveille. Le silence semble régner dans la maison. Il retient son souffle et tend l'oreille, à la recherche d'un bruit qui indiquerait la présence d'Albert Bitterman.

— Albert Bitterman Junior, pour être exact. Le fils que mon père a toujours voulu.

C'est ce qu'Albert avait dit à Sam le jour où ils s'étaient rencontrés. Un peu plus tôt, il a fouillé dans ce qui lui reste de mémoire et ça lui est revenu. Leur première rencontre. Annie était à New York en train de finir son préavis, et Sam l'avait appelée depuis Chestnut Hill, où il avait passé la matinée à visiter les espaces de bureaux disponibles à la location, tous plus affreux les uns que les autres. Il avait commencé à se résigner à l'idée de se contenter d'un cabinet médiocre quand soudain, comme par magie, il avait trouvé un tract sur son pare-brise en sortant de la banque. « Bureau à louer dans maison historique, parfait pour professionnel en quête d'un espace calme. » Il n'en revenait pas que le hasard fasse si bien les choses.

Quand Sam s'était engagé dans l'allée vingt minutes plus tard, Albert se tenait sur le porche, impatient de lui faire visiter l'espace à louer en rez-de-jardin.

— La structure est en excellent état, mais ça a besoin de quelques travaux, avait-il dit tout en guidant Sam sur le chemin qui longeait l'avant de la maison. Vous avez carte blanche pour aménager à votre goût, si vous voulez. Je n'y connais rien à ces choses-là.

Il avait déverrouillé une porte et laissé entrer Sam. La pièce était spacieuse et vide, à l'exception de quelques cartons alignés contre le mur.

— C'est grand, ce serait dommage de ne pas en profiter.

Sam regarde autour de lui. Il se trouve sûrement dans une chambre au rez-de-chaussée de la maison d'Albert, celle juste au-dessus du cabinet, au bout du couloir qui part de la cuisine. Albert lui avait fait visiter la maison le jour où Sam était venu inspecter un robinet qui fuyait. Ça faisait partie de leur accord, un accord dont Sam n'avait jamais voulu : pas de loyer en échange d'un coup de main pour des petits travaux. Ratisser des feuilles mortes, changer des ampoules, rien de trop éprouvant, l'avait assuré Albert. Sam avait tenté plusieurs fois de refuser, assurant à Albert qu'il préférerait payer un loyer, mais Albert avait insisté en arguant que c'était Sam qui lui rendait service.

Bizarre. C'est le mot qu'Annie avait utilisé quand Sam lui avait parlé de cette offre incroyable : un espace en rez-de-jardin d'un manoir victorien, qu'il pouvait aménager comme bon lui semblait.

— Ce n'est pas bizarre, avait protesté Sam. Ça s'appelle être gentil. C'est ce que font les gens à la campagne. Tu vas t'habituer, ne t'en fais pas.

Et c'était gentil. Albert lui avait dit de ne pas rechigner à la dépense, alors il n'avait pas lésiné : chauffage au sol par chaleur rayonnante, climatisation, baies vitrées du sol au plafond offrant une vue apaisante sur le jardin... Le cabinet était parfait, bien mieux que tout ce qu'il avait imaginé. Sauf qu'Albert était toujours là à traîner dans les parages. Il buvait son thé sur le porche le matin quand Sam arrivait. Il sortait chercher son courrier quand Sam partait déjeuner. Il apparaissait avec ses foutus cocktails à la fin de la journée. *Alors, bourreau des cœurs, la journée a été bonne ?* Sam avait de la peine pour lui. Albert devait se sentir seul ici, sans rien avoir à faire de ses journées.

— Albert ? appelle Sam. Vous êtes là ? Il faut que je passe un coup de fil.

Silence.

Il regarde la porte qui donne sur le couloir, jauge la distance. Deux mètres, deux mètres et demi maximum. Il peut le faire. C'était lui qui détenait le record du kilomètre le plus rapide dans son équipe de trail ; il doit bien être capable d'aller de son lit à la porte pour trouver où Albert Bitterman a installé le gros téléphone sans fil noir qu'ont les gens comme lui.

Bien sûr que Sam en est capable.

Il inspire profondément et écarte la couverture. Il est horrifié à la vue de ses jambes. Les plâtres sont un véritable désastre, un de ses pieds fait deux fois la taille de l'autre. Il décide de laisser cette question de côté pour l'instant (en compagnie de « comment son propriétaire a-t-il le matériel et les compétences nécessaires pour le plâtrer ? ») et passe en revue les différentes options qui s'offrent à lui pour sortir du lit. En glissant ? En roulant ? Il opte pour une combinaison des deux. Glisser jusqu'au bord du matelas puis tenter de rouler doucement au sol.

— Putainnnnnnnnnn, lâche-t-il dans un gémissement aussi silencieux que possible lorsque son abdomen atterrit lourdement à terre, aussitôt suivi de ses jambes plâtrées.

Il laisse sa tête reposer sur le plancher en pin et tente de respirer calmement, à l'affût du bruit des pas d'Albert qui trotte frénétiquement dans le couloir.

Mais le silence règne.

Il se redresse sur ses coudes et se traîne jusqu'à la porte. Ses jambes lui font l'effet de deux énormes rochers attachés à sas hanches. Il est trempé de sueur et à bout de souffle lorsqu'il atteint son objectif, mais il y parvient : il arrive à la porte et attrape la poignée.

Non. Ce n'est pas possible.

C'est fermé à clé.

Il s'assied, prend la poignée à deux mains et tire dessus, priant pour que ce soit un mauvais rêve. Il regarde autour de lui. La fenêtre. Il se remet à plat ventre et traverse la pièce dans l'autre sens. Tout va bien se passer. Il va ouvrir les rideaux et Sidney Pigeon sera là au bout de l'allée, comme toujours, avec son cocker anglais de concours. Elle viendra déverrouiller la porte, Sam lui dira bonjour, il passera à côté d'elle en se traînant sur ses coudes, sortira de la maison, traversera le pont et foncera droit à la boulangerie, où la gentille vieille dame qui travaille le matin lui donnera deux paracétamols pour son mal de tête et le laissera utiliser son téléphone pour appeler Annie.

Il arrive à la fenêtre et reprend son souffle avant de s'asseoir à nouveau et d'écarter le rideau. Il se fige. La fenêtre est condamnée par une planche de contreplaqué clouée dans le mur qui ne laisse pas entrer une once de lumière. *Je suis enfermé dans une chambre, avec les deux jambes cassées.* Soudain, il percute. *Misery.*

Le souvenir lui apparaît clairement. Le porche, les feuilles se teintant des couleurs de l'automne. Albert était sorti et lui avait demandé ce qu'il lisait. Sam lui avait montré la couverture. *C'est complètement tordu.*

Une pellicule de sueur recouvre sa peau brûlante. Il est certain qu'il va vomir quand, tout à coup, c'est autre chose qui se produit. Il se met à rire. Ce n'est qu'un gloussement au début, puis le barrage cède et bientôt, il rit si fort qu'il en perd le souffle. Mécanisme de défense classique : utiliser le rire comme un moyen de parer une anxiété incontrôlable. Tout cela est rendu encore plus absurde par le tapis en forme de smiley jaune pétant qui le fixe depuis un coin de la pièce.

— Alors, tapis ? dit-il entre deux éclats de rire. Tu trouves ça drôle ?

La panique continue à monter et la gravité de la situation lui apparaît dans toute son ampleur. Soudain, il cesse de rire et penche la tête sur le côté. Il pourrait jurer avoir entendu un bruit de moteur. Sûrement le fruit de son imagination. Mais non, il ne rêve pas. Une portière claque. Il y a quelqu'un.

Dieu merci, il avait raison. Tout va bien se passer. Albert n'est pas une femme obsédée et folle. En réalité, à cet instant précis, il est dehors, dans l'allée, en train d'accueillir les secours qui ont mis une éternité à arriver. Il va les amener jusqu'à sa chambre, lui donner une explication tout à fait plausible quant au fait d'avoir fermé la porte à clé et condamné la fenêtre avec du contreplaqué. Annie est sûrement là, elle aussi, en train de leur crier de se dépêcher, insistant pour être la première à entrer. Ils trouveront tous ça charmant, mais la vérité, c'est qu'elle est sacrément pressée de vider son sac. *Quatre jours, et tu n'as pas été fichu de trouver un téléphone pour m'appeler ? Tu te fiches de moi, tête de nœud ?*

Il guette le bruit de pas dans l'entrée, mais au lieu de ça, il reconnaît le claquement caractéristique de la porte de son cabinet. Cette putain de porte, songe-t-il, celle qu'Albert n'arrêtait pas de promettre qu'il ferait réparer, cette porte qui interrompait ses séances chaque fois que quelqu'un entrait ou sortait. Le sang cogne dans ses tempes. Alors que Sam est occupé à tenter de comprendre (1) pourquoi les secours vont dans son cabinet alors qu'il est ici, dans la chambre, et (2) comment ils sont entrés alors qu'il est le seul à avoir une clé, un phénomène des plus étranges se produit.

Le tapis smiley commence à lui parler.

— Est-ce que je vous appelle « docteur » ? demande le tapis.

C'est une voix d'homme.

— Quoi ?

— Vous êtes le docteur Keyworth ? insiste le tapis.

La voix est familière.

— Non, répond Sam. Je suis le docteur Statler.

Il songe qu'il n'a peut-être pas survécu à l'accident, si ça se trouve. Peut-être qu'il y est resté et qu'il découvre une vie après la mort qui ressemble à la fois où il a pris des champignons hallucinogènes dans le jardin de Joey Amblin pendant l'été 1999.

— Qu'est-ce qui est arrivé à votre main ? interroge le tapis.

Sam lève la main à la hauteur de son visage.

— Je me suis coupé avec un verre.

Ces mots ne viennent pas de Sam et il perd le fil de la conversation, distrait par l'étrange familiarité de la voix du tapis. Non seulement ça, mais lors des pauses entre deux répliques, Sam pourrait jurer qu'il distingue le bruit de quelqu'un en train de manger du pop-corn. Il se rapproche du tapis et murmure :

— Qui êtes-vous ?

— Docteur Keyworth, je suis le chef de cabinet de la Maison Blanche, répond le tapis.

— Quoi ?

Sam n'y comprend rien. La voix. D'où connaît-il cette voix ?

— Je supervise mille cent employés de la Maison Blanche, dit le tapis. Je rends compte à Leo McGarry et au président des États-Unis. Vous pensiez parler à qui, le vendeur de journaux ?

— Le vendeur de journaux ? répète Sam.

Il soulève le tapis. Quelque chose de métallique brille au sol. Un conduit. Il y colle son oreille, juste à temps pour entendre le hululement reconnaissable entre mille du rire d'Albert Bitterman, suivi par les premières notes du meilleur générique de l'histoire de la télévision.

À la Maison Blanche.

Albert est en bas, dans le cabinet de Sam, et il regarde *À la Maison Blanche* (« Noël », saison 2, épisode 10, pour être exact). Sam entend absolument tout à travers ce conduit dans le sol. Ça recommence : il se met à rire d'un grand rire sonore, tandis que tout s'éclaire dans son esprit. Albert était ici, qui l'espionnait pendant ses séances. Bon sang, bien sûr qu'il l'espionnait, pense Sam alors que des larmes roulent sur ses joues. Tout à coup, ce sentiment profondément inconscient devient conscient. Il le savait : la sensation d'une énergie à l'étage, d'une présence qui entrait et sortait de la pièce au-dessus de lui, le rythme d'Albert calé sur le sien.

Sam rit si fort qu'il entend à peine le boucan en bas. La voix d'Albert à travers le conduit (« Mon Dieu, Sam, c'est vous ? »), la porte du cabinet qui claque à nouveau. Non seulement Sam rit aux éclats, mais il prend également un malin plaisir à déchiqueter le tapis smiley (c'est vraiment de la merde niveau qualité), qui est en charpie lorsque Albert apparaît sur le pas de la porte, un éclat terrifié dans le regard, un paquet de pop-corn à la main.

— Vous étiez là, à m'espionner, dit Sam.

— Quoi ? Non… répond Albert, interdit.

Les images de cette nuit-là lui reviennent, claires et limpides. L'ouragan gagnait en intensité et Sam avait fermé la porte de son cabinet, tout en imaginant Annie qui l'attendait à la maison, avec un bon plat qui mijotait sur le feu et une bouteille de vin débouchée sur le plan de travail. Albert était sur le porche avec un plateau où trônaient des verres à cocktail. Sam avait fait semblant de ne pas le voir et avait couru droit à sa voiture.

Il s'était installé au volant avant de se rendre compte qu'il n'avait pas ses clés. Il les avait laissées sur son bureau.

Le souvenir de ce qui est arrivé ensuite est étonnamment vif. Tout lui apparaît dans les moindres détails : la course sous la pluie pour retourner dans son cabinet, la sueur qui perlait au-dessus de la lèvre d'Albert quand il était apparu dans la salle d'attente, les cheveux ruisselants de pluie, les mains agrippées autour du manche d'une pelle. La furie sur son visage alors qu'il s'était précipité sur Sam, la pelle brandie dans les airs.

Une vague de peur submerge Sam.

— S'il vous plaît, laissez-moi appeler ma femme.

Albert est totalement inexpressif. Il reste planté sur le pas de la porte, sans bouger.

— Je suis désolé, Sam, mais je ne peux pas.

— Comment ça ? Bien sûr que vous pouvez. Allez chercher le téléphone, implore Sam.

— Non, Sam. C'est impossible.

— Pourquoi, Albert ?

Sam sent un sanglot monter dans sa gorge.

— Pourquoi est-ce que vous me gardez ici ?

— Pourquoi je vous garde ? répète Albert, comme s'il venait de se prendre une gifle. Je ne vous garde pas ici, Sam. Je m'occupe de vous.

— Mais je ne veux pas que vous vous occupiez de moi, murmure Sam. Je veux rentrer chez moi.

— Pour ça, il aurait fallu boire votre cocktail, éructe Albert. Le cocktail spécial que j'avais préparé pour vous. Vous n'étiez pas obligé d'être si impoli.

— Le… cocktail ? bafouille Sam. Tout ça, c'est à cause d'un cocktail ?

Albert prend une grande inspiration, très théâtral.

— Non, Sam, tout ça n'est pas à cause d'un cocktail. Si je fais ça, c'est parce que vous avez besoin d'aide, et que personne ne peut vous aider à part moi.

Il entre dans la chambre et ramasse les morceaux de tapis avant de ressortir en claquant la porte derrière lui. Sam attend qu'Albert ait verrouillé la serrure, puis il fait une chose qu'il n'a pas faite depuis que son père est parti de la maison. Il s'autorise à pleurer.

Chapitre 32

Le Pigeon donne une fête chez elle.

J'en ai des aperçus depuis ma fenêtre à l'étage. Six couples, dont un suffisamment indélicat pour se garer sur la pelouse du Pigeon. Le Dinner Club, voilà comment ils se surnomment. Un groupe d'anciennes pom-pom girls du lycée de Brookside qui organisent des dîners chacune leur tour. Ce soir, c'est le tour du Pigeon, et Drew prépare des steaks. Il a commencé la marinade à quatorze heures, et le Pigeon a pris une photo qu'elle a postée sur Instagram, afin de dire à la Terre entière combien elle est #reconnaissante d'avoir un gentil mari qui fait la cuisine.

Les lumières sont allumées dans la maison et tout le monde est à sa place : les hommes dehors, sous la pluie froide, autour du barbecue et les femmes dans la cuisine, à partager du guacamole et du vin rouge, tout en commentant sûrement l'article paru dans le journal ce matin : « La police dans l'impasse dans l'affaire du médecin de Chestnut Hill disparu depuis quatre jours ».

La jeune Harriet Eager commence à se faire un nom avec ses articles (sans parler du fait qu'ils font la une).

> Après quatre jours passés à rechercher le psychologue, les enquêteurs qui travaillent sur l'affaire ont épuisé tous les moyens dont ils disposent pour localiser Sam Statler. « Tout

ce que nous pouvons faire à ce stade, c'est en appeler à la population au cas où quiconque aurait des informations susceptibles de nous aider», a déclaré le chef de la police Franklin Sheehy.

L'article a été partagé des dizaines de fois sur Facebook. Un type grassouillet répondant au nom de Timmy Hopper a même eu l'impudence de faire une blague sur la réputation de Sam à l'époque du lycée (« Est-ce que quelqu'un est allé voir dans le sous-sol de Sheila Demollino ? »), commentaire qui totalisait six « j'aime » la dernière fois que je suis allé vérifier.

Une lumière s'allume à l'étage chez le Pigeon. L'avant-avant-dernière fenêtre, celle de la chambre du cadet de quatorze ans. Je regarde l'horloge. Dix-sept heures quarante-six. Il est pile à l'heure. Tous les jours, il se faufile jusqu'à sa chambre et prend deux longues bouffées de cigarette, la dose dont il a besoin pour supporter une soirée en famille. La flamme du briquet illumine son visage. Au même moment, mon four sonne à l'étage du dessous. Je suspends les jumelles à leur crochet et je vais à contrecœur dans la cuisine, en espérant que Sam sera endormi quand je lui apporterai son dîner.

Il m'a demandé plusieurs fois de rentrer chez lui. Je l'évite depuis que je suis entré dans la chambre hier et que je l'ai trouvé sorti de son lit. J'ai passé mon temps à traîner en haut, tout en dressant ma dernière liste dans ma tête.

<u>Liste des raisons qui font que Sam ne peut pas rentrer chez lui</u>

1. Je veux m'occuper de lui. C'est ce qu'on fait avec les gens dont on est proche : on s'occupe d'eux lorsqu'ils en ont besoin. Et s'il y a bien une personne capable de comprendre

ça, c'est le type qui est revenu dans sa ville natale pour prendre soin de sa mère.

2. Regardez tout ce que j'ai fait pour lui. Un matelas de la meilleure qualité, des draps propres tous les jours, des fleurs fraîches pour illuminer la pièce, parce que…

3. S'il y a bien une personne qui comprend exactement de quoi un patient qui garde la chambre a besoin, c'est moi, Albert Bitterman Junior, employé chez Home Health Angels pendant vingt-cinq ans et élu trois fois employé du mois.

Dans la cuisine, mon gratin a l'air d'être prêt. J'en découpe une part et dépose le carré parfait par-dessus la viande, déjà disposée dans l'assiette. Je mets l'assiette sur un plateau que je pose sur le chariot, avec des couverts en plastique propres, et je m'engage dans le couloir. Quand je déverrouille la porte et que je glisse la tête dans la chambre, la respiration de Sam est profonde et régulière. Dieu merci, il dort. J'attrape le plateau et le pose sans bruit sur la table de nuit, puis je marque une pause au pied du lit pour admirer mon travail.

Je n'ai fait qu'un seul plâtre dans ma vie : il y a vingt-cinq ans, lors du stage en milieu hospitalier de six semaines (non rémunéré) qui était requis pour devenir soignant certifié chez Home Health Angels. Un médecin m'avait autorisé à plâtrer le poignet fêlé d'un enfant de neuf ans. Rien de comparable à ce que j'ai dû faire ici, néanmoins (deux jambes à réparer). Je ne suis pas du genre à me vanter, mais là, je pense pouvoir affirmer que j'ai fait de l'excellent travail.

— Ça sent bon.

Je retiens mon souffle. Il est réveillé.

— Qu'est-ce que c'est ?

Je m'éclaircis la gorge.

— Un steak et du gratin.

— Un steak et du gratin ?

Il se redresse sur ses coudes, le regard un peu dans le vague, les cheveux en bataille.

— En quel honneur ?

— C'est bon de manger des protéines le soir pour reprendre des forces. J'espère que ça vous plaira.

Je me dirige vers la porte.

— Albert ?

Je me fige.

— Vous ne voulez pas rester un peu ?

Je pivote sur moi-même.

— Rester un peu ?

— J'ai l'impression de devenir légèrement cinglé. Je ne serais pas contre un peu de compagnie. Sauf si vous êtes occupé, bien sûr.

Je m'éclaircis à nouveau la gorge et lisse mon tablier.

— Non. J'ai un peu de temps devant moi.

— Formidable.

Sam fait la grimace lorsqu'il tente d'attraper le plateau, et je me précipite pour l'aider.

— Merci, dit-il tandis que je remets ses oreillers en place. C'est beaucoup mieux.

Il n'y a nulle part où s'asseoir à part son lit, alors je reste debout au milieu de la pièce. Sam coupe son steak et en prend une bouchée.

— C'est très bon, déclare-t-il.

— C'est un steak Salisbury. Viande hachée, ketchup et une demi-boîte de soupe à l'oignon.

— De la soupe à l'oignon. Je me demandais ce qui donnait ce goût.

— C'est la recette de Linda.

— C'est une petite amie ?

J'éclate de rire.

— Vous plaisantez ? Non, ce n'est pas une petite amie. Elle est bien plus âgée que moi et ce n'est pas mon genre.

Sam prend une bouchée de gratin et me dévisage.

— Linda Pennypiece, ajouté-je. C'est un chouette nom, vous ne trouvez pas ? On travaillait ensemble à Albany.

Sam continue à manger sans rien dire.

Hank, le fils de Linda, lui apportait ça tous les vendredis. Hank le débile. Il débarquait au volant de son pick-up à l'heure du déjeuner, avec deux steaks Salisbury bien épais et une montagne de purée instantanée dans une assiette en carton recouverte de film plastique. Il restait pour la regarder manger puis il rembarquait l'assiette, à croire qu'il prévoyait de la réutiliser.

— Vous pourrez lui dire de ma part que c'est une sacrée cuisinière, dit Sam avant de mettre un nouveau morceau de steak dans sa bouche.

— Je ne peux pas. On ne se parle plus.

J'ai failli l'appeler il y a deux jours. C'était son anniversaire et j'ai vu sur la page de Home Health Angels que toutes les filles au bureau organisaient une fête pour elle. Madge, Rhonda, Mariposa, toutes posaient à côté du gâteau, avec des chapeaux pointus sur la tête. J'ai presque attrapé le téléphone pour lui souhaiter un bon anniversaire, avant de me raviser par peur que ça arrive aux oreilles de son abruti de fils.

— Qu'est-ce qui s'est passé ? demande Sam.

— Les gens s'éloignent, dis-je avec un geste de la main comme pour balayer le sujet. Ça arrive dans la vie.

— C'est vrai, dit Sam avant de reprendre du gratin. Alors, qui est votre préféré ?

— Mon préféré ?

— Oui, parmi mes patients.

— Je...

— En fait, non. Oubliez ce que je viens de dire. Ce que j'ai vraiment envie de savoir, c'est qui vous aimez le moins.

Je suis abasourdi.

— Vous n'êtes pas fâché contre moi ?

Il hausse les épaules.

— J'ai réfléchi, et même si je doute que mes patients apprécieraient de vous savoir là-haut à écouter nos séances, je dois admettre qu'à votre place, j'en aurais fait autant.

— C'est vrai ?

— Si vous me trouvez une personne capable du contraire, je vous tire mon chapeau. Après tout, tout le postulat des réseaux sociaux ne se résume-t-il pas à savoir ce qui se passe dans la vie des gens ?

Il prend une nouvelle bouchée et mastique tranquillement.

— Alors ? Qui vous aimez le moins ?

Je me lance avec prudence.

— Eh bien si vous m'aviez posé la question il y a quelques semaines, j'aurais répondu Jean Skinny sans hésiter une seconde.

Sam fronce les sourcils.

— Qui ça ?

Je baisse les yeux, un peu gêné.

— Pardon. Je voulais dire Christopher Zucker. Quand je l'ai entendu parler de David Foster Wallace, je ne savais pas qui c'était, alors j'ai regardé sur Internet. Un héros littéraire pour les hommes, non mais vous voulez rire ? Il harcelait et maltraitait sa femme, et tout le monde s'en fiche ?

— Je sais, c'est bizarre.

— Vous n'imaginez pas la torture que c'était de ne pas lui crier dessus.

— Je m'en doute. Mais alors qu'est-ce qui vous a fait changer d'avis à son sujet ?

— Je l'ai croisé récemment. Il était en train de déjeuner avec sa petite amie.

Bon, ce n'était pas une pure coïncidence... Disons plutôt que j'ai trouvé son profil dans la section « Qui sommes-nous ? » de sa société, qui m'a mené jusqu'à son compte Instagram, ce qui m'a mené à celui de la petite amie mannequin, peuplé presque exclusivement de photos qu'elle prend d'elle-même (je suis au courant que ça s'appelle un selfie, mais je me refuse à utiliser ce mot). Ce jour-là, elle avait posté qu'elle avait rendez-vous avec Christopher (#rdvavecmoncheri #chestnutcafe), posant dans six tenues différentes et demandant à tout le monde de l'aider à choisir quoi mettre. Elle avait finalement opté pour la combinaison noire moulante, qui n'était pas mon premier choix mais passons.

— Il avait l'air vulnérable. Il y avait quelque chose dans son expression quand il la regardait, comme s'il se forçait à la supporter.

Je sais que je devrais me taire, mais je n'arrive pas à m'arrêter.

— Il a passé sa vie à faire ça. À céder à la pression de sortir avec la plus belle fille dans la pièce. Il a besoin que quelqu'un lui dise qu'il va droit à l'échec en faisant ça. Vous saviez que des études montrent que quand deux personnes attirantes se mettent en couple, il y a de fortes chances que leur mariage soit agité ? Ce sont des chercheurs de Harvard qui ont découvert ça.

— C'est vrai ?

— Vous voulez lire l'article ?

— Vous l'avez ?

— Oui. Attendez.

Je vais dans la bibliothèque et attrape le classeur violet dans lequel je garde les notes que je prends sur nos patients. Je fais défiler les intercalaires jusqu'à arriver à Christopher. Je retourne dans la chambre et tends l'étude de six pages à Sam.

— Regardez. Ils ont pris les vingt premières actrices du classement IMDb et découvert que nombre d'entre elles avaient été malheureuses en ménage. Quant aux types considérés comme les plus séduisants au lycée, ils avaient plus de chances de divorcer que des hommes au physique moyen.

— C'est fascinant, murmure Sam.

— Je savais que ça vous intéresserait. Et pour en revenir à Christopher, je pense que tout ça est en lien avec son père.

Sam hausse les sourcils.

— Comment ça ?

— Poussez-vous, lui dis-je en me perchant au pied de son lit.

Il décale ses jambes plâtrées sur le côté pour me faire de la place.

— Le père de Christopher était un homme peu sûr de lui et vaniteux, ce qui l'a poussé à toujours scruter le physique de son fils. Christopher a grandi et s'est mis à fréquenter exclusivement des femmes très séduisantes, mais qu'il trouve superficielles et dénuées d'intérêt. Pourquoi continue-t-il à faire ça ? Parce que ces femmes valident l'idée selon laquelle il est physiquement attirant, ce qui lui donne de la valeur aux yeux de son père.

— Joli travail, Albert. C'est tout à fait ça.

J'écarquille les yeux.

— C'est vrai ?

— Oui. C'est exactement dans cette direction que je voulais emmener Christopher, vers cette prise de conscience concernant son père. Vous êtes malin.

— Waouh.

Je suis très fier, mais aussi un peu perdu.

— Pourquoi ne pas lui avoir fait gagner du temps en lui disant quel était son problème ?

— Il doit le découvrir lui-même, et c'est délicat, explique Sam. Ça prend du temps. C'est comme avec une bonne histoire.

Il me rend l'article et reporte son attention sur son repas.

— En tout cas, moi, j'étais captivé dès le début. Vous m'avez beaucoup appris, à vrai dire.

— Ah oui ?

Je croise les jambes, nerveux.

— Oui, sur la manière dont nous sommes façonnés par notre enfance. Je le savais dans une certaine mesure, je suppose, mais la façon dont vous en parlez… et pas seulement pendant vos consultations, mais aussi dans les articles que vous avez publiés et dans vos cours… Disons que vous m'avez ouvert les yeux.

Sam arrête de manger et quelque chose dans son expression change.

— Vous avez vu mes cours ?

Le rouge me monte aux joues.

— Je vous ai googlé après que vous êtes venu visiter le rez-de-jardin, dis-je dans ce qui est une version légèrement modifiée de la vérité. Je voulais juste m'assurer que vous ne faisiez pas partie des dix criminels les plus recherchés, et je suis tombé sur deux de vos cours sur YouTube. J'étais très impressionné.

Il sourit et finit son steak.

— Merci, c'est gentil.

Il pose sa serviette près de son assiette vide.

— Et merci pour le dîner, c'était délicieux.

Je n'ai aucune envie de partir, mais je me lève et prends le plateau pour le mettre sur le chariot.

— Vous êtes bien installé ? Votre chambre vous plaît ?

— Beaucoup, dit-il en se laissant aller contre ses oreillers. À l'exception du papier peint. Je ne sais pas quelles drogues avait prises la personne qui l'a dessiné, mais la couleur me donne mal à la tête.

J'attrape les comprimés dans la poche de mon tablier. Sam a raison. Le papier peint est horrible. J'aurais dû le changer.

— Une dernière chose, Albert ? reprend Sam alors que je fais tomber deux cachets dans ma paume. Je suis désolé de m'être comporté comme ça l'autre soir.

Je me fige.

— Pardon ?

— Vous avez fait preuve d'une grande gentillesse envers moi et vous avez raison, j'ai été impoli. Je fais ce que je peux pour être un type bien, mais je n'y parviens pas toujours. Je suis navré si je vous ai blessé.

— Ça... ça n'a pas d'importance, bafouillé-je.

— Si, ça en a. C'est votre droit le plus strict d'avoir des sentiments négatifs en réaction à ce que j'ai fait. Et si vous souhaitez m'en parler, je peux tout entendre.

J'hésite, puis je me lance.

— J'avais préparé un cocktail spécial pour vous. J'avais passé presque toute la matinée à le perfectionner.

— Et non seulement je n'en ai pas voulu, mais j'ai été très impoli.

— L'expression sur votre visage... j'ai eu l'impression de voir mon père.

— Je suis désolé, Albert. Vraiment.

— C'est oublié, docteur Statler. Mais merci.

— Et si vous voulez bien...

Sam tend la main vers moi.

— Je peux les prendre moi-même.

— Bien sûr.

Je dépose les cachets dans la paume de Sam, qui les met dans sa bouche avant de se rallonger. Je pousse le chariot vers la porte, en proie à un sentiment que je n'ai pas éprouvé depuis que j'ai emménagé dans cette maison.

Le bonheur.

Chapitre 33

Annie fixe la minuterie du four, le menton posé dans la main. Elle compte en même temps. *Dix-neuf. Dix-huit. Dix-sept.*

Elle pose la facture au-dessus de la pile (il y en a quatre à présent, la dernière est arrivée aujourd'hui) et attrape ses gants de cuisine. Elle soulève le papier d'alu et coupe la minuterie. Un coup de klaxon retentit dans l'allée. Elle referme la porte du four d'un coup sec et va à la fenêtre du salon.

— Bonsoir, madame Statler, lance Franklin Sheehy depuis l'allée alors qu'elle arrive sur le porche, pieds nus.

— Qu'est-ce qui s'est passé ? Vous avez trouvé quelque chose ?

Elle est trop anxieuse pour prendre la peine de le corriger, pour une fois. Sheehy secoue brièvement la tête.

— Non, m'dame. Je rentre à la maison, et comme c'est sur ma route, je suis juste passé voir comment vous alliez. J'imagine que ça ne doit pas être facile.

L'éclairage automatique du porche s'éteint et ils se retrouvent dans l'obscurité.

— C'est gentil, répond-elle en retirant ses gants. Vous voulez entrer ?

Il acquiesce et monte les marches.

— Vous avez vraiment une bien belle maison.

Il entre dans le salon et observe le plafond voûté avec ses poutres apparentes et la grande cheminée contre le mur du fond.

— Je parie qu'il n'y en a pas des comme ça en ville.

— En effet.

Elle repense au dernier endroit où ils avaient vécu avant de venir à Chestnut Hill, un type 2 derrière Washington Square. L'université de New York avait mis ce logement de fonction à la disposition de Sam, et il l'avait invitée à y emménager avec lui trois semaines après leur rencontre. Ils venaient juste de finir de dîner quand il avait quitté la pièce, pour revenir avec un sac en plastique orné du logo « I love NY ».

— Qu'est-ce que c'est ? avait-elle demandé quand il l'avait posé sur la table devant elle.

— Si j'avais voulu que tu saches tout de suite ce que c'était, je ne l'aurais pas emballé, Annie.

— Ce n'est pas pour pinailler, mais je ne crois pas qu'on puisse considérer ce sachet comme un paquet-cadeau.

— C'est bon, j'ai compris. Tu peux ouvrir ton cadeau, maintenant ?

À l'intérieur du sac, elle avait trouvé deux petites serviettes éponge, dans un tissu de si piètre qualité qu'il brillait. L'une, bleue, portait l'inscription « Lui ». L'autre, rose, portait l'inscription « Elle ».

— Je ne comprends pas, avait-elle déclaré.

— Ce sont des serviettes Elle et Lui. Pour la salle de bains.

— Merci pour l'explication. Ce que je veux dire, c'est pourquoi est-ce que tu m'offres ces serviettes hideuses ?

Il avait rougi.

— Est-ce que c'est trop subtil ?

— Qu'est-ce qui est trop subtil ?

— Les serviettes ! avait-il répondu, exaspéré. Tu sais, des serviettes Elle et Lui ? Comme les gens qui vivent ensemble ont dans leur salle de bains.

— Attends un peu… est-ce que tu es en train de me demander de vivre avec toi ?

— Oui. Et apparemment, je m'en tire super bien.

Elle avait éclaté de rire.

— C'est adorable, Sam, avait-elle dit en lui rendant le sac et en remplissant son verre de vin une nouvelle fois. Mais non merci.

— *Non merci ?* Et pourquoi pas ?

— Je te l'ai dit. J'aime les hommes, mais à petite dose.

— Je sais. Et voudrais-tu bien m'expliquer pourquoi tu es comme ça ?

— Oh, j'ai une idée ! Est-ce que toi, tu voudrais bien ? J'adore quand les mecs m'expliquent des choses.

Il avait parlé sans s'arrêter pendant cinq minutes, lui expliquant que ses précautions dans le cadre de ses relations trouvaient leurs origines dans la perte tragique de ses parents à un jeune âge, qui l'avait menée à voir tout lien familial comme une menace ou, pire encore, un danger. Et donc, pour maintenir les gens à distance, elle avait fini par se construire une armure : la femme indépendante cool pas suffisamment intéressée pour s'engager.

— Merci pour l'analyse psychologique de comptoir, avait-elle déclaré à la fin de son monologue. Mais tu te plantes totalement.

— Alors, quel est le problème ? avait-il demandé sans conviction.

Elle s'était laissée aller contre le dossier de sa chaise sans cesser de soutenir son regard.

— Bon. Ne le prends pas mal, mais puisque tu insistes… le problème, c'est que les hommes sont chiants.

Il avait ri.

— Mais encore ?

— C'est une norme culturelle, tout simplement. Nous élevons nos fils dans la croyance qu'ils doivent réprimer leurs émotions. Ça rend peut-être les garçons plus faciles à gérer que les filles, mais ça ne donne certainement pas des hommes intéressants. Pas sur le long terme, en tout cas. Six mois maximum, c'est mon seuil de tolérance.

— Sauf que moi, je suis différent. Je suis excitant. Et en plus, j'ai un doctorat en sentiments. Tu devrais au moins m'accorder une chance.

— Ça sent bon.

La voix de Franklin Sheehy fait sursauter Annie.

— J'ai fait des lasagnes, indique-t-elle en refermant la porte d'entrée. C'est une recette de ma mère.

Le repas qu'elle avait prévu de préparer pour Sam le soir de l'ouragan. La ricotta est périmée depuis hier, mais elle avait besoin d'une occupation, alors elle a cuisiné, tout en sachant pertinemment qu'elle jetterait sûrement le tout à la poubelle. La radio accrochée à la hanche de Sheehy grésille et il baisse le son. Annie le guide vers le salon.

— Du nouveau ?

— Rien. C'est très étrange, d'ailleurs.

— Comment ça ?

— À moins que votre mari n'ait fait changer ses plaques d'immatriculation, et pourquoi le ferait-il, nous devrions déjà avoir retrouvé la trace de son véhicule, à l'heure actuelle.

— Je ne comprends pas. Sa voiture ne peut pas avoir disparu.

— Non, en effet. Vous avez raison sur ce point.

— J'ai besoin d'un café, déclare-t-elle, épuisée. Je vous en sers un ?

— Si ça ne vous dérange pas.

Sheehy la suit dans la cuisine. Elle leur sert une tasse à chacun.

— Il ressemble à son père, commente Sheehy.

Il a le nez presque collé à l'article aimanté sur la porte du réfrigérateur.

« Vingt questions au Dr Sam Statler », l'interview mignonne mais ridicule que Sam avait accordée la semaine où ils avaient emménagé dans la maison. Le coup de fil de la journaliste les avait réveillés une après-midi alors qu'ils faisaient la sieste. Annie était restée allongée, la tête sur le torse de Sam, tandis qu'il lui caressait les cheveux et répondait aux questions de la journaliste, aussi charmant qu'à son habitude. « Le meilleur dessert de Chestnut Hill ? Je serais prêt à parier que la tarte aux myrtilles de ma mère est le meilleur dessert au monde. » « Comment ça, vous n'avez jamais vu *À la Maison Blanche* ? C'est la meilleure série de tous les temps ! »

— Vous connaissez le père de Sam ? demande Annie tout en tendant sa tasse à Sheehy.

Theodore Statler. L'homme aussi absent qu'hors du commun dont Sam ne parlait presque jamais.

— C'était le professeur de maths de mes filles. Avant qu'il parte pour sa grande aventure à Baltimore. Vous avez du sucre ?

Le sucre est sur une étagère en hauteur. Quand Annie redescend de son petit tabouret et se retourne, Sheehy est à la table de la cuisine, en train de feuilleter les factures.

— Je peux savoir ce que vous faites ? demande-t-elle sèchement.

Elle traverse la pièce pour lui arracher les papiers des mains et les fourre dans le tiroir sous la cafetière, sans prendre la peine de dissimuler son irritation.

— Si je peux me permettre une question… Vous étiez au courant de l'existence de ces factures ? s'enquiert Sheehy en s'emparant délicatement du sucrier.

Elle hésite puis se laisse choir sur un tabouret autour de l'îlot central, trop fatiguée pour se battre.

— Non.

— Ça se chiffre à combien ?

— Beaucoup, répond-elle en le regardant verser lentement du sucre dans sa tasse. Cent vingt mille dollars, pour être exacte.

Sheehy laisse échapper un sifflement.

— Comment vous expliquez-vous ça ?

— Je ne me l'explique pas. Est-ce que ce n'est pas plutôt votre domaine à vous ?

— Si, répond-il entre deux gorgées de café. Mais je crois que vous n'avez pas envie d'entendre ce que j'en pense.

Elle serre les dents.

— Vous pensez qu'il est parti.

— Je pense que la pression financière peut peser très lourd sur les gens, surtout les hommes.

— Vous suggérez quoi, qu'il s'est jeté d'une falaise avec sa voiture ?

Sheehy hausse les épaules.

— Ou alors il a décidé que la vie serait plus facile ailleurs.

Elle se lève.

— Non, vous avez tort. Il m'a envoyé un message avant de partir du cabinet pour me dire qu'il se mettait en route. Il n'aurait pas fait ça s'il avait prévu d'aller *ailleurs*.

— Est-ce que je peux voir le message en question ?

Annie sort son portable de la poche arrière de son jean, retrouve les messages et lui tend le téléphone. Il prend ses lunettes dans la poche de sa chemise, les met et commence à lire à voix haute.

— « Bonjour Dr S. C'est Charlie. »

Il s'interrompt et relève les yeux vers elle.

— Je ne comprends pas. Qui est Charlie ?

Aussitôt, Annie est épuisée à l'idée de devoir expliquer leurs échanges à cet idiot.

— C'est une blague, en quelque sorte.

— D'accord. Je vois. « J'ai rompu avec Chandler hier et j'aimerais vous voir demain. »

Il s'interrompt à nouveau.

— Comme dans *Friends ?* Ou alors c'est une blague, ça aussi ?

— Ce sont des personnes inventées. C'est un jeu entre nous.

Il reporte son attention sur l'écran.

— « J'ai réfléchi à votre invitation. Je serai là. » L'adresse que vous lui avait indiquée, c'est celle de qui ?

— C'est la nôtre.

— Le docteur Statler ne sait pas où vous habitez ?

Elle reprend son portable d'un geste brusque.

— Je faisais semblant d'être quelqu'un d'autre. Une patiente qui s'appelle Charlie.

Il retire ses lunettes.

— Voyons si j'ai bien compris. Vous avez envoyé des messages à votre mari, en faisant semblant de vous appeler Charlie, et vous lui avez demandé de venir chez vous ?

— C'était un jeu de rôle. J'étais une patiente, Charlotte, et Sam était mon thérapeute, qui se sentait prisonnier dans son mariage. Il était censé poser un lapin à sa femme pour venir chez moi.

— Je vois. Vous vous amusiez bien, apparemment.

Il recommence à boire son café et Annie soupire, exténuée.

— Je vous le répète. Il est arrivé quelque chose à Sam. Je le connais. Il n'est pas parti.

Sheehy soutient son regard pendant un moment sans dire un mot.

— Laissez-moi vous poser une question. Avant de l'épouser, depuis combien de temps connaissiez-vous votre mari ?

— Quel est le rapport ?

Sheehy ne répond rien. Il attend, les sourcils haussés.

— Huit mois.

Il ouvre grand la bouche.

— Huit mois ? Qu'est-ce qui vous a pris d'épouser un homme que vous connaissiez depuis seulement huit mois ?

— Qu'est-ce qui m'a pris d'épouser Sam ? rétorque Annie. Je me suis mariée avec lui parce qu'il est intelligent et drôle et que, contrairement à la majorité des hommes, il est capable d'éprouver des émotions complexes. Je suis une femme forte, intelligente et à l'aise avec ma sexualité, et c'est le premier homme à ne pas se sentir menacé par ça. Et il est fou de moi, accessoirement. Tellement fou de moi que la dernière chose qu'il ferait serait de me quitter.

Sheehy hoche lentement la tête.

— J'admire votre assurance. C'est une grande qualité chez une femme. Néanmoins, sans être un expert en relations de couple, même moi, je sais que ce n'est peut-être pas un laps de temps suffisant pour connaître quelqu'un. Et pour savoir si la personne est capable d'être fidèle.

Un bruit perçant résonne aux oreilles d'Annie, et il lui faut un moment pour comprendre que ça ne vient pas d'elle, mais du détecteur de fumée accroché au plafond de la cuisine. De la fumée s'échappe de la porte du four.

— Merde.

Elle attrape les gants et sort le plat fumant, le laisse tomber dans l'évier et ouvre le robinet.

— Vous avez l'air très occupée, dit Sheehy. Je ne vais pas vous déranger plus longtemps.

Il finit son café d'un trait et pose la tasse sur le plan de travail.

— Je dois dire que j'admire la foi que vous avez en votre mari, madame Statler. J'espère sincèrement que tout ça va se terminer comme vous le souhaitez.

Chapitre 34

Sam ne sait pas s'il ferait mieux de rester dans son rêve ou de se réveiller. Les avantages de chacune des options lui apparaissent clairement.

Option 1 : dans le rêve, il est à Manhattan, au coin de University Place et de Washington Square Park. Il a demandé Annie en mariage cinq jours plus tôt sur le porche de la maison à vendre à Chestnut Hill. Elle a enfin dit oui, par texto, trois heures plus tôt. OK, c'est bon, a-t-elle écrit avant d'aller faire cours. J'accepte de partir avec toi à la campagne et de t'épouser. Il l'attend devant l'université où elle enseigne.

— Ma parole, tu es un vrai roman à l'eau de rose ambulant, dit-elle en le voyant.

Ils n'échangent pas un mot pendant le trajet en métro jusqu'à l'appartement, bras dessus bras dessous, perdus dans les pensées de ce qu'ils s'apprêtent à faire. En sortant du métro, Annie s'arrête devant l'étal d'un vendeur de bonnets et en choisit un orné de fausse fourrure.

— Pour me préparer à la vie à la campagne, explique-t-elle au vendeur en lui tendant un billet de vingt dollars.

Option 2 : se réveiller et découvrir d'où vient le bruit. Un bruit désagréable, énervant, qui l'agresse depuis plusieurs heures.

Il décide de rester endormi, mais ensuite le rêve change, et il n'est plus sur le trottoir avec Annie. Il marche le long d'un couloir orange criard à Rushing Waters, en direction de la chambre de sa mère. Quelque chose lui dit de ne pas ouvrir la porte, mais il le fait quand même. Margaret est assise dans son fauteuil, seule, à l'attendre.

— Je n'ai pas envie d'être ici, dit-il.

— Bien sûr que non, mon chéri.

Elle lui sourit. Elle a la même voix qu'avant. Sa voix d'avant la maladie.

— Le seul endroit où tu voudrais être, c'est devant un miroir, pour pouvoir admirer ton reflet.

Elle commence à rire.

— Tu as quitté ta femme.

— Non.

— Si, tu l'as quittée, Sam. Je savais que tu ferais ça. On le savait tous.

— Je ne l'ai pas quittée ! crie Sam.

Le bruit cesse.

Une lumière aveuglante s'allume au-dessus de sa tête et Albert apparaît, brumeux, avec des morceaux de papier jaune collés à son sweat, une spatule à la lame brillante à la main.

— Encore deux heures, dit Albert en fourrant des comprimés dans la bouche de Sam. Rendormez-vous.

Sam est incapable de bouger et il a mal à la tête. Mais il se force à rester éveillé et concentré. Une lumière douce baigne la pièce. Quelque chose a changé. Il est dans une autre chambre.

Il se redresse sur ses coudes, ses hanches raidies par le poids des plâtres, et il observe de plus près. Il est dans le même lit individuel. Les mêmes rideaux à fleurs sont tirés devant ce qu'il suppose être la même fenêtre condamnée. La même porte de placard se trouve dans un coin de la pièce. Il est toujours dans la même chambre. Ce qui a changé, c'est le papier peint.

Le papier peint jaune. Il a disparu des murs.

Il se laisse retomber sur son matelas, ravi.

— Ça marche, murmure-t-il.

Son plan fonctionne. Son plan de devenir ami avec cet enfoiré, comme Paul Sheldon avec Annie Wilkes dans *Misery*.

Ça fait maintenant deux jours que Sam lui lèche les bottes. Lors des rares moments de lucidité entre les prises de cachets qu'Albert le force à gober à intervalles réguliers, il tente de gagner sa confiance, afin de découvrir ce que ce connard lui veut. *Il veut te tuer.* Sam ferme les yeux et renvoie cette pensée dans son subconscient. *Non. Si c'était ce qu'il voulait, il l'aurait déjà fait.*

Il veut se rapprocher de toi.

Il se crispe des pieds à la tête en imaginant Albert ici, en train de l'épier. Il comprend tout à présent. Ou du moins, il comprend comment Albert faisait pour toujours savoir quand il avait fini sa journée. Même les jours où Sam essayait de filer en douce en s'assurant que la porte ne claquait pas derrière lui, Albert était en faction sur le porche, souriant, avec un verre dans chaque main.

Sam s'est creusé la tête en quête de détails personnels qu'Albert lui aurait racontés. Il avait tendance à déconnecter quand Albert divaguait nerveusement. Ce dont il se souvient surtout, c'est qu'Albert connaît une quantité impressionnante d'histoires inutiles concernant la famille qui a construit cette maison, et qu'il était depuis peu guide touristique bénévole pour la Société historique de Chestnut Hill.

La plaie que Sam a à la tête lui fait mal, ses jambes le démangent sous ses plâtres. Il veut aller dîner avec Annie et prendre une bonne douche bien chaude. Il veut comprendre ce que ce type lui veut, afin de le lui donner et dégager d'ici.

Oh, j'ai compris. La voix d'Annie résonne dans sa tête par-dessus le bruit de ferraille du chariot d'Albert au bout du couloir. *Tu as décidé d'utiliser ton superpouvoir. Tu vas le charmer, puis tu vas le pigeonner, exactement comme tu le faisais avec toutes ces filles naïves au lycée. Bien vu, Sam.*

— Je ferai n'importe quoi pour te revoir, Annie, murmure-t-il.

La clé entre dans la serrure et la porte s'ouvre. Sam s'accroche un sourire à la face.

— Bonjour, Albert. Je suis content de vous voir.

Chapitre 35

— Oh crotte, vous êtes déjà réveillé, dis-je à Sam, déçu. Je voulais voir votre réaction.

Je pousse le chariot dans la pièce et je serre le levier de frein.

— Alors ?

— Vous avez enlevé le papier peint, dit-il.

Il est assis dans son lit et son visage a retrouvé un peu de couleur.

— Qu'est-ce que vous en pensez ?

— J'aime beaucoup. La pièce a une atmosphère beaucoup plus paisible maintenant.

— Oh, tant mieux. J'espérais que vous diriez ça. Des études montrent que les patients qui doivent garder la chambre récupèrent plus vite dans un environnement agréable et vous aviez raison, ce papier peint, c'était trop.

— Comment est-ce que vous vous y êtes pris ? demande Sam avant de boire d'un trait le verre d'eau que je viens de lui servir.

— Des spatules, de l'eau brûlante et de la bonne vieille huile de coude. Je vous ai donné quelque chose pour vous faire dormir pendant ce temps-là… Je voulais vous faire la surprise. Et ce n'est pas tout. Fermez les yeux.

Je retourne dans le couloir chercher le fauteuil et je le fais rouler jusque dans la chambre.

— Vous pouvez les ouvrir.

— Nooon. C'est le fauteuil Eames qui est dans mon cabinet ?

Il semble sincèrement surpris.

— Ce n'est pas *exactement* votre fauteuil Eames, dis-je en l'amenant près de son lit.

Celui-ci doit rester en bas au cas où votre femme déciderait de revenir fouiner dans le coin.

— C'est un fauteuil tout neuf. J'ai réussi à le faire livrer en vingt-quatre heures.

— Waouh. Pourquoi vous donner cette peine, Albert ?

— Parce qu'il faut que vous sortiez de ce lit, autrement vous allez développer des escarres, et après réflexion, ça m'a semblé l'option la plus confortable.

Je sais de quoi je parle. Je caresse le cuir lisse et me rappelle la première fois que je me suis assis dessus. Depuis la fenêtre à l'étage, j'avais vu deux livreurs porter un grand carton jusqu'au cabinet. Je n'avais pas pu résister. Plus tard ce soir-là, j'avais utilisé le double de clé que j'avais demandé à Gary Unger de la serrurerie Gary Unger et j'avais passé au moins une demi-heure dans le silence de la pièce, installé dans le fauteuil le plus confortable du monde. Cuir italien, pieds en aluminium moulé poli et roulettes autobloquantes.

Je le place à côté de son lit.

— Vous voulez que je vous...

— Que vous me sortiez de ce lit pour m'aider à m'asseoir dans le fauteuil ? Avec joie.

J'écarte les couvertures.

— Mettez-vous au bord du lit, lui ordonné-je.

Je plie les genoux, passe un bras sous ses plâtres, l'autre derrière ses lombaires, puis je le soulève.

— Bien joué, dit Sam une fois que je l'ai assis doucement sur son fauteuil.

— Toute une vie passée à aider des gens à se lever ou se coucher.

Je marque une pause pour m'étirer le dos avant d'aller chercher l'ottomane du salon. Je le traîne dans la chambre et je place les jambes de Sam dessus. Je retourne ensuite dans le couloir pour ramener la table, semblable également à celle de son cabinet, que j'installe près du fauteuil, avant de disposer ses affaires dessus : la boîte de mouchoirs jaune près d'un article universitaire sur Anna Freud et du numéro d'octobre d'*In Touch Weekly*, avec en couverture un article sur le mariage secret de Kris Jenner au Mexique. La touche finale, c'est la petite horloge, que je place au sol à l'autre bout de la chambre.

— Exactement comme au cabinet, dit Sam.

— C'est ça.

Je recule d'un pas et j'écarte les bras.

— Alors ? Qu'est-ce que vous en pensez ?

— J'ai l'impression d'être de retour au travail, dit-il en agrippant les accoudoirs. Autrement dit : c'est le paradis.

J'arrive à peine à contenir mon excitation.

— Tant mieux. Et si on jetait un œil à vos points de suture ?

J'enfile une paire de gants en latex et je retire le pansement de son front.

— L'hématome s'est déjà bien atténué.

— Vous avez l'air de bien vous y connaître en médecine.

— Vingt-cinq ans de métier dans le secteur de la santé.

Je prends le pull plié dans le bas du chariot, avec le logo des Lévriers de Loyola sur le devant.

— Mettez ça, il fait frais ici.

— Vous étiez médecin ? demande Sam en enfilant le pull.

J'éclate d'un rire sonore.

— Ça vaudrait le coup de reprendre le contact avec mon père rien que pour lui raconter que vous avez dit ça. Mais non, j'étais aide de soins de santé à domicile pour Home Health Angels. J'aidais les gens à vieillir paisiblement chez eux tout en offrant la tranquillité d'esprit à toute la famille. J'ai pris ma retraite récemment.

— Qu'est-ce que votre travail impliquait ?

— Tout ce dont le patient avait besoin.

J'attrape un tube de crème et un pansement neuf dans la poche de mon tablier.

— Faire la toilette, donner les repas. Tenir compagnie.

Je tamponne le front de Sam avec de la pommade.

— Soigner les plaies.

— Je parie que vous étiez très doué.

— Qu'est-ce qui vous fait dire ça ?

— Vous avez une présence apaisante.

Rougissant, je finis de changer son pansement.

— Ce n'est pas mon genre de me vanter, mais j'ai été élu trois fois employé du mois, si vous voulez tout savoir.

— Est-ce que je peux vous demander ce qui s'est passé entre vous et votre père ?

Je garde le dos tourné et fais mine de ranger la boîte de tampons en coton sur le chariot.

— Vous avez dit que vous ne vous parliez plus, du coup je me demande pourquoi.

J'hésite.

— C'est une longue histoire.

— J'ai tout mon temps, répond-il d'une voix douce. Vous voulez vous asseoir ?

Je me tourne vers lui.

— Pourquoi ?

— Ce serait plus confortable, j'imagine.

Je scanne la pièce, incertain.

— Sur le lit, ou est-ce que je vais chercher une chaise ?

— Comme vous préférez.

— Bon. Le lit fera l'affaire, je suppose.

Je m'assois au milieu du lit et je pose les mains à plat sur le matelas.

— C'est bien ferme.

Sam hoche la tête.

— Oui, c'est confortable.

Il garde ensuite le silence et joint les mains devant sa bouche.

— Je n'ai pas parlé à mon père depuis trente ans.

— Pourquoi ça ?

— Il a honte de moi.

— Qu'est-ce qui vous fait dire ça ?

— C'était une évidence. Nous étions différents.

— En quoi ?

— C'est un homme, un vrai. Et moi, je suis une femmelette.

— Waouh, s'exclame Sam. C'est lui qui vous appelait comme ça ?

J'époussette une poussière invisible sur mon pantalon.

— Il n'avait pas tort. Je n'étais pas comme les autres garçons. Je n'ai jamais aimé le sport et j'aurais été incapable de me battre même si ma vic en dépendait.

— Je vois.

Avant de pouvoir me retenir, je lâche :

— Je ne suis pas son fils.

— Qu'est-ce que vous voulez dire ?

— Je veux dire qu'en réalité, Albert Bitterman Senior n'est pas mon père biologique.

Je n'ai jamais prononcé ces mots à voix haute auparavant. Les paroles déferlent hors de ma bouche.

— J'avais des difficultés à l'école. En général, j'arrivais à ne pas craquer, mais parfois, quand je rentrais à la maison, c'était trop et il fallait que ça sorte. Ma mère s'asseyait avec moi sur le canapé jusqu'à ce que j'arrête de pleurer. Un jour, mon père est rentré plus tôt que prévu. Il y avait eu un incendie dans l'usine où il travaillait et ils avaient dû fermer.

Je le revois dans l'encadrement de la porte. L'expression sur son visage. *Pourquoi la femmelette pleure cette fois ?*

— Et ? m'encourage Sam.

Un nœud se forme dans ma poitrine.

— Il était furieux. Il m'a regardé droit dans les yeux et il a dit : « Je remercie Dieu chaque jour que cet enfant ne soit pas le mien. »

— Quel âge aviez-vous ?

— Huit ans.

Mon cœur cogne si fort que j'ai peur que Sam l'entende depuis son fauteuil.

— Avez-vous compris ce que cela signifiait ?

— Pas sur le moment, mais plus tard, j'ai fini par comprendre que ma mère avait eu une liaison.

Je me force à rire.

— Je me suis senti soulagé pour lui, pour être honnête. Au moins, il n'avait pas à s'en vouloir d'avoir un fils aussi faible.

J'inspire profondément pour reprendre mon calme.

— Ma mère est morte quand j'avais quatorze ans. Après ça, je me suis retrouvé seul avec mon père.

— Oh, Albert, dit Sam d'un air sincèrement peiné. Je suis désolé.

— Cancer du sein.

Je la revois en train de grignoter des biscuits un par un en commençant par les bords crénelés, demandant si je voulais rester à la maison avec elle au lieu d'aller au collège. Je répondais oui à chaque fois. Pas parce que je n'aimais pas aller en cours mais parce qu'elle avait tellement besoin de moi que j'étais persuadé qu'elle mourrait si je ne restais pas. On se cachait à l'étage et on écoutait le bus de ramassage scolaire passer devant la maison, puis elle nous préparait des œufs brouillés et mettait la télé pour qu'on regarde des feuilletons.

— Comment votre père a-t-il réagi à sa mort ?

— Il était en colère. S'il y a bien une chose qu'Albert Bitterman Senior ne s'était jamais imaginée, c'était la vie de père célibataire. Je faisais tout ce que je pouvais pour lui faire plaisir, mais c'était peine perdue. Avec le temps, on a réussi à trouver un moyen de ne pas être dans les pattes l'un de l'autre, et j'ai quitté la maison dès que j'en ai eu la possibilité. On ne s'est pas parlé depuis.

Sam laisse flotter un silence pendant quelques instants avant de répondre.

— C'est très dur de perdre sa mère aussi jeune, finit-il par déclarer. Comment avez-vous tenu le choc à ce moment-là ?

— J'ai fait comme si je faisais partie de la famille qui vivait de l'autre côté de la rue. Les Parker.

Je ris.

— C'est dingue, pas vrai ?

Mme Parker commençait à préparer le repas du soir à seize heures trente pendant que Jenny regardait la télé dans le salon, un bol de glace sur les genoux, absolument pas inquiète à l'idée de ne plus avoir faim pour le dîner. Les week-ends, Jenny invitait les filles les plus populaires de l'école à des soirées pyjama. Elles s'entassaient toutes dans le salon, allongées par terre, et veillaient tard en se gavant de pop-corn et de sodas au raisin. Jenny savait qui j'étais. Elle savait que je vivais de l'autre côté de la rue et pourtant, jamais elle n'a daigné me dire bonjour. La seule fois où elle m'a adressé la parole, c'est quand Mme Parker l'a traînée jusque chez moi pour apporter un plat de lasagnes et dire à quel point elles avaient été désolées d'apprendre que ma mère était morte.

— Après la mort de ma mère, j'ai décidé que monsieur Parker finirait par admettre que ma mère et lui avaient eu une liaison et qu'il viendrait me chercher. Je suis allé chez eux plusieurs fois.

— Alors vous avez fait leur connaissance ? demande Sam.

— Non. Je venais quand ils n'étaient pas à la maison. À force de les observer, je savais que madame Parker cachait une clé sous un pot de fleurs sur le côté du porche. J'y allais les dimanches matin, quand ils étaient à l'église.

Je regarde le bout de mes pieds. Je ne sais pas trop pourquoi je lui raconte tout ça, et je m'attends à l'entendre prononcer les mots que j'ai si souvent entendus à l'époque : *tu es un malade.* Mais quand il me répond, son ton est plus gentil que jamais.

— C'était comment d'être chez eux ?

Ça sentait le désodorisant à la cannelle et le linge propre. Il y avait du soda au raisin dans le réfrigérateur.

— C'était excitant. Je ne restais jamais longtemps. Je voulais juste voir comment ils vivaient. Mais un jour, Jenny est tombée malade pendant l'office et ils sont rentrés plus tôt que prévu.

J'étais à l'étage quand j'ai entendu la porte d'entrée s'ouvrir.

— Madame Parker m'a trouvé caché dans le placard de sa fille. C'était horrible.

Je me mords la lèvre inférieure et me retiens pour ne pas pleurer.

— Ça a dû être traumatisant.

— Vous n'imaginez pas à quel point. Après ça, Madame Parker était terrifiée chaque fois que...

— Non, m'interrompt Sam. Vous m'avez mal compris. Je veux dire traumatisant pour vous. Votre comportement était parfaitement naturel. Le problème est que tout le monde n'est pas en mesure de comprendre ça.

— Naturel, vous dites ?

— Absolument. Vous étiez endeuillé et vous tentiez de trouver un point d'attache pour combler l'absence de votre mère.

— D'après eux, mon attitude était celle d'un pervers, mais ce n'était pas ça du tout. Je vous jure. Monsieur Parker m'a barricadé dans la chambre jusqu'à l'arrivée de la police, puis ils ont appelé mon père.

Je ferme les yeux et tout me revient. Le bruit de la porte qui claquait derrière nous après que mon père m'avait ramené à la maison, la terreur qui m'avait envahi quand il m'avait foncé dessus en me couvrant d'insultes. Je me lève.

— Est-ce que je peux y aller ?

Sam paraît pris de court.

— Vous voulez partir ?

— Oui, je peux ?

— Bien sûr.

— Je suis fatigué. Je crois que j'ai besoin de m'allonger un moment.

Sam sourit.

— Très bien, Albert. Je pense que c'est une bonne idée.

Son expression se détend et il tapote ses accoudoirs.

— Encore merci pour le fauteuil.

Je hoche la tête et je desserre le levier de frein du chariot.

— Je vous en prie.

Je sors dans le couloir, vais à l'étage et ferme la porte de ma chambre, en priant pour qu'il ne m'entende pas pleurer.

Chapitre 36

Dans la cuisine, quelqu'un laisse tomber un plateau et Annie sursaute. Elle est seule dans la salle à manger de Rushing Waters. Les résidents sont partis au restaurant Applebee's du centre commercial pour leur sortie hebdomadaire, mais les infirmières ont prévenu Annie que Margaret était trop fatiguée pour se joindre à eux car elle avait du mal à dormir (elles l'ont trouvée deux nuits consécutives en train d'errer dans les couloirs à trois heures du matin). Annie retourne à l'e-mail qu'elle est en train de rédiger à l'attention du médecin de Margaret, dans lequel elle lui demande de lui prescrire un nouveau traitement pour l'aider à dormir. Les cachets qu'elle prend actuellement ont de toute évidence cessé de fonctionner.

Annie aperçoit Josephine, une des réceptionnistes, qui pousse un chariot dans la salle à manger.

— C'est une charmante attention, dit Annie en voyant Josephine placer un vase rempli de fleurs fraîches sur chaque table.

— On fait ce qu'on peut pour embellir un peu cet endroit. On a même des journaux gratuits, maintenant, annonce-t-elle en posant un exemplaire du journal local devant Annie.

Elles voient la une toutes les deux en même temps. Une photographie de Sam sous un gros titre : LE PSYCHOLOGUE LOCAL DISPARU DEPUIS LA SEMAINE DERNIÈRE ÉTAIT FORTEMENT ENDETTÉ.

Annie s'empare du journal et parcourt l'article.

Il semblerait que le Dr Sam Statler, un thérapeute connu pour aider les gens à résoudre leurs problèmes, n'en était pas exempt de son côté : il était détenteur de plusieurs cartes de crédit utilisées jusqu'au plafond maximum autorisé. D'après le chef de la police Franklin Sheehy, cette découverte mène les enquêteurs à envisager la possibilité que la disparition du résident de Chestnut Hill n'ait en réalité rien d'un accident. Cette nouvelle a également pris par surprise la femme de Sam Statler, professeure de littérature à l'université.

— Mon Dieu, gémit Annie. Ce connard a appelé une journaliste.

— Je suis désolée, Annie, dit Josephine alors qu'une des employées de la cuisine apparaît avec une assiette de fettucine à la sauce Alfredo emballée dans du film plastique.

Annie n'arrive pas à détacher son regard du journal. À ce stade, elle est étonnée que Sheehy ne soit pas allé jusqu'à raconter les messages qu'elle lui a fait lire. *D'après le chef de la police Franklin Sheehy, M. et Mme Statler s'adonnaient également à un rituel sexuel pervers dans le cadre duquel Mme Statler prétendait être une patiente prénommée Charlie.*

Elle fourre le journal dans son sac, prend la nourriture et sort de la salle à manger. Quand elle entre dans la chambre, Margaret est dans son fauteuil, hébétée, en train de regarder la télévision.

— Et voilà ! dit Annie en tentant d'avoir l'air joyeux. Votre déjeuner.

Elle pose le plateau sur le chariot métallique à côté du lit de Margaret et déroule la serviette de table qui contient les couverts.

— Et rappelez-vous, Sam s'est absenté quelque temps, alors c'est moi qui viendrai à sa place. Je dois aller donner cours. Il vous faut autre chose ?

Margaret fixe son assiette sans un mot puis commence à manger. Annie l'embrasse sur la joue et ouvre la porte pile au moment où une femme avec un déambulateur s'apprêtait à frapper.

— Vous pouvez donner ça à Margaret ? demande-t-elle en tendant à Annie un marqueur à bingo violet. Son fils l'a oublié hier soir.

— Son fils ? s'étonne Annie en s'emparant du marqueur.

— Oui. Ils étaient à ma table et il me l'a prêté. C'est de la camelote, l'encre fuit partout.

— Vous en êtes sûre ?

Elle lève sa main droite : des taches violettes parsèment son poignet.

— Impossible de les faire disparaître.

— Non, je veux dire est-ce que vous êtes sûre que son fils était là.

— Oh oui. Il vient toutes les semaines pour le bingo. Je suis une des rares personnes ici à encore avoir toute ma tête alors vous pouvez me faire confiance.

— Merci, répond Annie.

La femme fait demi-tour et traîne les pieds jusqu'à sa chambre. Annie retourne à l'accueil et balance le marqueur dans une poubelle au passage. Il n'y a personne à la réception. Annie s'arrête pour examiner le registre des visiteurs. Du bout du doigt, elle parcourt la liste de signatures à la recherche du nom de Sam, avant de renoncer à cette idée. Bien sûr qu'il n'était pas là hier. Cette femme est sénile. Annie passe les portes coulissantes, mais une fois arrivée sur le parking, elle fait volte-face et retourne précipitamment à l'intérieur, incapable d'aller contre son instinct. La porte du bureau de Sally French est légèrement entrouverte. Elle frappe et passe la tête dans l'entrebâillement, mais la pièce est vide.

— Elle est en train de prendre son déjeuner dans la salle à manger, lui indique une jeune femme qui passe par là. Elle sera de retour dans pas longtemps. Vous pouvez vous asseoir pour l'attendre si vous voulez.

— Merci.

La jeune femme entre dans la salle du personnel et Annie sort son portable de son sac.

— Annie Potter à l'appareil, annonce-t-elle quand John Gently décroche. Est-ce que le chef de la police Sheehy est là ?

Elle entend un déclic, puis la voix de Sheehy.

— Bonjour, madame Statler.

— C'est Potter, et qu'est-ce qui vous a pris d'aller parler des dettes de Sam à la presse ?

— Je vous demande pardon ?

Elle baisse d'un ton.

— Ne jouez pas les idiots. Pourquoi est-ce que vous avez appelé une journaliste pour lui…

— Premièrement, l'interrompt Sheehy, je ne lui ai pas parlé des dettes. Elle était déjà au courant.

— Qu'est-ce que ça veut dire, elle était déjà au courant ?

— Ça veut dire qu'elle était déjà au courant. « Allô, monsieur le chef de la police, c'est Machine », imite-t-il. « On a un tuyau selon lequel Sam Statler était sérieusement endetté au moment de sa disparition. Qu'est-ce que vous pouvez nous dire à ce sujet ? » Qu'est-ce que vous vouliez que je fasse ? Contrairement à certaines personnes dans ce pays, je crois à la liberté de la presse.

Annie entend le fauteuil de Sheehy grincer sous son poids.

— Un tuyau *?* répète-t-elle. Deux personnes étaient au courant pour les dettes. Vous et ma cousine. Et ce n'est pas ma cousine qui les a prévenus.

— Ce n'est pas moi non plus, madame Statler.

— C'est Potter.

Les portes coulissantes s'ouvrent et un couple d'environ soixante-dix ans entre.

— Je crois savoir ce qui se cache derrière tout ça, reprend Annie.

— Je vous écoute.

— Sam doit recevoir de l'argent de la part de son père. C'est un cadeau.

— Est-ce que vous pourriez être plus précise ?

— Deux millions de dollars.

Sheehy siffle doucement.

— On dirait bien que Ted a encore mieux réussi que ce que je croyais, en ferrant cette fille. C'est marrant que vous ne m'en ayez pas parlé plus tôt.

— Je n'en voyais pas l'intérêt, explique Annie tout en observant le couple signer le registre puis emprunter le couloir. Cette histoire le stressait davantage qu'autre chose.

— Je comprends. Recevoir deux millions de dollars, c'est vrai que ça doit être difficile.

Annie ravale son agacement et continue.

— Sam a passé sa vie à quémander l'amour de son père, continue-t-elle. Cet argent lui donnait le sentiment d'avoir enfin mérité cet amour. Mais il se sentait minable en même temps car il avait aussi le sentiment de se laisser acheter par son père. Alors il a dépensé l'argent aussi vite que possible, dans des conneries plus stupides les unes que les autres.

Elle a étudié les factures et été choquée de voir les sommes dépensées pour certains achats. Le *nec plus ultra* de la tondeuse à gazon pour le jardin, un système audio de professionnel pour la maison. Un fauteuil à cinq mille dollars pour son cabinet

— Il s'est laissé emporter et il s'est retrouvé dépassé avant d'avoir eu le temps de dire ouf. Il répète tout le temps que tout va bien se passer, et je parie qu'il n'arrêtait pas de se dire ça concernant ses dettes parce qu'elles étaient temporaires. Dès que l'argent de son père arriverait, il rembourserait tout ça.

— Je vois. Mais laissez-moi deviner : il y a un rebondissement.

— L'argent n'est toujours pas arrivé. Ça prend plus longtemps que ce que Sam avait prévu.

— Pourquoi ça ?

— Sa mère doit lui donner procuration, mais son état s'est dégradé dernièrement et la procédure a pris du retard.

Ça lui est apparu clairement hier, alors qu'elle faisait les cent pas dans la maison en buvant sa troisième tasse de café. Sa mère n'a pas encore signé les papiers, les dettes se sont accumulées, ça l'a stressé. C'est pour ça qu'il était insomniaque et d'aussi mauvaise humeur depuis quelques semaines. L'anxiété.

— Ça se tient. Mais pourquoi ne pas vous en avoir parlé, dans ce cas ?

Annie inspire profondément.

— Je suppose qu'il avait honte, et peur que je le quitte. Croyez-moi, Franklin, vous ne devez pas laisser cette histoire de dettes vous détourner de l'enquête. Il est arrivé quelque chose à Sam. J'en suis sûre.

À l'autre bout du fil, Sheehy garde d'abord le silence, avant de soupirer.

— C'est sûr que deux millions, ça constituerait une belle somme pour recommencer à zéro. Vous êtes sûre qu'il n'a pas reçu l'argent ?

— Oui, Franklin, j'en suis sûre. Il me l'aurait dit.

— Écoutez, Annie, comme je l'ai dit à cette journaliste, nous faisons tout ce qui est en notre pouvoir avec les informations dont nous disposons.

Elle a suffisamment perdu son temps.

— Eh bien merci pour votre dur labeur. Bonne journée, agent Sheehy.

— C'est le chef de la police Sheehy.

— Ah oui, c'est vrai. J'oublie toujours.

Elle raccroche, tremblante.

— Annie ?

Elle se retourne. Sally French est là.

— Josephine m'a dit que vous vouliez me voir.

Annie parvient à lui sourire faiblement.

— Oui. Une pensionnaire m'a dit que Sam était là hier pour le bingo. Je sais qu'elle est sûrement confuse, mais je veux au moins demander si quelqu'un l'a vu.

Sally hésite. Quelque chose dans son expression met Annie mal à l'aise.

— Quoi ?

— Annie, cela fait des semaines que je n'ai pas vu Sam ici.

— Comment ça ? Il vient tous les deux jours. Nous nous relayons.

Les portes s'ouvrent de nouveau. Une femme entre, main dans la main avec une petite fille au visage maquillé en chat, un ballon gonflé à l'hélium serré dans son petit poing. Sally hoche la tête.

— Allons demander à Josephine. Si quelqu'un est au courant, c'est elle.

Annie suit Sally jusqu'à l'accueil.

— Une résidente a dit que Sam était là hier et qu'il avait emmené Margaret au bingo, explique Annie à Josephine. Par hasard, est-ce que vous...

Elle ne finit pas sa phrase.

— Non, désolée, répond Josephine avec un sourire crispé. C'est un bénévole qui emmène Margaret au bingo. La résidente s'est sûrement emmêlé les pinceaux.

— Quand avez-vous vu Sam pour la dernière fois ? demande Annie.

— Ça fait un moment. Deux mois, peut-être ?

— Vous êtes sûre ?

Sa voix tremble. *Parce que ça voudrait dire qu'il m'a menti.*

— Oui, répond Josephine, visiblement peinée. Je suis là tous les jours, et je vois tout le monde ou presque.

— D'accord, dit Annie au moment où la petite fille laisse échapper son ballon. Merci.

Alors qu'elle se dirige vers les portes coulissantes, Annie voit le ballon flotter lentement en direction du plafond, avant d'atterrir contre un néon. Elle entend un claquement sonore, suivi par les cris de la petite fille qui l'accompagnent dehors dans l'après-midi grise et froide, où elle se retrouve tout à coup dans le rôle du personnage le plus cliché de tous : l'épouse à qui on a menti.

Chapitre 37

Sam passe en revue les notes qu'il a prises sur l'un de ses cahiers à carreaux qu'Albert lui a remontés de son bureau hier.

Initiales du patient : KJ
État civil : jeune mariée
Problème évoqué : s'est mariée en secret au Mexique et se sent en proie à des émotions contradictoires. Également dénuée de conscience, immense sentiment de suffisance, propension à exploiter les autres sans éprouver ni honte ni culpabilité.
Traitement envisagé :

Sam marque une pause pour réfléchir.

Annulation du mariage, suivie d'un séjour en clinique pour thérapie approfondie, assortie d'une interdiction à vie d'interagir avec des jeunes femmes impressionnables.

Pas mal, songe Sam en laissant tomber son stylo sur l'exemplaire du magazine *In Touch Weekly* avec Kris Jenner en couverture. Kris Jenner : sa patiente imaginaire. Nancy Neumann (mardi, dix heures) avait pris le magazine avec elle pour le lire dans la salle d'attente et elle l'avait oublié sur la console du cabinet en partant. Le numéro inclut les secrets de régime d'une actrice célèbre et une interview de quatre pages de la vedette qui fait la une. Il s'ennuie tellement qu'il l'a lue quatre fois au cours des quatre dernières heures. Il agrippe les accoudoirs de son fauteuil et entame une série d'exercices pour renforcer ses triceps, en se disant que c'est lui qui fera la couverture de ces magazines un jour.

LE THÉRAPEUTE RETENU EN CAPTIVITÉ PAR SON PROPRIÉTAIRE SE CONFIE ! Le Dr Sam Statler, ici en photo chez lui avec sa femme Annie et ses deux jambes en parfait état, s'est échappé après avoir tué son propriétaire fou, Albert Bitterman, un meurtre d'une extrême violence. « Cette expérience a fait de moi un homme meilleur », déclare-t-il.

Les présentatrices du talk-show *The View* dénicheront une photo d'Albert enfant et inviteront Sam pour le supplier de leur en dire plus à son sujet. Sam utilisera son jargon professionnel et expliquera que, d'après son analyse, Albert Bitterman est « complètement taré », comme on dit dans le métier.

Un portrait se dessine. Émotionnellement perturbé par la mort de sa mère alors qu'il était encore très jeune, Albert s'est retrouvé à la charge d'un père abusif et distant, dont l'idée de la masculinité était aux antipodes de la nature sensible de son fils. Arrivé à l'âge adulte, Albert avait une crainte démesurée d'être rejeté, crainte qui a généré des difficultés à tisser des liens et par conséquent une existence solitaire et isolée. Il a développé une obsession pour son locataire, qu'il a fini par attaquer avec une pelle et garder prisonnier chez lui. Ces dames se poseront toutes la même question : pourquoi Albert Bitterman, un homme célibataire de cinquante et un ans, vivait-il seul dans un manoir avec cinq chambres ? Sam haussera les épaules et expliquera que c'était le seul sujet qu'Albert refusait d'aborder.

Sam a tenté à deux reprises de tâter le terrain : il a demandé à Albert ce qui l'avait amené à Chestnut Hill et, chaque fois, Albert a brusquement quitté la pièce.

Il commence une autre série d'exercices, tout en imaginant que le public sur le plateau applaudit sa bravoure d'avoir survécu une semaine complète sans Annie. Une semaine, voilà depuis combien de temps il est dans cette chambre. Il compte les jours sur le calendrier d'octobre qu'Annie a dessiné à la main, et qu'il a retrouvé plié dans l'article universitaire qu'Albert lui a également apporté. Des carrés bleus et roses, avec l'inscription « Va voir ta mère ! » en haut de la page, dans l'écriture parfaite d'Annie. Chaque matin, Sam trace une petite marque.

Annie est l'une des personnes les plus intelligentes qu'il ait été donné à Sam de rencontrer, ce qui signifie que ce n'est qu'une question de temps avant qu'elle ne vienne frapper à la porte du propriétaire (esseulé et apparemment dérangé) pour lui demander s'il a vu Sam. Ou peut-être qu'elle n'aura même pas besoin de frapper. Peut-être qu'elle verra la voiture de Sam dans l'allée (car où pourrait bien être sa voiture si elle n'est pas devant le manoir ?). Elle appellera la police, puis elle ouvrira la porte de sa chambre et lui demandera s'il souhaite rentrer à la maison.

Cela dit… peut-être qu'elle ne le cherche pas. Peut-être qu'elle a découvert qu'il lui avait menti. Il y a de grandes chances qu'elle ait ouvert les factures adressées à son mari disparu, qui sont sans doute arrivées dans leur boîte aux lettres pendant son absence. Il se déteste de s'être dégonflé et de ne pas lui avoir dit la vérité comme il l'avait prévu. Les événements de ce jour-là défilent en boucle dans son esprit. Le discours qu'il avait répété toute la journée pour être prêt à cracher le morceau. L'argent inventé. L'accumulation de dettes. Le fait qu'il avait arrêté d'aller voir sa mère. Puis il avait reçu l'invitation de « Charlie », qu'Annie avait de toute évidence envoyée depuis l'allée devant chez eux, lui offrant la possibilité d'échanger toutes ses inquiétudes contre une soirée de sexe torride. Comment aurait-il pu refuser ?

Ses triceps lui font un mal de chien tandis qu'il amène ses plâtres jusqu'au bord de l'ottomane. En appui sur ses mains, il fait le tour de cette maudite chambre en rampant, d'un coin à l'autre. Il traîne ses jambes inutiles derrière lui, passe devant la porte (verrouillée !) puis longe le mur avec la fenêtre (condamnée !). Après le dixième tour, il s'arrête pour reprendre son souffle. Quand il repart, il remarque un éclat argenté sous la table de nuit. Il entend le bruit de la chasse d'eau à l'étage et regarde la pendule à terre : vingt heures quarante-six. Albert va descendre d'une minute à l'autre pour le remettre au lit. Sans bruit, Sam va jusqu'à la table de chevet et tend la main pour s'emparer de l'objet brillant.

Un couteau de peintre. La lame en métal aiguisée est pleine de colle à papier peint. La poignée en bois solide est ornée du logo de la quincaillerie sur Main Street. QUINCAILLERIE HOYTS, OUVERTE TOUS LES JOURS JUSQU'À 18 H 00 !

Les pas d'Albert résonnent dans l'escalier. Sam se traîne jusqu'à son fauteuil près de la table, pose le couteau de peintre dessus et se hisse pour s'asseoir. Il replace ses jambes sur l'ottomane pile au moment où la porte s'ouvre. Albert entre à reculons, en traînant son éternel chariot à sa suite.

— Bonsoir, docteur. Vous avez l'air en forme.

Sam lui sourit.

— Je le suis.

— Je suis ravi de l'apprendre. C'est l'heure de vous mettre au lit.

— Si ça ne vous embête pas...

Sam montre le bas du chariot. Albert se fige.

— Déjà ? Vous y êtes allé il y a une heure.

Il secoue la tête et attrape la bassine.

— Je savais bien que je n'aurais pas dû vous donner ce verre de lait supplémentaire si tard. Je vais attendre dehors.

Il pose la bassine sur les genoux de Sam et va dans le couloir, refermant la porte derrière lui. Sam attrape le couteau de peintre et le glisse à l'avant de son jogging. Il s'empare de la bassine et attend, les mains tremblantes.

Albert entrouvre la porte de quelques centimètres.

— Tout va bien ?

— Je crois que c'était une fausse alerte. Désolé.

— Le trac, sûrement, dit Albert en revenant dans la chambre. Je vais laisser la bassine sur la table.

Albert pousse le fauteuil jusqu'au lit, soulève Sam et le pose délicatement sur le matelas.

— Soit je faiblis, soit vous prenez du poids, fait remarquer Albert en se redressant et en se massant le bas du dos.

— C'est à cause de tous vos bons petits plats.

Albert rit et lui tapote l'avant-bras.

— Continuez comme ça et vous serez sur pied en un rien de temps.

Alors qu'Albert pousse le chariot vers la porte, Sam rit doucement, la lame froide contre sa cuisse.

— Ce serait fou, pas vrai ?

Chapitre 38

1. Chardon.
2. Lavande.
3. Huile de…

Alors que je griffonne, un gros carré noir apparaît sur l'écran et dissimule le reste de la liste.

L'article « Remèdes naturels contre les mites » est uniquement disponible à la lecture pour les abonnés. Pour poursuivre votre lecture, identifiez-vous ou inscrivez-vous.

Je ferme la fenêtre du site internet et secoue la tête. Le Pigeon avait raison : le consumérisme est en train de détruire notre culture. C'est ce qu'elle a écrit sur Facebook hier, sous la photo d'un gros tas de plastique qui flottait quelque part dans le Pacifique. Il faudrait vraiment être un monstre sans cœur pour ne pas répondre à ça par un émoticône triste. (J'ai lu un article sur Internet récemment, qui parlait d'un mouvement croissant de personnes convaincues que les émoticônes ont été créées pour réprimer la capacité des humains à exprimer leurs émotions. Une théorie qui mérite très certainement que l'on s'y intéresse.)

Je retourne sur le navigateur et tape « chardon » quand l'alarme de ma montre sonne. Je pose mon stylo et attrape mon tablier bleu. C'est l'heure de retourner travailler.

***

— Entrez ! répond Sam quand je frappe à la porte.

En me voyant, son visage s'illumine.

— Bonjour, Albert. Je rêve, ou c'est un café dans mon mug préféré ? demande-t-il en apercevant la tasse que j'ai à la main.

— Vous ne rêvez pas.

C'est une tasse Le Creuset, identique à celles posées près de la machine Nespresso du cabinet, au prix délirant de trente-quatre dollars pièce. (Je déteste dire ça, mais c'est exactement à cause de ce genre d'achats exorbitants que la photo de Sam a fait la une du journal d'hier, à côté d'un article évoquant ses « difficultés financières », mais je n'ai pas le cœur de le lui rapporter.)

Je pousse le chariot jusqu'à son lit et bloque le levier de frein.

— Devinez qui a couché avec une call-girl ?

Sam s'étrangle presque avec son café.

— Quoi ?

J'éclate de rire face à son expression.

— Pas moi. Sam Seaborne, directeur adjoint de la communication à la Maison Blanche sous la présidence de Bartlet. Le personnage de Rob Lowe.

Je vide le pichet d'eau chaude dans la bassine et attrape un gant de toilette.

— J'ai commencé à regarder *À la Maison Blanche.*

— C'est vrai ? C'est ma série préférée.

— Sans blague ? dis-je en feignant la surprise. C'est la mienne aussi.

C'est la vérité. J'ai terminé la série hier et je suis tellement accro que, dès la fin du dernier épisode, je suis revenu au début pour tout regarder à nouveau.

— Je suis un vrai fanatique de la série, admet Sam avec enthousiasme. Du coup, vous savez qu'il a couché avec Laurie. L'étudiante en droit jouée par Lisa Edelstein qui se prostitue pour payer ses études. Enfin, Sam n'en savait rien quand il a couché avec elle.

Je trempe le gant dans l'eau et marmonne :

— Pas à un niveau conscient, en tout cas.

— Pardon ? Qu'est-ce que vous avez dit ?

— Sam Seaborne n'a jamais eu une relation stable de sa vie. Alors oui, d'accord, il raconte qu'il ignorait le métier de Laurie, mais il est clair que dans le fond, il savait qu'elle n'était pas disponible. C'est pour ça qu'il s'est senti attiré par elle.

— Hum… Intéressant.

Je continue sur ma lancée :

— Et vous voulez savoir pourquoi il est comme ça ? À cause de l'aventure extraconjugale de son père. Quand Sam Seaborne a découvert que son père avait eu une liaison pendant vingt-huit ans alors qu'il était toujours marié à sa mère, cela a totalement ébranlé ses convictions. Et ne vous avisez surtout pas de me parler de John Lyman.

Je m'approche du lit de Sam.

— Quoi ? demandé-je en voyant son expression.

Il hausse les épaules.

— Je ne sais pas. C'est juste que…

Il inspire profondément avant de reprendre :

— Ça me parle beaucoup, disons.

J'attrape son menton pour lui faire lever la tête.

— Ah oui ? Comment ça ?

— Mon père a quitté ma mère pour une autre femme. Il est parti de la maison le jour de mes quatorze ans.

Je nettoie délicatement la zone autour de ses points de suture et attends la suite.

— Quand vous apprenez que votre père est infidèle, ça peut sacrément vous embrouiller les idées, continue-t-il. J'ai fait la même chose que Sam Seaborne : j'ai utilisé les femmes pour oublier que je souffrais.

Il grimace.

— Quand je pense à quel point j'étais doué pour manipuler les filles... C'est une honte.

Je recule d'un pas.

— Je n'ai jamais compris les types comme vous. Ne le prenez pas mal, mais on dirait que plus un type se comporte comme un connard, plus les filles veulent sortir avec lui. C'est quoi, votre secret ?

Sam plonge son regard dans le mien.

— Vous voulez que je vous donne la technique pour séduire une fille à tous les coups ?

— Vous êtes sérieux ?

— Asseyez-vous, ordonne Sam.

Il hoche la tête en direction de son fauteuil et attend que je sois installé pour continuer.

— C'est très délicat de réussir à profiter d'une fille. Mais au bout du compte, tout se résume à une seule chose.

— Laquelle ?

— Trouver leur faiblesse et l'exploiter. Vous devez leur faire croire que vous tenez à elles. Les convaincre que vous n'avez jamais ressenti ça auparavant. Mais la manière la plus rapide d'y arriver ?

Il se penche en avant et baisse la voix.

— Ce sont les larmes.

— Les larmes *?*

— Oui. Un regret passé. Un chien qui est mort. Un père qui est parti de la maison le jour de votre quatorzième anniversaire. Ajoutez quelques larmes de crocodile au mélange et vous obtenez une fille nue en dix minutes chrono.

— C'est répugnant.

— Je sais. Enfin, maintenant, je le sais. Mais je voyais les choses différemment quand j'étais plus jeune.

J'hésite, puis je prends mon courage à deux mains.

— Est-ce que je peux suggérer une théorie ?

Sam hoche la tête.

— Vous utilisiez les filles pour combler un besoin de reconnaissance. Une série de conquêtes pour remplacer ce que vous vouliez réellement : l'amour de votre père.

Il soutient mon regard.

— Hum. Peut-être que vous avez raison. Peut-être que je me sentais coupable du départ de mon père et que j'avais besoin de sans arrêt coucher avec une nouvelle fille pour avoir le sentiment de valoir quelque chose. J'étais constamment en quête de ma prochaine proie.

Il ferme les yeux et fait la grimace.

— J'ai fait du mal à beaucoup de gens.

— D'une certaine façon, vous faisiez simplement ce qu'on attendait de vous. Vous vous comportiez comme un garçon.

Il acquiesce à nouveau.

— Ça n'a pas toujours été simple d'être un homme. J'imagine la tête de ma femme si elle nous entendait, s'esclaffe-t-il. Deux mâles blancs qui se lamentent sur leur sort. Je pense que ça passerait très mal.

— J'espère que vous ne croyez plus que c'est votre faute si votre père est parti.

— Non. Plus maintenant. Et tout ça, c'est grâce à Clarissa Boyne.

Je me laisse aller contre le dossier du fauteuil de Sam.

— C'est une ex-petite-amie ?

— C'était le plan au départ. Elle était étudiante en psychologie à l'Ithaca College. Des nichons du tonnerre. Je me suis inscrit à une des matières qu'elle étudiait, la psychopathologie, convaincu que ce serait la meilleure façon de la mettre dans mon lit. Mais ensuite, j'ai été distrait par ce que le prof racontait.

Son regard se perd dans le vide, pensif.

— Pendant la troisième semaine de cours, le docteur Robert Carlisle a lu une liste de symptômes. « Un ego surdimensionné. Un besoin excessif d'attention et d'admiration. Une absence totale d'empathie. »

— Trouble narcissique de la personnalité.

— Exactement, répond Sam. Nous avons lu quelques études de cas, et chacune était le portrait craché de Theodore Statler. J'ai commencé à lire tout ce que je trouvais sur le sujet et j'ai enfin compris ce qui m'avait échappé depuis mon quatorzième anniversaire : mon père n'était pas parti parce que j'avais un problème, mais parce que lui en avait un.

— Ça a dû être une sacrée révélation.

— Vous n'avez pas idée. Ça a éveillé en moi un grand intérêt pour la psychologie, tout en me forçant à examiner l'homme que j'étais devenu. J'ai fait beaucoup d'efforts pour changer et être quelqu'un de bien, mais la vérité, c'est que je n'ai jamais cessé d'avoir peur de finir comme lui.

Quelque chose change dans son expression. Mon Dieu. Il commence à pleurer.

— Maintenant que j'ai trouvé Annie, je ne veux surtout pas la perdre. Jamais.

— Vous ne devriez pas craindre de devenir comme votre père. Vous êtes un homme bien. Intelligent. Généreux. Courageux.

Il rit.

— Courageux ? Je suis le pire lâche de la Terre.

— Sam, ne soyez pas ridicule, dis-je doucement.

— Je n'exagère pas, Albert. Vous voulez savoir à quel point je suis courageux ?

Il lève un doigt.

— Premièrement, ça fait des mois que je n'ai pas rendu visite à ma mère. Deuxièmement : j'ai caché des choses à ma femme. Et troisièmement… je n'ai jamais fait signer ma batte par Cal Ripken Junior, ajoute-t-il en baissant la tête.

— Pardon ? Je ne vous suis pas.

Sam ferme les yeux. Des larmes roulent sur ses joues.

— J'avais treize ans. Ma mère nous avait fait la surprise à mon père et moi de nous acheter des places pour voir Ripken jouer au stade de Camden Yards. Ouvrir cette enveloppe… c'était le meilleur moment de ma vie.

Il s'essuie les yeux sur la manche du sweat MIT que je lui ai prêté ce matin.

— J'avais lu qu'à la fin du match, Ripken signerait cent autographes dans une des tribunes. Je n'ai pas dormi pendant des semaines, j'imaginais sans arrêt ce que ça ferait de le rencontrer.

Je prends la boîte de Kleenex sur la table et la lui tends.

— Ma mère et moi avions concocté un plan infaillible, continue Sam en s'emparant d'un mouchoir. Mon père et moi devions gagner la zone des autographes au début de la neuvième manche, pour arriver tôt sans pour autant passer à côté du match.

Le silence s'installe. Je m'éclaircis la gorge.

— Et ?

— Et cette fille a débarqué. Elle était assise juste devant nous et j'ai tout de suite su qu'on était foutus. « Sa faiblesse », voilà comment il décrivait une jolie femme chaque fois que nous n'étions que tous les deux.

Il déglutit péniblement, comme pour retenir ses larmes.

— Le début de la neuvième manche est arrivé, et mon père avait les doigts dans les passants de sa ceinture pendant qu'il lui murmurait quelque chose à l'oreille. Impossible de lui faire lâcher prise. Il m'a dit d'y aller sans lui, mais je ne pouvais pas.

— Pourquoi pas ?

— Parce que j'avais peur de ce qui se passerait si je les laissais tout seuls. J'avais peur qu'il trompe ma mère si je ne restais pas là pour le surveiller.

Il recommence à pleurer.

— Alors je suis resté. J'ai laissé passer ma seule chance de rencontrer mon héros.

Il se mouche.

— Je ne sais pas ce qui est le pire. Que mon père ait trompé ma mère ou la vue de ma mère qui guettait notre retour à la fenêtre du salon le lendemain matin. Elle était surexcitée. Elle m'a demandé : « Alors ? Tu as eu son autographe ? »

— Que lui avez-vous répondu ?

— Rien. Je lui ai juste tendu ma batte pour lui montrer l'autographe de Cal Ripken, un gribouillage noir que j'avais dessiné moi-même dix minutes plus tôt dans la voiture.

— Oh, Sam. Vous êtes vraiment quelqu'un de bien.

Il me sourit.

— Et vous, vous êtes un bon clinicien.

— Je vous demande pardon ?

— Vous avez un don pour ce travail, déclare-t-il avant de se moucher. Je n'ai jamais raconté ça à personne. Ça me fait du bien de vous parler.

Je me sens rougir.

— C'est comme si Van Gogh disait à un peintre de rue qu'il a du talent.

Sam rit puis presse ses paumes contre ses paupières.

— Bon sang, je suis vidé. J'aurais bien besoin d'une sieste.

— Bien sûr. Reposez-vous.

Je me lève et vais jusqu'au chariot pour lui donner ses cachets.

— Merci, Albert. Et vous savez quoi ? J'ai pensé à un truc...

Il hésite, puis :

— Ça vous dirait de le boire, ce verre ?

— Quel verre ?

— Celui que j'ai refusé le soir de l'ouragan. Je ne sais pas vous, mais je tuerais pour un bon cocktail bien tassé.

— Bien sûr ! dis-je, euphorique. Quand ?

Sam hausse les épaules.

— Il faut que je consulte mon agenda, mais je suis quasiment sûr de n'avoir rien de prévu ce soir. Dix-huit heures, ça vous irait ?

— Dix-huit heures, répété-je alors qu'il met les comprimés dans sa bouche. Ça me va très bien.

Chapitre 39

Sam consulte la pendule sur la table à côté de lui. dix-sept heures cinquante-sept. Il palpe son jogging au niveau de la ceinture, pour s'assurer que les cachets sont toujours là. Il y en a six, qu'il recrache depuis deux jours chaque fois qu'Albert quitte la pièce avant de les cacher dans sa taie d'oreiller. Ça n'a pas été facile. Les comprimés le font sombrer presque immédiatement, et vu les options dont il dispose, dormir à longueur de temps est très bien classé dans sa liste d'occupations possibles, mais ça va payer.

Il ferme les yeux et visualise à nouveau la scène : glisser furtivement les cachets dans le verre d'Albert. Deux gorgés et il commencera à avoir du mal à articuler. Au bout de trois, il sera désorienté et somnolent. À la quatrième, il sera inconscient. À ce stade, Sam l'étranglera puis le poignardera avec le couteau de peintre dissimulé sous sa cuisse pour faire bon poids. Sa spatule adorée, qu'il a gardée sous le matelas, dont il a ôté soigneusement tous les restes de colle à papier peint et dont il a poli la lame jusqu'à ce qu'elle brille. Il l'imagine transpercer la partie tendre sur la tempe d'Albert, encore et encore, il se voit en train de regarder ce triste cerveau dérangé dégouliner sur le sweat débile à l'emblème d'une énième université qu'Albert portera ce soir.

Sam ferme les yeux et soupire. Freud avait raison : l'agression est vraiment aussi satisfaisante que le sexe.

La pendule indique dix-huit heures lorsque Sam entend la clé dans la serrure.

— Bonjour, bourreau des cœurs, dit Albert en glissant la tête par l'ouverture. Vous êtes prêt ?

— Pas qu'un peu, répond Sam en souriant.

Albert entre dans la chambre, laisse la porte ouverte derrière lui et cale le chariot près du mur. Il y a deux verres et quelque chose de dissimulé sous un torchon jaune.

— J'ai une surprise pour vous, dit Albert, visiblement excité.

Il soulève le torchon d'un grand geste théâtral.

— Du Johnnie Walker Blue.

Sam n'en revient pas.

— Comment savez-vous que…

— Que c'est votre boisson de prédilection lors des occasions spéciales ? Vous l'avez dit dans l'interview pour le journal. Question numéro douze.

Sam affiche un air surpris.

— Je ne savais pas que vous l'aviez lue.

— Ma mère m'a inculqué le goût du journalisme local. Je lis religieusement le journal et je me suis rappelé que vous aviez parlé de ça.

— J'en ai, de la chance, dit Sam.

Et il le pense vraiment. Non seulement c'est un des meilleurs scotchs au monde, mais ça va aussi porter un coup fatal à Albert une fois mélangé avec les milliards de milligrammes d'il ne sait quoi contenus dans ces cachets.

— On peut dire que vous avez des goûts de luxe, fait remarquer Albert.

Sam hoche la tête, les yeux rivés sur la bouteille.

— Vous permettez ? Rien ne vaut les premiers arômes d'une bouteille de Johnnie Walker Blue tout juste ouverte.

Albert tend la bouteille à Sam, qui en effleure la surface polie en la soupesant.

— C'était la boisson préférée de ma mère, confie Sam tandis qu'il ôte le bouchon et approche son nez du goulot. Elle en avait toujours une bouteille à la maison. Après le départ de mon père, elle a continué à s'en servir un verre chaque année, le jour de leur anniversaire de mariage.

— C'est triste.

— Je ne vous le fais pas dire.

Sam s'empare du verre qu'Albert lui tend.

— La plupart des barmen pensent qu'il faut en servir quarante-cinq millilitres, explique Sam tout en regardant le whisky se déverser lentement. Mais je trouve cette quantité inadaptée, surtout pour un premier verre.

— Pas trop, proteste Albert en levant la main. C'est la première fois que je bois du scotch.

Sam se sert à son tour puis pose la bouteille sur la table de nuit tandis qu'Albert prend place dans le fauteuil.

— Au retour de l'apéritif, dit Sam en levant son verre.

— C'est exactement ce que j'allais dire, répond Albert en rougissant. À l'apéritif.

Sam porte la boisson à ses lèvres puis fait mine de se raviser aussitôt.

— Attendez. Arrêtez. Ça ne va pas.

— Quel est le problème ?

— Les glaçons.

— Quels glaçons ?

— Les glaçons pour le scotch. C'est fondamental. Le froid rchausse la saveur.

— Vous savez vraiment tout sur tout, s'extasie Albert. Ne bougez pas.

Il pose son verre sur la table de chevet et quitte la chambre.

C'est parti.

Sam sort de sa cachette le morceau de serviette en papier qui contient les comprimés et le déplie délicatement. Des gouttes de sueur perlent à son front tandis qu'il écrase deux pilules et les dilue dans le verre d'Albert.

— Il en faut combien ? demande Albert depuis la cuisine.

— Un chacun, répond Sam. Pas trop gros.

Il regarde la poudre se dissoudre dans le liquide cuivré et laisser une fine pellicule crayeuse à la surface. Il répète la manœuvre avec les quatre comprimés restants et fait tourner le scotch dans le verre. Sa main tremble si fort qu'il a peur de le laisser tomber. Il le repose sur la table et reprend le sien pile au moment où Albert revient, un glaçon dans chaque main.

— Parfait, dit Sam, le bas du dos ruisselant de sueur tandis qu'Albert met un glaçon dans chacun de leur verre. Merci.

Albert se rassoit dans le fauteuil.

— Encore une fois : santé.

Sam l'observe prendre une minuscule gorgée.

— Bon sang. On dirait de l'essence à briquet.

— C'est une boisson qu'on apprend à aimer. Mais faites-moi confiance, ça vaut le coup.

Il lève son verre à son tour et s'autorise une bonne lampée. L'alcool le réchauffe immédiatement et il doit se retenir de descendre son verre cul sec. Il aura tout le temps de siroter du whisky quand il sera rentré à la maison, avec Annie. Là, il doit avoir les idées claires.

Albert porte une nouvelle fois son verre à sa bouche et y trempe à peine les lèvres.

— Délicieux, dit-il en grimaçant. Alors...

Il inspire profondément et écarquille les yeux.

— De quoi avez-vous envie de parler ?

— Qu'est-ce que vous voulez dire ? s'enquiert Sam, le regard fixé sur la boisson d'Albert. On est deux types qui boivent un verre à la fin de la journée. J'ai envie de parler de femmes ou de sport.

— Oh !

Albert rit et rougit en même temps.

— Dans ce cas, je ne vais pas avoir grand-chose à raconter ni sur un sujet ni sur l'autre.

— Je suis sûr que si.

Bois un coup, Albert.

— Qui était votre premier coup de cœur ?

Albert fait la grimace et répond aussitôt :

— Kathleen Callahan. Nous travaillions ensemble dans une supérette.

Il pose son verre sur sa cuisse.

— Elle m'intimidait. Les filles comme elles ne faisaient jamais attention à moi.

— De quoi avait-elle l'air ?

Allez, Al. Bois, putain.

— Elle était brune, les cheveux bouclés. Elle portait des lunettes.

— Vous lui avez parlé ?

— Quelques fois. Elle me faisait écouter des chansons dans son casque. Elle aimait la musique qui faisait beaucoup de bruit.

— Rien de mieux qu'une nana qui aime le métal, fait remarquer Sam.

Il prend une nouvelle gorgée de scotch en espérant qu'Albert l'imite, mais ce dernier se contente de décroiser et recroiser les jambes.

— Puis un jour, mon père est venu acheter des cigarettes. J'ai détesté sa manière de la regarder. Ce soir-là, il a mis le sujet sur le tapis pendant le dîner et m'a dit que je devrais l'inviter à sortir. Ses mots exacts étaient : « Eh ben alors, Al ? Tu penses en avoir assez dans le froc pour te la faire ? »

— Votre père a l'air d'être un sacré connard, lâche Sam sans pouvoir se retenir.

— Attendez, le pire reste à venir. Il est revenu au magasin quelques jours plus tard et a dit à Kathleen que j'avais le béguin pour elle. Qu'à en juger par l'état de mes draps, j'avais dû me branler en pensant à elle.

— Mon Dieu, Albert. C'est affreux.

Tragique, même, comme toutes les histoires que tu as à raconter, alors je t'en prie, bois et mets un terme à tout ça.

— Qu'est-ce que vous avez fait ?

— J'ai attendu que mon père s'en aille, puis je suis parti. Je n'y suis jamais retourné. Tout le monde l'a su à l'école. C'était horriblement gênant.

Albert semble profondément blessé et Sam ne peut pas s'empêcher d'être désolé pour lui.

— Je suis navré, Albert.

Albert hausse les épaules.

— Je l'ai googlée récemment. Elle a épousé un mormon.

— Vous voulez mon opinion de professionnel ? Vous aimeriez connaître la solution pour vous sentir mieux et ne plus penser à tout ça ?

Albert relève les yeux, plein d'espoir. Sam lève son verre et montre le contenu du doigt.

— C'est ça, la solution. En quantité. C'est précisément pour oublier ce genre d'expériences que ce truc a été inventé.

Albert rit.

— Bon. Alors dans ce cas...

Il lève à nouveau son verre.

— À Kathleen Callahan et ses sept enfants.

— Allez-y. Une longue gorgée. Profitez-en pleinement.

Albert approche son verre de ses lèvres, mais au lieu de boire, il se lève brusquement.

— À quoi je joue ? C'est du gâchis de me donner ça.

Il vide son verre dans celui de Sam.

— Rien que l'odeur me retourne l'estomac.

Sam sent l'air quitter ses poumons et la bile monter dans son estomac en voyant le scotch empoisonné se mélanger au sien.

— Allez-y, l'encourage Albert. Ne vous privez pas à cause de moi.

Sam fixe intensément le verre dans sa main. *Vas-y,* songe-t-il. *Bois tout. Le moment est venu de regarder la réalité en face : tu ne peux pas se servir de tes jambes, tu n'as pas la clé de cette porte, et peu de chances de revoir Annie un jour.*

Il pose le verre sur la table de nuit. Peu de chances, c'est toujours mieux qu'aucune.

— C'est marrant, ça ne me fait plus envie.

Albert lève les yeux au ciel.

— Bon, on dirait bien que ce sont 160 dollars jetés à la poubelle.

Il attrape le verre de Sam et le pose sur le chariot près du sien, puis il reprend place dans le fauteuil.

— Où est-ce qu'on en était, déjà ? demande-t-il en croisant les jambes. Ah oui. Le premier coup de cœur. À votre tour.

Chapitre 40

Assise à l'îlot de la cuisine, une main sous le menton, Annie imagine Sam assis à côté d'elle.

Voyons si j'ai bien compris, dit-il de son intonation la plus professionnelle. *Tu es au courant que je t'ai caché avoir la blinde de dettes et que je t'ai menti concernant les visites à ma mère, et pourtant tu es encore en train d'attendre à deux heures du matin, à te demander si je vais rentrer à la maison ?*

Et encore, ce n'est pas fini, admet Annie. *Avant d'ouvrir les yeux le matin, je fais comme si tu étais derrière moi, tes bras enroulés autour de moi. Comme si tu étais toujours l'homme que je pensais connaître. Je dois avouer que le déni, ce n'est vraiment pas mal. Je comprends pourquoi tu aimes autant ça.*

La bouilloire siffle derrière elle. Elle se lève, se prépare une tasse de thé et retourne dans le bureau qu'elle partageait avec Sam. Il avait insisté pour que tout soit fait sur mesure : il y avait un côté pour ses dossiers à lui et un autre pour ses dossiers à elle. Voilà une heure qu'elle parcourt les papiers de Sam, une page barbante après l'autre. Elle n'en revient pas de tout ce qu'il a conservé. Un ticket de caisse pour un ordinateur acheté en 2001. Un manuel d'utilisation pour un aspirateur, classé dans un dossier dédié étiqueté MANUEL D'UTILISATION ASPIRATEUR. Les déclarations d'impôts des vingt dernières années, sur lesquelles il a fait une liste de toutes les choses qu'il a données à des organismes de bienfaisance, faisant tout son possible pour être le type bien qui respecte les règles, à l'opposé de son père.

Elle se replonge dans le tiroir ouvert et continue, sans trop savoir ce qu'elle cherche exactement. Elle tombe sur deux passeports expirés, dont un avec un tampon d'un voyage au Honduras qu'il a visiblement fait au lycée et dont il ne lui a jamais parlé. Peut-être que c'est ça qu'elle cherche. La confirmation que Franklin Sheehy a raison, qu'elle ne connaissait absolument pas Sam.

Maman, dossier médical

Elle repère le dossier dans le fond, avec la mention inscrite au marqueur. À l'intérieur se trouve une pile de comptes rendus médicaux concernant Margaret. Les premiers symptômes. *Détérioration de l'hygiène personnelle. Difficultés à planifier les activités de la journée. Fréquentes sautes d'humeur.* Le diagnostic officiel en mars dernier. *La maladie se développe plus rapidement que prévu ; difficultés à effectuer les tâches du quotidien.*

La patiente a cessé de parler. Il est possible que le mutisme soit une conséquence de la progression de la maladie.

Il n'arrivait pas à y faire face. C'est pour ça qu'il a arrêté d'aller voir sa mère. C'est une explication tout à fait plausible. Sam n'est pas un menteur pathologique, c'est un trouillard incapable de supporter de voir sa mère dans cet état de silence figé, et trop honteux pour dire la vérité à Annie. Alors il la lui a cachée, tout en se détestant sûrement d'être aussi lâche.

Tu recommences, réprimande la voix de Sam dans sa tête. *Tu continues à avoir confiance en moi alors que je t'ai donné toutes les raisons de ne pas le faire.*

Elle feuillette le reste des papiers qui peuplent le dossier : des lettres de la compagnie d'assurances, six numéros de la newsletter mensuelle de la maison de retraite, entièrement rédigée en police Comic Sans. Elle est sur le point de ranger le dossier dans le tiroir quand elle aperçoit une enveloppe adressée à Sam. Elle en sort une lettre. Trois pages d'un courrier de l'avocat de Rushing Waters, avec imprimé en haut de la première page : « Directives anticipées et procuration permanente pour Margaret Statler ».

Je, soussignée Margaret Statler, désigne Sam Statler de Chestnut Hill, État de New York comme mon mandataire et l'autorise à agir en mon nom et dans mon intérêt. En tant que mon mandataire, Sam Statler a le pouvoir d'exercer l'autorité en tant que fiduciaire, et également le pouvoir de recevoir et déposer des fonds auprès de toute institution financière, de retirer des fonds par chèque et de payer pour des biens et services. Si nécessaire…

Alarmée, elle consulte la dernière page : la signature de Margaret est apposée en bas, près d'un sceau de notaire. *Signé, exécuté et à effet immédiat.* Le tout daté d'il y a deux semaines.

Non, pense-t-elle, les mains soudain moites.

Sa mère a signé les papiers. Il a reçu les deux millions de son père. Puis il est parti. En proie à un rire nerveux, elle laisse tomber les papiers qu'elle a à la main et attrape son portable dans sa poche arrière. Elle tombe directement sur le répondeur.

— Bonjour, cher mari, dit-elle d'une voix qui se brise sous l'effet de la colère. Tu es sans doute occupé à t'amuser avec la pauvre victime ignorante que tu as séduite cette fois, mais je tenais quand même à t'appeler pour te féliciter. Tu as réussi, Sam. Tu es parvenu à ce que tu as tout fait pour éviter. Tu as fini exactement comme ton père.

Chapitre 41

Merde.

Sam fixe les morceaux de papier peint qui pendent au mur.

Merde merde merde merde merde.

Il est en train de perdre la raison.

Il ne supporte plus de rester allongé ici, écrasé par le poids des plâtres, confiné sur ce matelas apparemment élu meilleur matelas individuel pour la deuxième année consécutive. Il ne supporte plus ses jambes qui le démangent et ne peut pas accepter l'idée d'une journée de plus à faire semblant d'adorer les frites surgelées et à être mielleux avec Albert. Mais ce qu'il déteste par-dessus tout, c'est le chagrin qu'il ressent. Annie lui manque terriblement.

Bon, il est peut-être temps que Sam Statler arrête de geindre comme une fillette et qu'il passe à l'action.

Sam ouvre les yeux et rit tout haut. Voyez un peu qui est là. Teddy de Freddy, qui lui parle depuis une tribune.

— Ça alors, merci papa, excellente idée. Je vais tout simplement me lever et partir d'ici. Comment n'y ai-je pas pensé plus tôt ?

Sam tend l'oreille. Rien ne bouge.

— Qu'est-ce que je suis censé faire ? murmure Sam.

Ce que tout homme qui se respecte ferait, chuchote son père en retour. *Rassemble ton courage et trouve un moyen de sortir de cette maison.*

Sam inspire profondément.

— Eh ! crie-t-il en direction du couloir. Le tordu ! Tu es là ?

Tu sais bien qu'il n'y a personne à la maison, dit Teddy. *Tu l'as entendu partir en voiture il y a une demi-heure.*

Sam fixe la porte. Son pouls s'accélère.

— Merde. Allez. C'est parti.

Il se redresse et repousse le couvre-lit.

Messieurs-dames, bonsoir et bienvenue à notre spectacle de ce soir, chantonne son père à son oreille. *Voyons si Sam Statler va saisir cette chance de prouver qu'il est un homme.*

Sam s'approche du bord du matelas et glisse la main en dessous à la recherche du couteau de peintre. Il le glisse dans son dos, entre sa peau et l'élastique de son jogging, puis il pose ses pieds plâtrés sur le sol. Il prend appui sur la tête de lit pour se mettre debout, les yeux fixés sur son fauteuil, à deux mètres du lit.

Je dois admettre que je suis plutôt sceptique quant au fait qu'il parvienne à atteindre le fauteuil, commente son père.

Sam lâche la tête de lit et fait un pas en avant. *Équilibre instable.* Un autre pas. *La propulsion en avant semble compromise. Ettttt... c'est la chute.*

Sam tombe lourdement à terre. Il ignore la douleur et se met sur ses coudes pour se traîner jusqu'au fauteuil. *Voilà*, murmure Teddy. *Il l'a fait. Il y est arrivé.* Sam se hisse sur le fauteuil et se propulse en avant pour rejoindre la porte. Essoufflé, il sort le couteau de peintre de son jogging. Soudain, le nom d'une fille lui vient à l'esprit. Rebecca Kirkpatrick, l'été précédant son entrée au lycée. Elle avait deux ans de plus que lui et sa famille avait un chalet au bord du lac Poetry, à quarante minutes au nord de Chestnut Hill. Ils avaient séché les cours deux fois pour s'y rendre dans la jeep jaune de Rebecca, et Sam avait utilisé la carte de crédit que le père de Rebecca avait donnée à sa fille pour crocheter la serrure de la porte de derrière du chalet.

Il glisse la lame du couteau de peintre entre l'encadrement de la porte et la serrure, et se remémore la technique. Rebecca était assise dans l'herbe, occupée à rouler un joint, pendant que Sam se concentrait pour réussir à caler le coin de la carte de crédit contre le pêne et parvenir à le pousser afin d'ouvrir la porte sur toutes les choses merveilleuses qui les attendaient à l'intérieur de…

Ça alors ! Vous avez vu ça ? ronronne Teddy de Freddy lorsqu'un déclic se fait entendre. *Il y est parvenu. Ce bon vieux Stats a ouvert la porte.*

— J'ai réussi ! dit Sam dans un souffle, fou de joie, imaginant la clameur de la foule. J'ai réussi, putain.

Pris d'un vertige, il coince à nouveau le couteau de peintre sous l'élastique à sa taille et ouvre la porte à la volée. L'odeur du foutu produit parfumé au pin qu'Albert utilise pour nettoyer sa chambre trois fois par semaine le prend à la gorge. Sam fait rouler son fauteuil jusqu'au bout du couloir, qui débouche sur une cuisine aux murs vert pomme. Celui du fond est couvert d'une cascade de feuilles formée par une dizaine de plantes suspendues. Il songe à s'arrêter pour fouiller les tiroirs à la recherche d'un couteau, mais se ravise et continue sa route jusqu'au salon. Une grande baie vitrée offre une vue sur le ciel, qu'il n'a pas vu depuis huit jours. Il pleut et il imagine la sensation des gouttes sur sa peau sèche. Il parvient à la porte d'entrée et attrape la poignée.

Premier essai, murmure Teddy à la foule qui retient son souffle.

Sam secoue la poignée. Non. Non non non non non.

Le type l'a enfermé, constate Teddy avec un claquement de langue désapprobateur. *C'est vraiment pas de chance.*

Sam se précipite vers la console dans l'entrée et ouvre le tiroir. Il glisse sa main jusqu'au fond et en extrait une clé accrochée à un porte-clés orange pétant portant la mention de « Gary Unger, serrurerie Gary Unger ». Sam revient sur ses pas et tente d'introduire la clé dans la serrure, mais elle ne rentre pas et Sam sait très bien pourquoi. Ce n'est pas la clé de la porte d'entrée : c'est celle du cabinet de Sam, la même clé carrée que Sam a sur son propre porte-clés. La clé qu'Albert est censé ne pas avoir.

— Pas de problème, dit-il à la foule en laissant tomber la clé et en s'emparant du couteau de peintre d'une main tremblante.

Deuxième essai, murmure le père de Sam.

Il a réussi une fois, il peut recommencer. Il sent le goût salé de la sueur sur sa lèvre supérieure tandis qu'il glisse la lame dans l'interstice, la fait aller de haut en bas et… *clac.*

Sam n'a plus que le manche en bois dans la main. La lame est coincée dans la porte.

— Non, chuchote-t-il. Reviens.

Il attrape la lame, tire dessus, donne des coups dans la porte pour tenter de décoincer le morceau de métal, en vain.

On dirait bien que le moment est venu de trouver un plan B, dit Teddy.

La fenêtre. Sam se propulse jusqu'au salon et utilise l'accoudoir du canapé pour se hisser jusqu'à la fenêtre. Il aperçoit la maison de Sidney Pigeon à travers les haies qui entourent la propriété d'Albert. De la fumée s'échappe de la cheminée. Il y a quelqu'un chez elle.

Le temps presse.

— La ferme, papa, chuchote Sam.

Il passe en revue les options qui s'offrent à lui.

Je peux casser la fenêtre et appeler à l'aide. Quelqu'un va forcément m'entendre.

C'est une blague ? murmure Ted. *Il est trop loin, personne ne l'entendra.*

Je peux casser la vitre et sauter par la fenêtre.

D'accord, et après ? Pour se retrouver avec deux jambes cassées, rempli d'éclats de verre et coincé dans un rosier ? réprimande son père. *En voilà, une belle idée.*

Sam examine le salon plus en détail. Des murs d'un bleu écarlate, couverts de grands tableaux abstraits. Un tapis blanc moelleux. Des canapés à fleurs. Il faut bien reconnaître que ce n'est pas le genre de décoration à laquelle Sam s'attendait. *Qu'est-ce que Statler fabrique ?* murmure Teddy de Freddy. *Il a cinq minutes pour sauver sa peau et il reste planté là, à réfléchir au nuancier.* Sam explore plusieurs pièces : une grande salle à manger avec des murs mauves et un lustre imposant ; un autre salon avec deux fauteuils luxueux disposés devant une cheminée. Il remarque des portes coulissantes et s'approche pour les ouvrir. C'est une bibliothèque. Magnifique, au passage. Des étagères en acajou du sol au plafond, une échelle sur rails. Il règne même une vraie odeur de bibliothèque, comme celle où sa mère l'emmenait quand il était petit. C'était un de ses endroits préférés. Il se dirige lentement vers une des étagères et s'empare d'un livre. Une première édition du *Lys de Brooklyn.*

Il remet le manuscrit en place et cherche des yeux un téléphone. Il aperçoit alors une collection de photos sur une autre étagère. Toutes représentent la même femme, rousse, avec un grand sourire. C'est sûrement Vcevee, la mère d'Albert, dont il lui a parlé plusieurs fois. Derrière les photos se trouve une série de classeurs violets bon marché, qui détonnent au milieu des beaux ouvrages.

Ne fais pas ça, le prévient son père. Sam sent le poids du regard de la foule sur lui, les spectateurs qui le supplient en leur for intérieur d'ignorer les classeurs et de continuer, mais sa curiosité l'emporte. Il pousse les cadres sur le côté pour mieux voir. Le nom Henry Rockford est inscrit sur la tranche du premier classeur. Sam s'en empare. Il y a des photos dans des pochettes plastique : deux hommes, l'un d'un certain âge et l'autre plus jeune. Sam met quelques secondes à comprendre que le plus jeune est Albert. Il a l'air d'avoir vingt ans là-dessus. Sam tourne les pages, tombe sur des notes. Des problèmes médicaux. Un arbre généalogique.

Sam ferme le classeur et en prend un autre. Lorraine Whittenger. Sur les photos, elle a les cheveux blancs et est en fauteuil roulant, tandis qu'Albert porte le même tablier bleu orné du logo brodé de Home Health Angels que celui qu'il a quand il vient dans la chambre de Sam. Angelo Monticelli, Edith Voranger... Sam continue et commence à assembler les pièces du puzzle. Tous ces gens étaient ses patients.

Linda Pennypiece.

C'est le nom sur la tranche d'un des derniers classeurs. Linda Pennypiece ? L'« amie » d'Albert à Albany ?

Sam prend le classeur et l'ouvre.

<u>Une liste de choses sur Linda</u>

1. Elle adore les restaurants Olive Garden.
2. Les rediffusions de *Mary Tyler Moore Show* et de *Frasier* l'aident à se détendre avant d'aller au lit.
3. Elle aura quatre-vingt-dix ans cette année ; il faut organiser une fête !

Linda était donc une patiente.

Sam tourne les pages : des notes sur son AVC, « La célèbre recette du steak Salisbury de Linda »... jusqu'à tomber sur un document portant le sceau du comté d'Albany, État de New York.

Ordonnance temporaire de protection contre le harcèlement et le harcèlement avec circonstances aggravantes. Linda Pennypiece vs. *Albert Bitterman Junior.*

Albert Bitterman, partie adverse, est notifié par la présente que toute violation intentionnelle de cette ordonnance constituera une infraction criminelle risquant d'entraîner une arrestation immédiate.

Une injonction d'éloignement.

Sam tourne la page.

Home Health Angels, Inc. Cessation du contrat de travail. Cette lettre confirme la résiliation de votre emploi, effective immédiatement. Tout contact ultérieur avec les clients ou les employés de Home Health Angels sera immédiatement signalé aux autorités.

Je n'aime pas du tout la direction que ça prend. Teddy de Freddy baisse la voix. *Et si j'étais à la place de Sam Statler, j'arrêterais clairement de fouiller avant de lire le nom sur le dernier classeur…*

Dr Sam Statler.

La main de Sam tremble tandis qu'il l'attrape et l'ouvre. « Vingt questions au Dr Sam Statler. » Il tourne la page et trouve un exemplaire du tract qui s'était matérialisé sur son pare-brise ce jour-là.

« Bureau à louer dans maison historique, parfait pour professionnel en quête d'un espace calme.

Possibilité de rénover à la convenance du locataire. Contacter Albert Bitterman. »

Sam continue à feuilleter. Il y a des dizaines de photos de lui. Le jour où il a emménagé. En train d'arriver au cabinet. En train de monter en voiture. Il passe les listes gribouillées (« Les choses à propos desquelles j'ai menti à Sam », « Raisons de se réjouir en dépit de l'humeur de Sam »), les factures qu'il avait cachées dans son bureau en bas, un tableur Excel vraisemblablement créé par Albert pour assurer le suivi des dettes de Sam :

- Visa : 36 588 dollars
- Chase Sapphire Select : 73 211 dollars
- Emprunt immobilier : 655 000 dollars

Les pages suivantes sont constituées de notes et d'observations sur des gens avec de drôles de noms :

Jean Skinny

M. et Mme Marmonneurs
Nancy l'Apathie
« Nancy est mariée depuis seize ans. Elle est directrice du développement à Meadow Hills. » C'est Nancy Neumann. Sa patiente. Tous ces gens sont ses patients. Sam se sent pris d'une envie de rire tandis que la réalité lui apparaît : non seulement Albert l'écoutait à l'étage, mais il prenait aussi des notes à foison. Sam redoute de commencer à rire et de ne jamais s'arrêter. Mais ensuite, il tourne la page, et son envie lui passe aussi sec.

BATTUE COMMUNAUTAIRE POUR SAM STATLER ! RENDEZ-VOUS AU LUCKY STRIKES À 10 H 00 ! HABILLEZ-VOUS CHAUDEMENT !

On le cherche ! Certainement en ce moment même. Sam les imagine sous la pluie, en quête de sa voiture (où est passée cette bagnole, bon sang !). Ce qui veut dire que ce n'est qu'une question de temps avant qu'ils le retrouvent et…

LE PSYCHOLOGUE DE CHESTNUT HILL PORTÉ DISPARU ÉTAIT FORTEMENT ENDETTÉ.
Le chef de la police Franklin Sheehy a déclaré que les enquêteurs continuaient à explorer toutes les pistes crédibles. Cependant, à la lumière de la récente découverte des dettes contractées par Statler, qui s'élèveraient à plus de cent mille dollars et qu'il aurait cachées à sa femme, les représentants des forces de l'ordre envisagent sérieusement l'hypothèse selon laquelle sa disparition ne serait pas un accident.

Il a envie de vomir et pourtant, il tourne la page. Une autre pochette contenant des photos. C'est sa mère, dans sa chambre à Rushing Waters, joue contre joue avec Albert.

Albert rend visite à Margaret.

Sam laisse tomber le classeur et franchit les portes coulissantes.

Et c'est parti, messieurs-dames, déclare Teddy. *Statler se met en route.* De retour dans le salon, il examine à nouveau la baie vitrée. Alors qu'il se demande si cela vaut la peine de jeter une table basse à travers la vitre avant de sauter tant bien que mal, un déclic se fait dans son esprit. Il fait faire volte-face à son fauteuil et repart dans la cuisine, jusqu'au mur recouvert de plantes suspendues. Il attrape une poignée de feuilles et tire d'un coup sec. Un pot s'écrase par terre. Oui ! Il avait raison. Les plantes dissimulent une porte vitrée coulissante. Il arrache les feuilles, fait tomber les pots un par un, recouvrant le sol d'un tapis de terre.

On dirait que Statler a trouvé une issue, observe son père. La porte en verre donne sur un petit patio en pierre. Sam attrape la poignée. Il la tourne. *C'est ouvert.* Il y a au moins une serrure qui n'est pas verrouillée dans cette baraque. Il inspecte le jardin, inspire profondément et se jette à plat ventre.

Vous avez vu ça ? Incroyable. Il l'a fait, s'emporte Ted Statler tandis que Sam rampe vers le jardin froid et humide. *Peut-être que j'avais tort. Peut-être que ce gamin n'est pas qu'un bon à rien, en fin de compte.*

Chapitre 42

La jolie fille derrière le comptoir lance à Annie le sourire parfaitement normal d'une personne qui fait semblant de ne pas savoir qui elle est, la femme du mec canon porté disparu dont le sourire orne les tracts encore accrochés ici et là.

— Qu'est-ce que je vous sers ? demande-t-elle en posant un menu devant Annie.

— Un job avec un salaire décent et une foi restaurée en l'humanité ?

La fille fait la grimace.

— Vous vous croyez où, aux Pays-Bas ?

Pour la première fois en huit jours, Annie rit. Elle pousse le menu sur le côté.

— Un dry martini avec cinq olives. Ça compte comme un repas, pas vrai ?

Annie regarde la serveuse préparer son cocktail et sent le froid qui émane du verre quand la jeune femme le pose devant elle.

— Bon anniversaire, connard, murmure Annie en levant son verre en direction du tabouret vide à côté du sien.

Elle prend une longue gorgée et songe à nouveau à sa théorie : tout ça fait partie de la poursuite. Il joue un rôle, le plus tordu jusqu'alors : le mari porté disparu. Elle l'imagine en train de se délecter de la situation, les pieds en éventail devant la cheminée d'un Airbnb à Saugerties, leur ville préférée dans les montagnes Catskill. Il prend ses repas dans un café-restaurant, où il lit des articles sur sa disparition devant des œufs brouillés à la saucisse et une tasse de café. Il est sans doute occupé à organiser son retour à cet instant, planifier le moment où il ouvrira la porte à la volée, les cheveux en bataille et mal rasé, le visage artistiquement maculé de traces de boue, fin prêt pour la grande révélation. *Devine quoi, chérie ? Je suis vivant !*

Il s'installera à la table de la cuisine et lui pondra une histoire de fugue dissociative qui s'est emparée de lui huit jours plus tôt, créée par une commotion cérébrale dont il ne se souvient pas. Il lui racontera comment il est rentré en stop depuis la Nouvelle-Orléans dans un poids-lourd conduit par un type qui a enchaîné les cigarettes pendant tout le trajet. Elle éclatera en sanglots et lui dira combien il lui a manqué, et le sexe qui suivra inévitablement sera tellement incroyable qu'elle regrettera de ne pas avoir pensé elle-même à ce scénario.

L'alcool la réchauffe. Bien sûr, elle est tout à fait consciente qu'il est fort probable que « la poursuite » ait en réalité commencé dès le premier jour, et ce à son insu. Sam était l'homme profondément patient et curieux, déterminé à la faire changer d'avis sur l'amour, et elle était l'idiote qui était tombée dans le panneau. Elle doit reconnaître qu'il s'était vraiment donné du mal pour réussir à la séduire dans un magasin Brooks Brothers. Elle avait pensé que ça pourrait être sympa pour une nuit, mais il l'avait étonnée. Il était intelligent et spirituel, avec une capacité d'introspection comme elle en avait très rarement vue chez un homme.

Il lui avait fallu six mois seulement pour la demander en mariage, assis sur le porche d'une maison à vendre dans sa ville natale tranquille. Il passait le week-end chez sa mère, à tout organiser pour son déménagement à Rushing Waters, lorsqu'il avait appelé Annie pour lui parler d'une maison en vente qu'il avait repérée.

— Il y a un train qui part dans quarante-sept minutes, avait-il dit. Prends-le et viens la visiter avec moi.

— Je ne savais pas que tu étais parti explorer le marché immobilier dans le nord de l'État de New York, avait-elle répondu.

— Je n'explore pas. Nous explorons. Fais-moi confiance.

Trois heures plus tard, il l'attendait à la gare au volant de la Toyota Corolla 1999 immaculée de sa mère, et l'accueillait avec deux cafés glacés et un long baiser. Ils roulaient depuis dix minutes dans les collines quand il avait tourné au niveau de la boîte aux lettres du 119, Albemarle Road, pour emprunter une longue allée menant à un corps de ferme. La maison était incroyable. Quatre chambres, poutres apparentes, trois hectares.

— J'ai pensé à tout, avait dit Sam, assis sur le porche à côté d'elle après la visite. Tu pourrais enseigner à l'université, écrire un de ces livres que tu as en tête. Je pourrais ouvrir un cabinet en libéral et veiller sur ma mère. Avec l'argent de mon père qui doit arriver, on peut se la couler douce pendant quelques années.

Puis il lui avait donné un petit coup d'épaule et avait ajouté :

— Et qui sait, peut-être que quelqu'un va enfin nous expliquer comment on fait les bébés.

— Tu es cinglé ? Je te connais depuis six mois.

— Six mois et un jour, avait-il corrigé. Tu as réussi, Annie. Tu m'as supporté plus longtemps que tu ne croyais être capable de supporter un homme.

Il avait passé un bras autour de ses épaules et l'avait serrée contre lui.

— Je savais que tu y arriverais.

Puis il l'avait lâchée et avait sorti un anneau fin de sa poche.

— Est-ce que tu veux continuer ?

Son portable sonne, posé sur le comptoir. C'est sa tante Therese, la mère de Maddie, qui l'appelle depuis la France. Elle décroche aussitôt.

— Annie, dit Therese.

Au moment où Annie entend sa voix, elle se met à pleurer. Sa tante a la même voix que sa mère, à tel point qu'Annie peut fermer les yeux et prétendre que c'est sa mère au bout du fil.

— Comment vas-tu, ma chérie ?

— Mal, répond Annie, dont la voix se brise. Je ne comprends pas ce qui se passe. Je pensais le connaître.

— Je sais, ma chérie. Comme nous tous.

Annie étouffe un sanglot. Therese et Maddie avaient été choquées lorsque Annie et Sam les avaient appelées en FaceTime pour leur annoncer qu'ils étaient fiancés. Puis tellement surexcitées qu'avec l'aide de Sam, elles avaient débarqué à New York le week-end suivant pour fêter leurs fiançailles autour d'un dîner gastronomique dans un petit restaurant italien du East Village.

— Annie. Je veux que tu rentres à la maison, dit Therese d'une voix ferme. Maddie va confier le restaurant au gérant pendant quelques jours et venir à l'oliveraie. Nous serons tous ensemble.

La maison. La demeure avec cinq chambres au cœur de l'oliveraie où sa mère et sa tante avaient grandi et dont elles avaient hérité à la mort de leurs parents. C'était là que Therese, Maddie et son oncle Nicolas s'étaient réunis après l'enterrement des parents d'Annie, et là qu'Annie avait passé trois mois cachée dans la chambre de Maddie, avant de revenir pour commencer ses études à Cornell et vendre la maison de son enfance.

— Je ne peux pas, répond Annie en se tapotant les yeux avec une serviette en papier. J'ai un travail.

— Tu peux prendre des congés, insiste Therese. Ils comprendront.

— Je sais, mais…

— Mais quoi ?

— Mais… et s'il rentre à la maison et que je ne suis pas là ? murmure Annie tout en sachant à quel point elle est ridicule. Et s'ils trouvent…

— Oh, Annie…

Annie entend la pitié dans la voix de sa tante. *Ma pauvre petite, il ne va pas rentrer à la maison. C'est à peine si la police le cherche encore.*

— Si c'est le cas, ils t'appelleront immédiatement et tu sauteras dans le premier avion.

Annie remarque qu'une femme l'observe à l'autre bout du comptoir. Elle se détourne.

— Je vais y réfléchir. Merci, Therese.

Elle raccroche, laisse tomber son portable dans son sac à main et descend d'un trait le reste de son verre.

Pourquoi n'irait-elle pas en France, après tout ? Elle ne sert à rien ici, elle va donner ses cours comme un zombie et est incapable de se concentrer. En France, son oncle Nicolas lui préparerait ses plats préférés et s'assurerait qu'il y a toujours une bonne bouteille de rouge sur la table. Maddie et elle discuteraient jusqu'à s'endormir dans le lit king size du premier étage, dans la chambre qui était auparavant celle de ses parents.

Alors qu'elle fait signe à la serveuse de lui apporter l'addition, quelqu'un se glisse sur le tabouret voisin du sien. C'est la femme qui était au bout du comptoir. Elle est plus jeune que ce qu'Annie croyait. Vingt ans et quelques probablement.

— Harriet Eager, du *Daily Freeman*, dit la jeune femme en lui tendant la main. Je suis désolée de ce qui vous arrive.

Annie ignore la main tendue et sort un billet de vingt dollars de son portefeuille.

— Peut-être que vous pouvez vous consoler en écrivant un autre article sur les difficultés financières de mon mari, lâche Annie en posant l'argent sur le comptoir. Et pour ce que ça vaut, j'ai cru que la police utiliserait ces informations pour aider mon mari, pas pour lui faire du tort.

Elle se lève et se dirige vers la porte.

— Ce n'est pas la police qui m'a parlé des dettes de votre mari, lance Harriet derrière elle.

Annie fait volte-face.

— Qu'est-ce que vous voulez dire ?

— Je veux dire que ce n'est pas la police.

— Dans ce cas, qui est-ce que c'était ?

Harriet hausse les épaules.

— On a reçu un tuyau. Un lecteur qui nous a envoyé un mail disant qu'une rumeur circulait, comme quoi votre mari était sérieusement endetté. D'habitude, je ne prête pas attention à ce genre de choses, mais là, j'ai décidé d'appeler le chef de la police Sheehy. Et tout se recoupait.

— Une rumeur ? Il n'y avait aucune rumeur. Pourquoi quelqu'un est venu vous raconter ça ?

— À cause de la série CSI, répond aussitôt Harriet. Ça arrive tout le temps. Des détectives amateurs qui meurent d'envie d'exposer leur propre théorie. Un type était particulièrement insistant au début, il répétait qu'il tenait de source sûre que votre mari s'était fait la malle avec une patiente. Les gens sont vraiment tarés.

Le sang d'Annie bat dans ses tempes.

— Il faut que j'y aille.

Elle traverse le petit groupe de personnes qui attendent près de la porte qu'on leur attribue une table et se cogne dans un homme qui entre dans le restaurant.

— Je suis désolé, dit-il en l'attrapant par le coude pour l'aider à garder l'équilibre. Je suis affreusement maladroit. Est-ce que ça va ?

Il a les cheveux grisonnants et des lunettes bleu pétant, et elle n'aime pas la sensation de sa main sur son bras.

— Ça va, répond-elle en s'écartant.

Alors qu'elle ouvre sa portière de voiture, son portable sonne dans son sac.

C'est Franklin Sheehy.

— Bonsoir, madame Potter.

Son intonation est lugubre.

— Il faut que je vous parle. Est-ce que vous pourriez passer au poste ?

Chapitre 43

J'observe Annie qui discute au téléphone, assise dans sa voiture. La pauvre, seule le jour de son anniversaire de mariage hebdomadaire. Sam et elle le fêtent chaque semaine. Je le sais parce que j'ai le carnet de rendez-vous de Sam dans ma bibliothèque, avec l'inscription « Annie, anniversaire mariage » gribouillée chaque mardi. Je les ai souvent imaginés. Ils devaient être adorables, à trinquer avec des alcools hors de prix.

— Vous souhaitez une table ?

Une jeune femme me dévisage. Elle a les bras recouverts de tatouages, sûrement une manière de se venger de ses parents en profanant son propre corps.

Je vois la Mini Cooper d'Annie s'éloigner et secoue la tête.

— Non, merci. Je viens de me rappeler que j'avais quelque chose à faire.

Ma voiture est stationnée illégalement, sur le parking de la banque. Je mets le contact, mais je ne bouge pas.

Je me sens affreusement mal pour elle.

Je sais que je ne peux pas, mais j'aimerais tellement lui dire dans quel état Sam était pendant l'apéritif d'hier. Il m'écoutait à peine pendant que je lui parlais de mon expérience de joueur de football. Ce n'était pas un sujet facile à aborder. J'avais sept ans et j'avais supplié ma mère de convaincre mon père de ne pas me forcer à jouer, mais elle avait refusé. Je m'étais donc retrouvé sur le terrain, quelqu'un m'avait tendu un ballon, et l'instant d'après, un garçon de mon école qui faisait trois fois ma taille m'avait envoyé à terre. Je n'arrivais plus à respirer et j'étais persuadé que j'étais en train de mourir. Lorsque j'avais enfin réussi à reprendre mon souffle, j'avais éclaté en sanglots en plein milieu du terrain, devant mon père et la moitié des hommes de Wayne, la ville où nous vivions dans l'Indiana. Et qu'a répondu Sam quand j'ai eu terminé de lui raconter mon histoire ? *Rien*. Il a fixé le mur, l'air hébété. Puis, sorti de nulle part, il a commencé à parler d'Annie, d'à quel point il l'aime et s'inquiète pour elle.

Personnellement, je la trouve plutôt en forme. Un peu trop mince, peut-être, et les cernes sous ses yeux suggèrent qu'elle manque sûrement de sommeil, mais elle va suffisamment bien pour se pomponner et sortir s'offrir un verre. C'est bon signe.

Je tapote le sac qui contient trois conserves de soupe à l'oignon sur le siège passager et je passe la première. Un bon steak Salisbury, voilà qui devrait remonter le moral de Sam.

La pluie brille dans la lumière de mes phares pendant que je suis un fourgon de plombier sur Main Street et le long de la voie ferrée. Le type va si lentement que je parierais qu'il est payé à l'heure. Je baisse légèrement ma vitre et respire l'odeur entêtante des Démocrates et du feu de bois en tournant sur Cherry Lane. Presque toutes les lumières sont allumées chez le Pigeon ; je suppute qu'elle a cessé de s'intéresser au changement climatique. Je suis au niveau du pont lorsque je remarque quelque chose sur la route. J'écrase ma pédale de freins.

Non. Pitié, mon Dieu, non.

Je coupe le moteur, attrape le sac de courses et sors de voiture, sous la pluie battante et glacée. C'est Sam. Au milieu de la route, le visage couvert de boue, les manches du sweat que je lui ai prêté (Smith College, un de mes préférés) sales et déchirées.

— Non, Albert.

Il pleure.

— S'il vous plaît, je suis si près du but.

— Sam ?

Je resserre mon étreinte autour du sac et m'approche de lui.

— Où est-ce que vous allez ?

— Chez moi, Albert.

La pluie étouffe le bruit de ses sanglots.

— S'il vous plaît, je veux juste rentrer à la maison.

— À la maison ?

Je lève le sac par-dessus ma tête. Je vois flou et j'ai la tête qui tourne.

— Mais vous êtes à la maison, Sam.

Le craquement des trois conserves de soupe qui entrent en contact avec sa mâchoire puissante et parfaitement dessinée est plus bruyant que ce que j'avais imaginé.

— Venez, dis-je alors qu'il s'effondre à mes pieds. Allons manger un steak.

Chapitre 44

Quand Annie arrive au poste, Franklin Sheehy l'attend près d'une voiture de police.

— Montez. Je veux vous emmener quelque part.

Elle hésite, puis prend place sur le siège passager. Ils n'échangent pas un mot tandis que Sheehy quitte la ville et emprunte la route désolée qui longe le chemin de fer. Trois minutes de silence plus tard, ils arrivent sur le parking du garde-meubles Stor-Mor Storage.

— Avec tout cet espace, ils auraient pu trouver de la place pour écrire « store » et « more » en entier, avait fait remarquer Annie à Sam lors de sa première virée à Chestnut Hill.

Pendant le déjeuner, elle l'avait supplié de lui faire visiter tous les endroits où, pendant sa période faste, son mari emmenait les adolescentes naïves de Chestnut Hill pour les convaincre de le laisser leur retirer leur petite culotte.

Il s'était exécuté de bonne grâce. Ils étaient d'abord passés au drive-in abandonné, puis au centre commercial, puis au garde-meubles où ils s'étaient retrouvés à se peloter comme des gamins sur le parking dans la Corolla de la mère de Sam. Le même garde-meubles où, plus tôt dans l'après-midi, la police a découvert la belle Lexus toute neuve de Sam entreposée à l'intérieur d'un des box, en parfait état.

— Il l'a amenée ici vers dix-huit heures le soir de sa disparition, lui explique Sheehy alors qu'elle se tient devant le box 12.

Un technicien est assis à la place du conducteur, à la recherche d'empreintes. Annie sent son corps s'engourdir.

— Pourquoi aurait-il fait ça ?

— Pour occuper la police en lui faisant chercher quelque chose qu'elle ne trouvera jamais.

— Comment l'avez-vous trouvée alors ?

— L'entrepôt a été vandalisé récemment. Le gérant a visionné les enregistrements des caméras de vidéosurveillance. Il a vu qu'on avait amené cette voiture le soir de l'ouragan et il a reconnu le modèle.

— Est-ce qu'on voit Sam sur l'enregistrement ?

— Suivez-moi.

Elle lui emboîte le pas en direction de ce qui ressemble à une cabane en bois. À l'intérieur se trouve un bureau en métal jonché de tasses à café en polystyrène vides et trois écrans de télévision. Dans un coin, un policier est assis sur un fauteuil à roulettes branlant, le nez sur son portable. En apercevant Sheehy, il verrouille précipitamment son écran et fourre son téléphone dans sa poche.

— Chef.

— C'est la femme du docteur Statler, explique Sheehy. Montrez-lui l'enregistrement.

Le policier fait rouler le fauteuil jusqu'au bureau et tourne un des moniteurs vers Annie. L'écran montre une image figée de voiture floue. Il appuie sur une touche du clavier et la voiture se met à bouger. C'est la Lexus de Sam, qui entre dans le box 12. Une silhouette apparaît quelques instants plus tard. Un homme. Il tourne le dos à la caméra tandis qu'il ferme la portière puis ouvre le parapluie qu'il tenait sous son bras. Il se tourne ensuite vers la caméra, mais le parapluie dissimule son visage. L'agent met la vidéo sur pause.

— C'est tout ce qu'on a, déclare-t-il.

— Est-ce que vous pouvez zoomer ?

Le policier s'exécute et se lève pour laisser son siège à Annie. Elle s'assoit et approche son visage de l'écran. Son cœur se serre en reconnaissant la veste. Une veste bleu marine en laine coupe Madison de chez Brooks Brothers. Celle qu'elle avait choisie pour lui et qu'il gardait au cabinet.

— Pouvez-vous confirmer qu'il s'agit bien de votre mari ? demande Sheehy.

Elle hoche la tête, incapable de parler.

Sheehy soupire profondément.

— Je suis désolé, Annie. Je sais que ce n'est pas facile.

Soudain, la pièce la rend claustrophobe.

— Est-ce que vous pouvez me ramener chez moi ?

— Bien sûr. Laissez-moi juste prévenir mon sergent.

Elle se lève et sort. Deux hommes vêtus de vestes en nylon se tiennent près de la grille et se partagent une allumette pour allumer leur cigarette.

— Je connaissais le père du type, dit l'un alors qu'elle passe à côté d'eux. Il faut croire que le proverbe dit vrai. *Tel père, tel fils.*

Chapitre 45

Quelque chose bourdonne dans les oreilles de Sam. Il ouvre les yeux.

Il fait noir et il a froid.

Il est à quatre pattes, au milieu de la rue, sur le pont. De là où il se trouve, il peut apercevoir la maison de Sidney Pigeon, à une trentaine de mètres. La lumière est allumée à l'étage et une silhouette se tient à la fenêtre. En plissant les yeux, Sam distingue des boucles brunes touffues sous une casquette de base-ball. La fenêtre est ouverte et la personne fait signe à Sam.

— Vous me voyez ! crie Sam.

Il agite la main en retour, fou de joie.

— C'est moi ! Sam Statler !

Il commence à glousser, s'attendant à ce que le gamin se précipite au rez-de-chaussée et trouve un adulte pour composer le numéro d'appel d'urgence. Mais il ne fait rien de tout ça. Au lieu de ça, il continue à agiter la main. Soudain, Sam réalise qu'il a mal compris : le gamin n'est pas en train de lui faire signe. Il ne le voit même pas. Il bouge la main pour dissiper la fumée du joint qu'il est en train de fumer puis il referme la fenêtre, éteint la lumière et disparaît.

Sam roule sur le dos. Le goût métallique du sang envahit sa bouche. Des phares s'approchent depuis le bas de la colline. Une voiture arrive. C'est Sidney, qui rentre de la salle de sport. Elle va bondir hors de son mini-van et lui demander ce qu'il fabrique sur la route par un temps pareil...

Les papillons volettent à nouveau autour de sa tête et il ouvre les yeux. De la bile lui remonte dans la gorge tandis qu'il se rappelle le coup qu'il a pris dans le visage et comprend qu'il n'est pas dehors. Il est de nouveau dans la maison, enfermé dans sa chambre. Il se redresse pour s'asseoir et tâte le mur jusqu'à atteindre la poignée de la porte.

— Venez ici ! Où que vous soyez, sortez de votre cachette, appelle-t-il d'une voix rauque.

Il a la gorge complètement desséchée et sa bouche lui fait un mal de chien. Il lève la main pour palper sa joue et découvre une coupure profonde.

— C'est l'heure de changer mes vêtements et de me raser, Albert ! Vous ne voulez quand même pas que j'appelle Home Health Angels et que je leur dise que vous avez enfreint le premier principe de votre putain de manuel du parfait employé : « Pour aller bien, il faut commencer par en avoir l'air ! » Pas vrai, espèce de taré de merde ?

Enfin, ses doigts trouvent l'interrupteur. La lumière l'aveugle momentanément. Puis ses yeux font la mise au point et il voit l'état de ses vêtements, les murs autour de lui, les cartons empilés près de ses pieds.

Il n'est pas dans sa chambre. Il est dans un placard.

Il se penche pour atteindre la poignée de la porte et la tourne. La porte s'ouvre et la lumière du placard éclaire le lit avec l'édredon, ainsi que son fauteuil. Il est dans le placard de sa chambre. Il examine les cartons de plus près. Il y en a au moins deux dizaines, soigneusement superposés en plusieurs piles contre le mur. Chacun porte l'inscription « Agatha Lawrence ».

Agatha Lawrence. La femme qui est morte dans cette pièce.

Sam tend les bras vers le haut d'une des piles, ce qui génère une décharge de douleur dans son dos, et tire sur un carton. Il atterrit sur ses plâtres et le contenu se déverse à terre autour de lui. Sam attend et tend l'oreille. Pas un bruit. Il attrape un album noir épais et le retourne pour examiner la couverture. *Charles Lawrence, 1905-1991.* À l'intérieur se trouve une photographie en noir et blanc d'un jeune couple et de deux garçons, qui posent sur le porche devant le manoir Lawrence.

Il se retient pour ne pas rire. *Pourquoi m'a-t-il mis dans le placard ?*

Hummm, voyons voir. C'est la voix d'Annie, qui se faufile dans son esprit embrouillé en dépit de son mal de tête. *Il t'a mis dans un placard avec les cartons d'une morte. Peut-être parce que...* Elle ne finit pas sa phrase et attend qu'il parle. *Allez, andouille. Réfléchis.*

— Peut-être parce qu'il veut que je regarde dans les cartons ? suggère Sam.

Annie garde le silence.

Sam laisse tomber l'album et parcourt rapidement le reste des papiers qui jonchent le sol. Des plans d'architecture d'époque, des articles des journaux datant des années 1930 sur la création de Lawrence Chemical, des lettres écrites depuis un navire de guerre dans le Pacifique. Carton après carton, ce sont des documents, des relevés de compte, des livrets de banque. Une photo tombe d'un des cartons : une adolescente avec des cheveux roux flamboyant. Elle porte un gilet et un jean, a une cigarette à la main. Sam la reconnaît tout de suite : c'est la femme des cadres dans la bibliothèque. Contrairement à ce que Sam avait imaginé, ce n'était donc pas la mère d'Albert. C'est Agatha Lawrence, l'ancienne propriétaire des lieux.

Il recommence à fouiller le carton d'où provient la photo et trouve une petite boîte rectangulaire, qui contient deux rangées d'enveloppes jaunes. Sam en choisit une et l'ouvre.

23 août 1969

Bonjour mon ange,

Je suis arrivée à Princeton ce matin. C'est aussi pompeux et bourgeois que ce que j'avais imaginé. Mes parents ont insisté pour m'accompagner et j'avais hâte qu'ils s'en aillent. La perspective de ne pas avoir à leur parler pendant au moins trois mois me ravit. Adieu famille, et bon débarras. Le campus grouille de caméras de télévision déterminées à savoir comment nous nous sentons, nous les premières femmes à être admises à l'université. Le doyen a organisé une réception spéciale pour nous (nous sommes cent un), et pendant que nous buvions du vin à l'intérieur, une foule d'hommes vindicatifs manifestait avec des pancartes qui disaient « Rendez-nous l'ancien Princeton ». Les pauvres, ils ne risquent pas de conclure.

Sam replie la feuille jaunie et la remet dans son enveloppe. Il attrape la toute première lettre de la rangée. *24 juillet 1968, Chicago.*

Bonjour mon ange…

Ignorant la douleur lancinante dans son crâne et le nœud glacé dans son estomac, il s'adosse contre le mur et commence par le début.

Chapitre 46

D'une main tremblante, j'écarte les rideaux et risque un coup d'œil dans le jardin devant la maison. *Ouf.* Les vautours ont enfin débarrassé le plancher.

Ils étaient trois (des « journalistes »), qui tournaient depuis hier soir, quand l'information de la découverte de la voiture de Sam dans le garde-meubles Stor-Mor Storage de la Route 9 a été révélée au public. Quel culot de se garer dans mon allée, de piétiner ma pelouse, de braquer leurs caméras monstrueuses sur ma maison. « Bobine B ». J'ai entendu l'un d'entre eux dire ça ce matin alors que j'étais barricadé dans ma chambre en attendant qu'ils s'en aillent. Ils ont fini par partir, mais pas avant d'avoir fait des prises de vue tout en plaisantant bruyamment sur la façon dont la voiture de ce type avait bien pu se retrouver dans un garde-meubles.

Je vais vous le dire, moi, bande de vautours : le matin qui a suivi l'ouragan, j'ai pris mon double secret et je suis allé dans le cabinet de Sam. Quand je l'ai vu à terre et que je me suis rappelé ce que j'avais fait (la poursuite dans l'allée, le coup de pelle dans la tête), j'ai paniqué. J'ai mis une paire de gants en latex et j'ai utilisé la carte Visa dans son portefeuille pour créer un compte en ligne. Puis je l'ai enfermé dans son cabinet et j'ai conduit la voiture jusqu'à Stor-Mor. Je suis entré dans le garde-meubles avec le code pin qu'il avait reçu sur son portable, portable que j'avais récupéré dans sa poche de veste. Je suis rentré à la maison à pied, sous la pluie glacée, à travers les rues désertes, sans avoir la moindre idée de ce que j'allais faire ensuite.

Mais après ça, Annie m'a conduit à Stephen King, et j'ai su exactement ce qu'il fallait que je fasse : m'occuper de Sam pour le remettre sur pied moi-même et tout arranger. C'était aussi simple que ça.

Du moins, ça l'aurait été si Sam n'avait pas décidé de trafiquer la serrure de sa chambre et de fouiller dans mes affaires, y compris dans mes classeurs violets, et au diable le respect de la vie privée.

Les preuves étaient là, dans le bazar qu'il a laissé derrière lui. Des pages de classeurs arrachées, des tiroirs retournés, l'injonction d'éloignement obtenue par le fils de Linda, tout ça répandu sur le sol. S'il m'en avait laissé le temps, j'aurais pu tout lui expliquer.

C'est simple. Linda et moi étions amis, et elle adorait ma compagnie. C'est son abruti de fils qui a tout déformé et sous-entendu que notre relation était malsaine alors que ce n'était pas vrai. Dès le premier jour, j'ai su qu'il ne m'aimait pas. Il m'appelait Florence Nightingale et je ne comprenais pas pourquoi, jusqu'à ce que je regarde sur Internet et découvre l'existence de ce syndrome. Mais ce qu'il pensait n'avait pas d'importance, parce que ce n'était pas pour m'occuper de Hank qu'on m'avait engagé. On m'avait engagé pour prendre soin de sa mère, de dix-huit heures à neuf heures, quatre nuits par semaine. Linda Pennypiece, la personne la plus gentille au monde.

Elle avait eu un AVC trois mois plus tôt, à l'âge de quatre-vingt-neuf ans. Elle n'arrivait plus à parler, mais je voyais dans ses yeux à quel point elle appréciait les moments que nous passions ensemble. Les nuits où elle ne trouvait pas le sommeil, on veillait tard et on regardait des rediffusions de *The Mary Tyler Moore Show*. Je lui donnais la becquée avec des Corn Flakes de Kellogg's en sachets individuels que l'agence distribuait à tous les employés qui travaillaient de nuit. Elle fixait silencieusement la télévision, mais je sentais bien la joie que cela lui procurait. Jusqu'à ce que Hank débarque et gâche tout. Le dégoût me noue la gorge tandis que je le revois entrer dans la cuisine alors que j'étais en train de préparer des œufs brouillés, vêtu de la robe de chambre de Linda. J'ai été renvoyé dans l'heure.

Vous voyez, Sam, lui dirais-je. Je vous avais bien dit qu'il y avait une explication tout à fait rationnelle. Tout comme il en existe une pour l'autre grande question qui vous trotte sûrement dans la tête : comment en suis-je venu à constituer un classeur sur vous ? La réponse tient en un mot : le destin.

Le moment où le destin est intervenu pour que nos chemins se croisent : une liste à un seul élément

1. The Bakery, juste avant le déjeuner, le premier mardi d'avril. J'étais dans la cabine de toilette des hommes, en train de me demander si je devais me plaindre du fait que le thé qu'on m'avait servi n'était pas assez chaud, et vous étiez au téléphone près du lavabo, à évoquer votre rêve du cabinet parfait qui s'estompait de plus en plus. J'ai écouté toute la conversation (le bureau que vous veniez de visiter sentait la marijuana et l'agent immobilier n'avait rien d'autre à vous proposer). Vous avez dit que vous alliez rendre visite à votre mère. Jusqu'à ce que j'ouvre la porte, je n'avais pas la moindre idée que c'était vous. Dr Sam Statler, le brillant psychologue de l'interview des « Vingt questions » que j'avais lue dans le journal local, et dont je suivais le travail de manière obsessionnelle. Je n'avais rien d'autre à faire, alors j'ai décidé de vous suivre en voiture, le long de la route montagneuse qui menait jusqu'à Rushing Waters. J'ai fait le tour du parking pendant que vous sortiez de votre voiture de luxe, et c'est là que j'ai eu l'idée, dans un

moment d'illumination divine : je pouvais vous offrir le cabinet parfait.

Et pourquoi ça, me direz-vous ? Parce que je suis quelqu'un de gentil. Parce que le bien-être des autres me tient à cœur, Sam, et parce que j'appréciais votre travail et l'aide que vous apportiez aux autres en les aidant à comprendre les traumatismes de leur enfance. À tel point que je suis rentré chez moi pour imprimer un tract. Il ne m'a pas fallu plus d'une demi-heure pour trouver votre voiture garée derrière la banque. J'ai glissé le tract sous vos essuie-glaces. Et quelques minutes plus tard, vous m'avez appelé.

Et j'ai fait tout ce que vous vouliez, Sam. Éclairage professionnel. Toilettes à chasse automatique. Peinture bio. J'ai même fait à votre place ce que vous étiez incapable de faire : j'ai rendu visite à votre mère. (N'importe qui doté de deux yeux et d'une paire de jumelles aurait pu voir que ça faisait des mois que vous vous contentiez de rester sur le parking.) Le site internet de la maison de retraite indiquait qu'il y avait une place de bénévole à pourvoir et ça avait l'air sympa. Alors j'ai postulé et bingo ! Je sais qu'ils ne m'aiment pas, là-bas. Je vois bien comment les gens me regardent, comment ils ignorent les suggestions que je laisse dans la boîte à idées, mais je m'en fiche, Sam. Parce que ce n'était pas pour leur faire plaisir que j'emmenais votre mère au bingo deux fois par semaine. Si je faisais ça, c'était pour vous aider.

Mais je ne peux rien dire de tout ça à Sam, parce que la dernière fois que je l'ai vu hier, j'ai traîné son corps inanimé jusque dans le placard après avoir aperçu le premier journaliste. J'avais peur que Sam se réveille et se mette à crier et que quelqu'un l'entende. Je me sens si coupable d'avoir fait ça que je n'arrive pas à me résoudre à aller le voir.

Un bon bain, voilà ce qui me détendrait. Je suis en train de chercher les sels de bain d'Agatha Lawrence, que je me rappelle avoir vus dans le placard, quand j'entends un bourdonnement quelque part dans la maison. Ça ne vient pas de la chambre, ni du couloir ; alors que je descends l'escalier, le bruit s'intensifie, et augmente de plus en plus alors que je m'approche de la cuisine. Je suis le son et arrive jusqu'à la porte de la chambre de Sam.

— Vous êtes à la maison, dit Sam de l'autre côté de la porte. Tant mieux.

Il a dû entendre mes pas. Sa voix est étonnamment ferme.

— Entrez, continue-t-il. J'ai quelque chose à vous demander.

Hésitant, je retourne chercher la clé dans la cuisine. Je la glisse dans la poche de mon tablier et reviens sur mes pas. J'ouvre la porte et glisse la tête à l'intérieur de la chambre. Sam est installé dans son fauteuil, occupé à prendre des notes dans son carnet.

— Entrez, répète-t-il en m'invitant d'un geste avant de couper la sonnerie du réveil sur la table à côté de lui.

— Qu'est-ce que je peux faire pour vous ? demandai-je, nerveux.

— J'ai besoin de votre aide.

Quand il lève les yeux vers moi et que je vois sa lèvre lacérée et sa pommette gauche gonflée, je suis submergé par la honte.

— Avec un patient, ajoute-t-il.

Je le dévisage, confus.

— Avec un patient ? Je ne comprends pas...

— Je vous expliquerai plus tard, dit-il en retournant à sa prise de notes. C'est assez urgent. Tenez.

Il arrache une page de son carnet et me la tend.

— Jetez un œil.

J'avance lentement jusqu'à lui et m'empare de la feuille.

— Voilà ce que je sais des antécédents du patient, ainsi qu'une liste des problèmes qu'il présente et mon diagnostic. J'aimerais que vous passiez mon travail en revue.

Est-ce qu'il essaie de me faire une mauvaise blague ? Sur mes gardes, je répète :

— Que je passe votre travail en revue… mais pourquoi ?

Il hésite un instant, puis pose son stylo et croise les mains sur ses genoux.

— Toutes ces heures que vous avez passées à écouter à travers le conduit ont été payantes, Albert. J'ai lu les notes que vous avez prises sur mes patients dans votre classeur violet. Je vous l'ai déjà dit et je vous le répète : vous avez un don pour ce travail.

— Vraiment ?

— Oui. Vous m'avez impressionné. Et même si, par la suite, j'aimerais également vous parler d'autres choses que j'ai trouvées dans ces classeurs, dans un premier temps, je voudrais d'abord que vous m'aidiez. C'est un cas qui remonte à un moment déjà, et qui ne cesse de me tracasser. Un coup de main me rendrait bien service.

Je scanne rapidement ses notes.

— Ça ne me dérange pas. Je dirais même que je suis très honoré.

— Tant mieux. J'aimerais aussi dîner dans pas longtemps. Un steak Salisbury, si possible. Et avec de vrais couverts cette fois, je vous prie.

— Bien sûr, Sam. Tout ce que vous voudrez.

— Merci. Et je préférerais que vous vous adressiez à moi comme il se doit. C'est docteur Statler, précise-t-il en attrapant son stylo.

J'encaisse la réprimande d'un hochement de tête et me dirige vers la porte.

— Aucun problème. Je vous prépare à dîner et je me mets au travail.

Chapitre 47

— Pourquoi un type enverrait-il un message à sa femme pour lui dire qu'il rentre à la maison, pour ensuite aller mettre sa voiture au garde-meubles ? demande Annie à son téléphone.

Elle est assise sur le sol dans la chambre de Margaret, le dos contre le mur, à boire une bière à la canette. Voilà à quoi elle en est réduite. À boire de la bière tiède piquée dans une cantine de maison de retraite à même pas dix heures du matin, tout en demandant à Siri de lui expliquer pourquoi son mari lui a écrit puis a planqué sa voiture chez Stor-Mor sur la Route 9, à dix minutes de son cabinet.

— Voilà les résultats que j'ai trouvés sur Internet sur « pourquoi un type enverrait-il un message à sa femme pour lui dire qu'il rentre à la maison, pour ensuite aller mettre sa voiture au garde-meubles ».

Annie fait défiler les résultats.

Comment préparer votre voiture pour un stockage à long terme chez Edmunds.

Quelle est votre pire histoire d'ex (et comment ne pas mordre à l'hameçon quand il appelle !) ?

Le deuxième date d'il y a deux ans, et vient du blog d'une certaine Misty.

Annie boit une gorgée de bière en se demandant ce que Misty peut bien avoir à dire sur le sujet. Peut-être que c'est unanime. Peut-être qu'à l'instar de Franklin

Sheehy, Misty pense que Sam lui a envoyé un texto puis a planqué sa voiture parce que c'est le genre de type qui disparaît dès que les choses se compliquent, ce qui confirmerait qu'effectivement, les chiens ne font pas des chats. Et peut-être que Misty fera également écho à l'autre opinion que Frank Sheehy a donnée dans le journal ce matin : la police ne peut pas faire grand-chose de plus.

« Cela montre une planification évidente, et il s'agit clairement du travail d'un esprit rusé », a déclaré le chef de la police Franklin Sheehy. « On ne peut plus présumer grand-chose, si ce n'est que Sam Statler ne veut pas qu'on le retrouve. »

Elle entreprend de relire les résultats lorsque son portable sonne dans sa main. C'est Elisabeth Mitchell, la doyenne de l'université.

— Bonjour, Annie. J'ai eu votre message, est-ce que tout va bien ?

— J'ai réfléchi à votre offre de prendre des congés. Et j'aimerais bien l'accepter.

La doyenne garde le silence quelques instants avant de répondre.

— Je suis désolée de ce que vous traversez en ce moment, Annie. À partir de quand aimeriez-vous vous absenter ?

— Dès maintenant ? suggère Annie. J'ai envoyé quelques e-mails aux autres professeurs du département afin de leur demander de me remplacer, et j'espère que...

— Ne vous en faites pas pour votre matière, l'interrompt la doyenne. Je l'enseignerai moi-même. Et vous pourrez reprendre votre poste à votre retour.

Annie la remercie et raccroche, tout en sachant qu'il est fort peu probable qu'elle revienne. Pour quoi faire ? Pour vivre à Chestnut Hill, seule dans cette maison ? Avant d'avoir le temps de changer d'avis, elle ouvre sa boîte de réception et relit l'e-mail que son oncle lui a envoyé tard hier soir.

Nous avons mis une option sur un billet d'avion pour toi à destination de Paris. Le vol est dans deux jours, ça te laisse le temps de t'organiser. Maddie viendra te chercher et te conduira à la maison. Le billet retour est ouvert. Tu n'as qu'un mot à dire et nous l'achetons.

Merci, tape Annie. J'aimerais beaucoup venir.

Elle appuie sur « envoyer » et se met en devoir de finir ce qui reste de bière. Soudain, la porte s'ouvre. Elle s'attend à ce que ce soit Margaret, revenue de chez la coiffeuse qui passe ici chaque semaine, mais c'est Josephine, les bras chargés d'un panier de linge propre. Elle aperçoit Annie et ne rate pas la canette de bière posée à ses pieds.

— Annie ? Qu'est-ce que vous faites là ?

— Je vis la vie à deux cents pour cent.

Joséphine glousse.

— Tant mieux. J'allais ranger le linge de Margaret, mais je peux revenir plus tard.

— Laissez, je m'en charge, dit Annie en se levant. Une occupation ne me fera pas de mal.

Josephine lui lance un regard qui semble signifier : *J'ai lu l'article dans le journal sur votre bon à rien de mari qui a disparu et je ne sais pas trop quoi dire.*

— Vous tenez le coup ? finit-elle par demander.

— Si on omet le fait que je bois de la bière tiède à dix heures du matin, ça peut aller, répond Annie en posant la canette sur la table. Je pars demain, j'ai besoin de prendre l'air quelque temps. Je suis venue prévenir Margaret. J'en suis malade, pour tout vous dire. Si je m'en vais, il n'y aura personne pour lui rendre visite.

— Tout ira très bien pour elle, Annie, assure Josephine. Tout le monde l'adore ici, et puis il y a ce bénévole qui vient deux fois par semaine pour l'emmener au bingo. On le surnomme son petit ami.

Alors qu'elle s'apprête à partir avec le panier vide, Josephine serre rapidement le bras d'Annie.

— On prendra bien soin d'elle, faites-moi confiance.

Cinq minutes plus tard, alors qu'elle se distrait en rangeant la salle de bains, Annie se repasse les mots de Josephine. Quelque chose la tracasse. Elle ferme l'armoire à pharmacie et sort de la chambre. Le couloir est silencieux, et une jeune femme qu'Annie ne reconnaît pas est à la réception.

— Puis-je vous aider ? demande joyeusement l'employée.

— Oui. Josephine m'a dit qu'un bénévole rendait visite à ma belle-mère, Margaret Statler. Je n'étais pas au courant, et j'aimerais bien savoir qui c'est.

— Bien sûr.

La jeune femme tapote sur le clavier.

— Oh, dit-elle en levant les yeux au ciel. Vous voulez dire Albert Bitterman.

Elle se penche vers Annie et baisse la voix.

— Entre vous et moi, c'est un sacré emmerdeur.

Chapitre 48

Sam découpe le dernier morceau de viande coriace et sans saveur tout en écoutant Albert qui s'agite dans la maison. Il mastique lentement, entre deux élans de douleur dans sa mâchoire contusionnée, et imagine ce que ça ferait de dormir à nouveau dans son lit. Il sent le jet d'eau puissant de sa première douche, sous le panneau de plafond *Real Rain* de Kohler qu'il s'est offert, comme un homme qui claque son pognon parce qu'il sait qu'il doit recevoir deux millions de dollars. Annie est avec lui, et se lave les cheveux avec son shampoing Pantene. Le même shampoing que celui qu'utilisait la mère d'Annie, l'odeur si caractéristique de sa femme.

— Tu as mis du temps à comprendre, dit-elle en lui balançant de la mousse au visage. C'était pourtant évident depuis le début. Il ne voulait pas te tuer : il voulait que tu l'aides.

— Une fois de plus, tu as raison, ma chère femme futée, murmure Sam.

Il lèche le couteau et le lève à hauteur de ses yeux.

— Et ne vous inquiétez pas, Albert, les secours arrivent.

***

Il est presque minuit quand Albert frappe à la porte. Sam est prêt. Il se redresse et règle la pendule pour que l'alarme sonne dans quarante-cinq minutes.

C'est parti.

Albert a les cheveux gominés et un carnet sous le bras.

— Je suis désolé de vous déranger si tard, mais vous avez dit que c'était urgent.

— Est-ce que vous avez terminé ? demande Sam.

— Oui.

Sam lui fait signe d'entrer.

— Asseyez-vous. J'ai hâte d'entendre votre avis.

Albert glisse la clé dans la poche de son pantalon beige impeccablement repassé et s'assoit au bord du lit. Sam garde le silence et examine Albert. Ce dernier fixe ses bouts de pieds, chaussés de mocassins noirs brillants. Il a les mains croisées sur les genoux et la mâchoire crispée.

— Je vous écoute, l'encourage Sam.

— En résumé, je suis complètement d'accord avec le diagnostic que vous avez posé concernant ce patient. On est confrontés à un cas d'école des plus classiques d'un sujet souffrant de troubles de l'attachement. De fait, je serais même encore plus précis et j'irais jusqu'à dire qu'il présente de nombreuses caractéristiques d'adulte sujet à l'anxiété.

— Vraiment ?

Sam soupire et feint un grand soulagement.

— Bien. Expliquez-moi votre raisonnement. Depuis le début.

— D'accord.

Albert ouvre son carnet et se lance.

— Comme vous le savez, du fait de son incapacité à survivre seul, chaque enfant naît avec un instinct primitif qui le pousse à tisser un lien avec les premières figures de donneurs de soins qui peuvent répondre à ses besoins, des figures d'attachement qui sont habituellement ses parents. Cela s'appelle la théorie de l'attachement. Les enfants qui se sentent en sécurité développent des attachements sécures. Ceux qui ne se sentent pas en sécurité, comme notre patient, développent des attachements insécures. À l'âge adulte, ils ont tendance à être très anxieux, avoir une mauvaise image d'eux-mêmes, agir de manière impulsive et avoir une peur du rejet si prononcée qu'elle peut parfois s'avérer handicapante. Cela peut aller jusqu'à avoir un impact significatif sur les relations qu'ils établissent une fois adultes.

— De quelle manière ? s'enquiert Sam.

— J'ai fait une liste, explique Albert en sortant une feuille de papier de son carnet. Est-ce que vous voulez que je vous la lise ?

— S'il vous plaît.

— Un : les adultes anxieux ont des comportements qui peuvent s'apparenter à du désespoir, du manque de confiance, voire de la manipulation. Deux : parce qu'ils ont manqué d'assurance dans l'enfance, ils ont constamment besoin d'être rassurés par leur partenaire et de s'entendre dire qu'ils sont spéciaux, dans une tentative d'apaiser leur anxiété. Trois : ils pensent que leur partenaire va les « secourir » ou les « compléter », un désir que personne n'est en mesure de satisfaire.

Albert pose la feuille sur ses genoux et fronce les sourcils.

— Comme vous le voyez, lorsqu'ils cherchent la proximité et une sensation de sécurité en s'accrochant à leur partenaire, leurs agissements désespérés font justement fuir le partenaire en question. Dans le cas présent, les raisons qui ont amené le patient à être ainsi sont assez tristes.

Sam s'éclaircit la gorge.

— Vous parlez de son enfance ?

— Oui. Sa mère est morte peu après l'accouchement et il s'est retrouvé seul avec un père émotionnellement distant qui lui accordait rarement de l'attention, et encore moins de l'affection. Il allait forcément développer des attachements insécures à l'âge adulte.

Sam montre Albert du doigt et acquiesce.

— C'est exact. J'avais oublié ce point concernant sa mère. Quel âge avait-il quand elle est morte, déjà ?

— Six jours.

Sam secoue la tête.

— Bon sang. C'est rude. Rappelez-moi les causes de sa mort ?

Albert écarquille les yeux.

— Je ne suis pas sûr de m'en souvenir.

Il lèche le bout de son doigt et feuillette son carnet pour revenir en arrière.

— Ah, c'est là. « Cause de la mort de la mère ». Oh. Vous n'avez rien indiqué.

— C'est vrai ? s'étonne Sam. Laissez-moi vérifier.

Sam ouvre le tiroir de la table adjacente et attrape son propre carnet, non sans être surpris par la fermeté de sa main.

— Lieu de naissance, Chicago, murmure Sam en parcourant ses notes. Oh…

Il montre quelque chose du doigt sur la page et adopte une expression de surprise théâtrale.

— Je me suis trompé. La mère du patient n'est pas morte après l'accouchement.

— Ah non ?

— Non. Elle a vécu jusqu'à l'âge de soixante-sept ans. En revanche, elle a été obligée de le faire adopter quand il avait six jours, par un couple de Wayne, dans l'Indiana. Elle s'appelait Agatha Lawrence et c'était votre mère biologique.

Sam referme son carnet et fixe Albert droit dans les yeux.

— Albert, c'est vous, le patient dont on parle. Ou devrais-je vous appeler « mon ange » ?

Chapitre 49

Je vacille.

— Comment avez-vous…

— Vous vouliez que je sache, répond le Dr Statler en se laissant aller contre le dossier de son fauteuil.

— Non, je…

Il m'interrompt avec un rire.

— Je vous en prie, Albert. C'est le b.a.-ba de la psychologie. Vous m'avez enfermé dans un placard avec l'histoire de votre naissance. Votre inconscient a pris les rênes et cherché mon aide.

Je me lève.

— Non, c'est faux. Je suis désolé, mais il faut que j'y aille.

— Non, Albert. Asseyez-vous. Nous allons discuter.

J'hésite, puis je reprends ma place, les poings serrés.

— J'aimerais vous poser quelques questions, si ça ne vous dérange pas.

Le Dr Statler ouvre son carnet à une page vierge et appuie sur son stylo.

— Quand et comment avez-vous découvert qu'Agatha Lawrence était votre mère biologique ?

Je tergiverse, je compte jusqu'à dix. *Vas-y : dis-lui.*

— L'année dernière. Quand j'ai reçu un courrier d'un cabinet d'avocats de New York.

J'étais assis à la table de ma cuisine, en train de manger des travers de porc et du riz blanc à même la boîte en polystyrène. Je triais mon courrier en attendant que *Jeopardy !* commence quand je suis tombé sur une enveloppe soyeuse ornée d'un sceau. Je récite la lettre à Sam :

— « Cher M. Bitterman, notre cabinet s'est vu confier la tâche de vous localiser dans le cadre d'une affaire familiale de la plus haute importance. » Ils m'invitaient à me rendre à leurs bureaux à Manhattan pour en discuter en personne. Offraient de me payer le voyage. Un billet d'avion en première classe.

Sam me fixe intensément.

— Qu'avez-vous pensé en lisant cette lettre ?

— J'ai cru que c'était un canular. Un de ces princes nigériens qui voulait me piquer mes dernières économies. La seule famille qui me restait se limitait à mon père, si tant est qu'il soit encore en vie, et s'il voulait me contacter, il lui suffirait de répondre à la carte de vœux que je lui envoie chaque année à Noël.

Le téléphone pesait lourd dans ma main. J'avais coupé le son de la télé. Une légère odeur de friture en provenance de Happy Chinese flottait autour de moi tandis que je composais le numéro imprimé sur l'en-tête du courrier.

— C'est une femme qui a répondu, une avocate. C'était sa ligne directe. Je lui ai demandé s'il s'agissait d'une blague, et elle m'a répondu qu'elle préférait que nous nous entretenions sur le sujet en personne. Elle semblait on ne peut plus sérieuse.

— Est-ce que quelqu'un vous a accompagné ?

Je ris.

— Je ne vois pas qui aurait pu m'accompagner. Linda était ma seule amie, et même sans l'injonction d'éloignement de son fils, l'agence ne m'aurait jamais donné la permission de l'emmener à New York.

Une fois arrivé à Penn Station, j'avais traversé une foule de gens grognons pour gagner la sortie, où un homme vêtu d'un costume fripé et sentant la cigarette tenait une pancarte avec mon nom inscrit dessus. Il m'avait escorté jusqu'à une voiture noire. Deux bouteilles d'eau tiède étaient glissées dans la poche du siège devant moi.

— Leurs bureaux se trouvaient sur Park Avenue. Une jolie jeune femme m'a conduit jusqu'à une salle de réunion. Il y avait un plateau avec des bagels et du poisson cru, des fraises déjà équeutées. On frappa à la porte et quatre personnes tirées à quatre épingles entrèrent et s'assirent en « U » autour de moi. On me montra les photos d'une femme avec des cheveux roux frisés et des lunettes bleu pétant, en m'expliquant qu'elle m'avait donné naissance cinquante et un ans plus tôt dans un hôpital en banlieue de Chicago, dans l'Illinois.

— J'ai lu son récit de la grossesse et de la naissance, déclare le Dr Statler. Un sacré traumatisme.

Mon père était un garçon qu'elle avait rencontré lors de vacances en famille en République dominicaine, et dont elle ignorait le nom de famille. Elle avait dix-sept ans, était première de sa classe, et son père n'aurait jamais accepté qu'elle garde l'enfant. Des arrangements furent pris et des annonces furent faites. Ils appelaient ça « le pensionnat ». Quand elle arriva, il y avait cinq autres filles. La plus âgée avait vingt-deux ans, la plus jeune quatorze, et toutes venaient de familles qui avaient des relations haut placées. Elle passa dix heures en travail toute seule et fut autorisée à me voir quelques fois par jour au cours des six jours qui ont suivi, pendant que le gentil couple de l'Indiana prenait ses dispositions pour venir me chercher.

— Ça l'a dévastée de devoir vous abandonner, ajoute-t-il. Mais elle n'a pas eu son mot à dire.

Il pose son carnet sur ses genoux et joint les mains.

— Qu'avez-vous ressenti en apprenant tout ça ?

— Tout prenait enfin tout son sens. Les fois où mon père disait que je n'étais pas son fils… En réalité, je n'étais le fils d'aucun des deux. Mais au-delà de ça, j'étais surtout excité à l'idée de la rencontrer. À cinquante et un ans, je tenais enfin une chance de faire partie d'une famille.

— Et ensuite ?

— Ils m'ont annoncé qu'elle était morte.

Je me souviens encore du choc que j'ai éprouvé quand l'avocate m'a dit ça, la façon dont j'ai pincé ma paume pour empêcher les larmes de sortir.

— Elle m'avait cherché pendant toute sa vie, et il avait fallu qu'elle meure pour me retrouver. En tout cas, c'est ainsi que l'avocate me l'a expliqué. C'est seulement après son décès que la cour a bien voulu autoriser l'accès au dossier d'adoption. Ils y ont été obligés, afin qu'on puisse me prévenir qu'elle m'avait désigné comme l'unique héritier du patrimoine des Lawrence.

— D'une valeur de quatre-vingt-douze millions de dollars, si j'en crois les papiers.

— Et de la demeure familiale à Chestnut Hill, État de New York. J'étais au chômage depuis plusieurs mois. Je ne savais pas quoi faire d'autre, alors j'ai emménagé ici, dans sa maison.

Je ferme les yeux et me rappelle le moment où j'ai ouvert la porte de la maison et où j'y suis entré pour la première fois. Tout était exactement comme elle l'avait laissé. De la poussière recouvrait les meubles et s'accumulait dans les coins.

— Elle vous a écrit.

D'entre les pages de son carnet, le Dr Statler extirpe une des enveloppes jaune pâle, qui contient une lettre écrite dans une calligraphie que j'ai fini par adorer.

— Oui. Deux cent trois lettres. Elle était fermement décidée à ce que je la connaisse un jour, ainsi que la famille de laquelle je venais. C'étaient des gens compliqués. Elle aussi.

Je garde les yeux rivés au sol. Une sonnerie retentit, deux fois. Le Dr Statler se tortille dans son fauteuil.

— On dirait bien que notre temps est écoulé.

— C'est vrai ?

— Oui, il faut que je dorme.

Alors qu'il tend le bras pour couper la sonnerie, je vois qu'il est presque une heure du matin.

— Je suis désolé, dis-je, mortifié de l'avoir fait veiller si tard. Je n'ai pas vu le temps passer.

Je me lève et me dirige précipitamment vers la porte.

— Revenez demain matin à dix heures, Albert, me lance-t-il alors que je m'apprête à quitter sa chambre. Nous reprendrons les choses là où nous les avons laissées. Est-ce que vous voulez que je vous le note ?

— Non. Dix heures. Je m'en souviendrai. Bonne nuit, docteur Statler.

Il me sourit, du sourire le plus chaleureux que j'ai jamais vu de ma vie.

— Bonne nuit, mon ange.

Chapitre 50

À l'autre bout du fil, Franklin Sheehy laisse échapper un soupir dramatique.

— Je n'en sais rien. Mais je ne suis pas convaincu qu'être bénévole dans une maison de retraite suffise à faire de quelqu'un un suspect. Et si c'est le cas, alors je vous demande de bien vouloir m'excuser, mais il faut que j'aille au Secours catholique pour arrêter ma mère de soixante-dix-neuf ans.

Annie ferme les yeux et s'imagine plaquer le chef de la police contre le mur en le tenant par le cou.

— Je ne suis pas en train de dire que c'est suspect de faire du bénévolat, répond-elle en contrôlant sa voix. Ce n'est pas seulement ça.

— Alors qu'est-ce que c'est ?

— Cette histoire de cabinet. Ce qu'il a fait pour Sam était incroyablement généreux. Presque trop.

— Trop généreux ? Vous avez passé trop de temps à New York, madame Potter. Vous avez oublié qu'il existe des gens gentils.

C'est exactement ce que Sam lui avait dit la première fois qu'Annie avait exprimé son scepticisme concernant Albert Bitterman et son offre. Elle n'a presque pas dormi de la nuit. Elle a retrouvé le bail de location et épluché les messages échangés avec Sam pour essayer de rassembler autant d'informations que possible sur Albert Bitterman

Junior, le nouveau propriétaire du manoir historique des Lawrence.

Excentrique. C'est le mot que Sam utilisait pour le décrire. Il se sentait obligé de rester prendre un verre avec lui après le travail de temps en temps. Albert lui demandait un coup de main pour des petites choses dans la propriété. Sortir la poubelle, balayer l'allée… Sam se sentait redevable, il n'en revenait pas d'avoir eu autant de chance.

— Il a laissé Sam aménager l'espace à sa convenance, explique Annie. Et Sam étant comme il est, ça veut dire que tout a coûté une fortune. Ça va un peu plus loin que de la simple gentillesse provinciale. Et maintenant, je découvre qu'il rend aussi visite à la mère de Sam ?

Annie a convaincu la fille de l'accueil de lui montrer le dossier d'Albert. Albert Bitterman, cinquante et un ans, a commencé à faire du bénévolat à Rushing Waters le mois dernier. On l'a assigné aux soirées bingo les mercredis et les vendredis. Annie a interrogé le personnel. Personne ne sait rien de lui, à l'exception du fait que c'est le bénévole qui laisse un tas de commentaires dans la boîte à suggestions. Elle a googlé son nom en rentrant à la maison et est tombée sur l'auteur d'un livre pour enfants et sur un professeur d'urbanisme, deux profils qui ne correspondaient vraisemblablement pas à ce qu'elle recherchait.

— Qu'est-ce que vous suggérez ? Que le propriétaire de votre mari l'a tué et s'est débarrassé de sa voiture ? Laissez-moi deviner : je parie que vous écoutez ces podcasts sur des crimes non résolus.

Annie soupire avec lassitude. Franklin l'imite.

— Madame Potter, je déteste devoir vous dire ça, mais votre mari n'était pas celui que vous croyiez. Il vous a caché des dizaines de milliers de dollars de dettes. Il ne rendait plus visite à sa mère et ne payait plus les factures de la maison de retraite. Ah, et j'oubliais, il a obtenu la procuration sur ses comptes deux semaines avant sa disparition.

Annie retient son souffle.

— Eh oui, pour ça aussi, on est au courant. On a interrogé les gens de Rushing Waters. Vous nous voyez peut-être comme des flics empotés incapables d'attacher leurs lacets, mais on connaît notre métier. En résumé, votre mari est un menteur pathologique et vous êtes l'épouse abandonnée qui se raccroche au moindre espoir. Mais rappelez-vous : vous êtes une belle femme avec encore de très belles années devant vous. Comme je le dis toujours à mes filles, ne perdez pas votre temps avec la mauvaise personne.

— Merci. Je m'en souviendrai.

Elle raccroche et tente de se retenir pendant un long moment, mais la rage monte tout de même, impossible à contenir. Elle finit par hurler à pleins poumons et jette son portable à travers la pièce. Il rebondit sur les coussins du canapé et atterrit à terre dans un craquement. Elle le ramasse pour inspecter les dégâts. Sans surprise, le bas de l'écran est cassé. Elle se laisse choir sur le canapé, se prend la tête entre les mains et rit.

— Mauvaise journée, murmure-t-elle.

Franklin Sheehy n'a pas tort, tu sais. C'est la voix de Sam, qui lui parvient depuis l'autre canapé.

— Va te faire foutre.

Si tu veux, mais c'est vrai que tu te raccroches au moindre espoir.

— Ah oui, tu crois ? réplique-t-elle. Tu crois que ça, c'était se raccrocher au moindre espoir ? Tu n'as encore rien vu.

Elle ramasse son portable et cherche sur Google l'annuaire du *Daily Freeman*, les yeux plissés pour réussir à lire entre les éclats de verre. Elle compose le numéro. On lui répond à la première sonnerie.

— Harriet Eager.

— Annie Potter à l'appareil. J'ai une question à vous poser.

— Je vous écoute.

— L'autre jour, vous avez dit que vous aviez reçu un tuyau affirmant que Sam avait une liaison avec une patiente. Est-ce que vous pouvez me dire qui vous a dit ça ?

Elle ne peut pas s'en empêcher. Elle n'arrive pas à se sortir ça de la tête.

— Annie, ne faites pas attention à ça, répond Harriet. C'était juste un taré qui n'avait rien de mieux à faire que...

— Est-ce que vous avez encore le mail ? l'interrompt Annie.

— Non, désolée. Je supprime ces trucs-là.

— D'accord. Merci, parvient-elle à articuler avant de raccrocher.

Elle presse ses paumes contre ses yeux. *Ça y est. J'ai fait tout ce que je pouvais faire.*

Son portable bipe. Un message de Maddie.

Trop hâte. Déjà dans le taxi ?

Annie regarde l'heure et écrit :

Dans une demi-heure.

Elle appuie sur « envoyer » et se lève. Dans la cuisine, elle attrape son passeport et son billet d'avion sur le plan de travail et les glisse dans son sac.

Lorsque son téléphone sonne quelques instants plus tard, elle ne parvient pas à lire le nom sur l'écran cassé. Elle décroche en supposant que c'est Maddie, mais non. C'est Harriet Eager qui la rappelle.

— Vous avez une minute ?

— Oui.

— Une de mes collègues a entendu notre conversation. Il se trouve qu'elle a suivi la piste de la patiente avec qui votre mari serait soi-disant parti.

— Et ?

— Et c'était définitivement une fausse piste.

— Comment le savez-vous ?

— Ma collègue est allée à l'université où cette patiente était censée étudier, et personne ne correspondait à la description.

Une pointe de peur transperce Annie.

— Une étudiante à l'université ? À quoi ressemblait-elle ?

— Quelle importance ? Puisque je viens de vous dire que c'était une fausse piste.

— Donnez-moi la description, s'il vous plaît.

Harriet soupire.

— Attendez, je demande.

Chapitre 51

Je tire sur mon sweat et me passe la main dans les cheveux, puis j'inspire profondément avant d'ouvrir la porte.

— Bonjour, Albert, lance le Dr Statler depuis son fauteuil, les mains croisées sur les genoux.

— Bonjour.

Je traverse la chambre et m'assois sur le lit. Le Dr Statler m'observe en silence.

— Vous êtes encore plus doué que ce que je croyais, finis-je par dire.

— Ah bon ? Comment ça ?

— Je parle de votre façon de me faire prendre conscience de choses me concernant. Je ne me reconnaissais pas dans ces notes alors que ça tombe sous le sens. Attachement insécure du fait d'avoir perdu ma mère à la naissance et d'avoir été élevé par un homme comme mon père.

Je secoue la tête. Mes paumes sont moites.

— Cela fait beaucoup à assimiler en peu de temps, fait remarquer le Dr Statler.

J'acquiesce doucement.

— Vous imaginez la vie que j'aurais pu avoir s'ils l'avaient laissée me garder ?

C'est ce que j'ai fait hier soir, allongé sur le lit dans lequel elle dormait et qui est toujours dans l'état où elle l'a laissé.

— Je me demande si elle m'aurait emmené quand elle partait en voyage. Elle est allée partout.

Dans les lettres qu'elle m'a écrites, elle décrivait la nourriture, la culture, les appartements où elle séjournait. Ses liaisons. *J'espère que tes parents sont gentils et ta vie bien remplie, mon chéri.*

— C'est la femme la plus fascinante que j'aie connue. Ou plutôt que je n'aie jamais connue, devrais-je dire.

— Mais vous l'avez rencontrée, corrige le Dr Statler. Vous avez passé six jours avec elle.

— Oui, sauf que je ne m'en souviens pas.

— Pas de manière consciente, mais l'expérience est restée en vous. La sensation de ces six jours dans les bras de votre mère.

Le Dr Statler se tortille légèrement sur son fauteuil et s'éclaircit la gorge.

— Je voudrais essayer quelque chose avec vous, si toutefois vous voulez bien tenter l'expérience. Comme vous le savez peut-être, Freud croyait qu'il existait un moyen pour les patients de se remémorer des souvenirs qu'ils ont refoulés.

— Vous voulez que je m'allonge ?

— Oui, je pense que ça aiderait.

Je regarde son lit.

— Est-ce que j'enlève mes chaussures ?

— Si vous voulez.

Je retire nerveusement mes mocassins, que je range côte à côte, et je mets les jambes sur le lit.

— Non, dans l'autre sens, m'indique le Dr Statler. Comme ça, vous me tournez le dos. L'idée est que le thérapeute ne soit pas dans le champ de vision du patient, pour lui permettre une plus grande liberté de pensée.

Je change de sens et me retrouve avec la tête au pied du lit, les pieds près du mur.

— Comment vous sentez-vous, Albert ?

— J'ai peur.

— Tout va bien se passer. Je suis là pour vous accompagner. Vous êtes en sécurité. À présent, fermez les yeux.

J'obéis.

— Sans réfléchir, dites-moi ce que vous ressentez.

— Mon corps est lourd. Comme si on avait empilé des briques sur moi.

— Où, exactement ?

— Juste là, dis-je en touchant ma poitrine.

— D'accord. Je veux que vous gardiez ce sentiment, m'ordonne gentiment le Dr Statler. Maintenant, vous allez commencer à enlever les briques. Lentement, une par une. Posez-les sur le côté.

J'essaie de faire ce qu'il me demande et je m'imagine me rapprocher de plus en plus de mon cœur.

— Lorsque vous arrivez à la dernière brique, je veux que vous la souleviez lentement. Pouvez-vous me dire ce que vous voyez en dessous ?

— Une chambre d'hôpital, murmuré-je.

Je me concentre et tout devient réel. Je suis avec ma mère, ma poitrine contre la sienne. Je suis à peine plus grand que ses deux mains. Elle a les cheveux attachés, le visage dégagé. Ils avaient raison : c'est encore une enfant. Elle est bien trop jeune pour être mère. Et pourtant, ça semble naturel : nos cœurs battent à l'unisson, une berceuse flotte sur ses lèvres.

— Pourquoi a-t-il fallu qu'elle m'abandonne ? chuchoté-je.

— On ne lui a pas laissé le choix.

— Est-ce que c'était à cause de moi ?

Le Dr Statler semble hésiter avant de répondre.

— Comment ça, à cause de vous ?

— Est-ce que c'était parce que quelque chose n'allait pas chez moi ?

Des larmes me brûlent les yeux.

— Elle l'a sentie. La noirceur en moi. Ma colère. C'est pour ça qu'elle n'a pas voulu me garder. Je suis désolé. Je suis désolé. Je sais que je ne suis pas censé pleurer.

Je ferme les yeux pour tenter de conserver l'image de ma mère dans mon esprit, mais celle de mon père la remplace.

Il un air dégoûté sur le visage en constatant que je pleure, une fois de plus.

— Il ne me laissait jamais tranquille. Il ne me laissait pas être moi-même. Je n'avais le droit de rien ressentir.

— Et pourtant, vous ressentiez des choses, n'est-ce pas, Albert ? Comme de la tristesse.

— Oui.

— Et quand c'était interdit, qu'éprouviez-vous ?

Je laisse échapper un sanglot.

— De la rage.

— C'est ça. De la rage. Et cela vous arrive encore parfois, n'est-ce pas ? Lorsque l'on vous fait du mal, la rage revient facilement.

— Oui, docteur Statler, dis-je avec une voix d'enfant.

— Comme le soir de l'ouragan, lorsque vous avez décidé de m'attaquer.

J'ouvre les yeux. Le Dr Statler a approché son fauteuil du lit. Seuls quelques centimètres nous séparent. Il a une expression glaçante sur le visage et un couteau à steak à la main.

— Non, docteur Statler. Vous avez eu un accident et...

— C'était vous, l'accident, Albert.

La lame du couteau brille quand il le soulève.

— Je sais ce que vous avez fait. Je sais que c'est votre faute si je n'ai pas vu ma femme depuis treize jours.

Le Dr Statler fait glisser le couteau le long de ma mâchoire.

— Je sais que c'est vous qui m'avez brisé les jambes.

— Non. Ce n'est pas vrai, je...

— Ça suffit, les mensonges, Albert, dit-il d'une voix sévère. C'est terminé.

Gémissant, j'insiste :

— Je ne mens pas. Je ne vous ai pas cassé les jambes. Je vous ai plâtré pour vous empêcher de partir.

L'éclat de rire qui sort de sa bouche me prend par surprise.

— Waouh. C'est de la folie, Albert. Digne d'Annie Wilkes dans *Misery*.

— C'est faux, protesté-je, offensé. Elle a *coupé* le pied de Paul Sheldon. Moi, j'ai juste fait semblant.

Je referme les yeux, submergé par la honte.

— Je suis désolé.

— Vous êtes désolé, répète le Dr Statler tout en pressant la lame contre ma joue. C'est bon à savoir.

— Est-ce que vous allez me tuer ?

— Je pourrais. Ce serait facile.

Il fait descendre le couteau jusqu'à ma pomme d'Adam.

— Tout ce que j'aurais à faire, ce serait faire pression juste là...

Je suis trop terrifié pour esquisser le moindre geste.

— Il ne vous faudrait pas plus d'une minute pour vous étouffer avec votre sang. Personne ne m'en voudrait, pas après tout ce que vous m'avez fait subir. M'enfermer dans cette chambre. Me gaver de cachets. Mais non.

Il retire le couteau.

— Je ne vais pas vous tuer. En tout cas pas tout de suite.

J'ouvre les yeux.

— C'est vrai ?

— Oui. Et vous savez pourquoi ? Parce que vous n'êtes pas méchant, Albert. Vous êtes blessé. Vous ne méritez pas de mourir. Vous méritez une chance de vous faire aider.

Il retourne s'installer sur son fauteuil.

— Il y a une chose que nous n'avons pas abordée hier. Le pronostic.

— Le pronostic ?

— Absolument. Autrement dit, quelles sont les chances du patient d'obtenir ce qu'il souhaite : une vie heureuse avec des relations stables ?

Je réponds dans un murmure :

— Le pronostic est bon. Même si aucun traitement n'est infaillible, avec une thérapie associée à un traitement médicamenteux, de nombreux adultes souffrants d'anxiété parviennent à entretenir des liens sains et à vivre une vie heureuse.

— C'est exact, Albert.

Le Dr Statler inspire profondément, puis...

— Maintenant, levez-vous et allez chercher votre téléphone.

— Mon téléphone ?

— Vous en avez un, je présume ?

— Oui.

— Alors allez le chercher.

— Pourquoi ?

— Parce que vous allez appeler les secours et leur demander d'envoyer deux ambulances. Une pour moi et une pour vous.

— Non, docteur Statler, je...

— Vous serez conduit aux urgences psychiatriques de St. Luke, où vous serez reçu par le docteur Paola Genovese, la responsable du service.

Je secoue la tête.

— Non, je ne peux pas faire ça.

— Paola vous fera hospitaliser et procédera à une évaluation. Elle vous aidera. C'est un excellent médecin.

— Mais je...

— Vous avez une meilleure solution à proposer ? m'interrompt le Dr Statler d'une voix ferme. Vous savez que vous ne pouvez pas me garder ici éternellement.

— Pas éternellement, non. Jusqu'à ce que vous alliez mieux.

— Eh bien, devinez quoi ? Je vais mieux.

— Non, vous...

— Si, Albert. Et c'est grâce à vous. Vous m'avez montré que rien n'est plus important qu'être avec Annie et me racheter pour toutes les erreurs que j'ai faites avec elle.

Il se penche en avant et pose une main sur mon bras.

— Et maintenant, c'est votre tour d'aller mieux.

Une drôle de sensation m'envahit. Une sorte de picotement. *Je peux me faire aider.*

— Allez, Albert, insiste le Dr Statler. Allez chercher votre téléphone. Allons à l'hôpital ensemble.

J'hésite.

— Est-ce que vous allez rester avec moi ?

— Certainement pas. Je rentre chez moi retrouver ma femme, si toutefois elle veut encore de moi. Mais je collaborerai avec vos médecins et je m'assurerai que vous bénéficiiez des meilleurs soins possibles. Et maintenant, allez-y, Albert. Allez chercher le téléphone.

Il lâche mon bras. Son autre main tient encore le couteau.

— Faites-moi confiance.

C'est presque comme si je me détachais de mon corps et que je m'observais monter l'escalier qui mène à ma chambre et retirer le combiné sans fil de sa base. De retour au rez-de-chaussée, j'ouvre les portes de la bibliothèque et inspire l'odeur de cuir et de papier. L'odeur de ma mère. J'attrape une de ses photos et passe le pouce sur ses yeux pour enlever la poussière. L'air est comme figé autour de moi.

Tu peux le faire. C'est sa voix.

Je ferme les yeux. *Non, je ne peux pas.*

Si, tu peux.

Mes pensées s'enchaînent à toute vitesse.

Ils vont vous hospitaliser et faire des examens. Je vais vous obtenir les meilleurs soins.

J'espère que ta vie est riche et bien remplie, mon chéri.

Je remets la photo à sa place et traverse le salon et la salle à manger, déterminé. Ma main tient fermement le téléphone. Je peux le faire.

Je traverse la cuisine et suis au milieu du couloir quand j'entends la porte du cabinet de Sam claquer en bas. Mon cœur s'arrête de battre.

Il y a quelqu'un.

Je m'essuie les yeux et fais demi-tour. Je ferais mieux d'aller voir qui est là.

Chapitre 52

Annie entre dans la salle d'attente, où flotte un parfum de produit nettoyant au pin. Elle reste dans l'obscurité et tend l'oreille. Albert est chez lui. Sa voiture est dans l'allée et la lumière était allumée quand elle est arrivée.

Il écoutait les séances de Sam. L'homme à l'offre trop belle pour être vraie de créer le cabinet dont Sam rêvait, le même homme qui rend visite à la mère de Sam deux fois par semaine, espionnait les séances de thérapie de son mari. Il est même allé jusqu'à envoyer un e-mail à une journaliste avec la description de la patiente avec laquelle Sam avait probablement fichu le camp, une description qu'Harriet Eager avait partagée avec Annie.

Vingt-quatre ans. Étudiante en sculpture. Ah, et elle est française.

Le portable d'Annie sonne. Elle coupe aussitôt le son. C'est Maddie. Annie décroche.

— Tu es en route ? demande Maddie d'une voix joyeuse.

Annie discerne de la musique en fond sonore. Elle déglutit péniblement.

— Non. Je suis au cabinet de Sam.

— Quoi ?

Sa cousine coupe la musique.

— Annie, ton avion décolle dans…

Annie l'interrompt dans un murmure :

— Le type chez qui Sam à son cabinet écoutait en secret les séances de Sam. Et il rend visite à Margaret à la maison de retraite.

— Comment le sais-tu ? demande Maddie après un silence.

— C'est une longue histoire, mais fais-moi confiance, assure Annie en ouvrant la porte du bureau de Sam.

— Tu es toute seule ?

— Oui.

Annie allume la lumière et balaie la pièce du regard.

— Annie, je t'en prie, sors de là et appelle la police.

— Non. La police s'est déjà fait son opinion sur ce qui s'est passé.

Soudain, elle aperçoit une grille en métal au-dessus du divan.

— Maddie, je te rappelle.

Annie raccroche et glisse son portable dans sa poche de manteau. Elle avance à pas lents vers le divan, les yeux rivés au plafond. Un conduit.

— Docteur Potter, quelle bonne surprise.

Elle pivote sur elle-même. C'est lui, sur le pas de la porte. Albert Bitterman. Il a les yeux rouges, comme s'il avait pleuré.

— Qu'est-ce que vous faites ici ?

— Je m'apprête à partir en voyage et je... voulais passer ici avant, bafouille-t-elle.

— Vous vouliez faire vos adieux. Je comprends. Vous êtes en deuil et vous voulez vous sentir proche de Sam.

— Oui, je suppose que vous avez raison.

— Je suis désolé, mais si cela ne vous dérange pas, je dois vous demander de partir. Cela me peine énormément de dire ça, mais je pense que le docteur Statler ne reviendra pas, et je considère donc notre bail comme nul et non avenu. Autrement dit, cela signifie que cet espace est désormais une propriété privée, explique-t-il en montrant le bureau et la salle d'attente d'un geste circulaire.

— J'ai besoin de l'entendre à nouveau.

— Je vous demande pardon ?

Elle remarque la sueur au-dessus de sa lèvre supérieure tandis que son téléphone vibre dans sa poche de manteau.

— Vous êtes la dernière personne à avoir vu mon mari le soir où il a disparu. J'ai besoin de l'entendre à nouveau. Comment il était. S'il avait l'air…

— Je vous l'ai déjà dit, l'interrompt Albert d'un air impatient. Il était comme d'habitude. Il m'a dit au revoir et il est parti, point.

— Il vous a dit au revoir ? Je croyais qu'il ne vous avait pas vu. Quand nous avons parlé au téléphone le lendemain matin, vous m'avez dit que vous l'aviez aperçu par la fenêtre alors qu'il partait en courant.

— Ah bon ?

Albert se rapproche d'un pas.

— Ma mémoire n'est plus ce qu'elle était. Mais s'il vous plaît, je…

Il pose la main sur son bras et la sensation lui est familière.

— Je vous reconnais, déclare-t-elle soudain, l'image apparaissant dans son esprit. L'homme dans lequel je me suis cognée en sortant du Parlor il y a deux jours. C'était vous. Vous portiez des lunettes bleues et…

— Annie !

Elle se fige au son de la voix qui provient du plafond et tourne la tête vers le conduit.

— Annie !

C'est Sam.

— Je suis à l'étage. Appelle la police, il est dangereux !

— Sam !

Une vague de soulagement la submerge momentanément (*Je le savais, je savais qu'il était en vie*), pour laisser aussitôt place à la terreur. Elle se tourne vers Albert. Il a les yeux écarquillés et le regard vide, le menton qui tremble.

— Est-ce que le docteur Statler vient bien de dire que j'étais dangereux ? C'est votre faute, chuchote-t-il. Vous n'auriez pas dû venir ici. Nous étions occupés.

Terrifiée, elle se précipite vers la porte. Albert la prend par le bras, mais elle parvient à se dégager et traverse la salle d'attente en courant. Albert la prend en chasse le long de l'allée et lui attrape la cheville alors qu'elle gravit les marches du porche. Elle donne un coup de pied et son talon le percute au menton, l'envoyant au sol.

Elle ouvre la porte de la maison et trébuche dans l'entrée. Les mains tremblantes, elle tourne le verrou pour fermer la porte derrière elle.

— Sam ! crie-t-elle en courant dans le salon. Où es-tu ?

— Annie ! Je suis là !

Elle suit le son de sa voix. Elle traverse la cuisine, puis un couloir avec une porte tout au bout. Elle l'ouvre à la volée. Sam est là, allongé à terre, les jambes plâtrées, la joue bleuie et gonflée. Elle plaque sa main sur sa bouche.

— Sam.

— Tu m'as retrouvé.

Un bruit retentit dans le salon. Albert a réussi à entrer. Elle ferme la porte et s'appuie dessus de tout son poids. Elle sort son portable de sa poche. Entre l'écran fissuré et ses doigts qui tremblent, elle doit s'y reprendre à plusieurs fois pour le déverrouiller.

— Dépêche-toi, murmure Sam.

Elle entend les pas d'Albert se rapprocher dans le couloir. Alors qu'elle est en train de composer le numéro des secours, Albert pousse la porte derrière elle, si violemment qu'elle tombe et lâche son téléphone. Elle rampe pour le récupérer tandis qu'Albert Bitterman déboule dans la pièce en hurlant. Elle arrive à attraper son portable. Albert continue à beugler mais elle n'entend que la voix de Sam, qui crie son nom quand la pelle qu'Albert Bitterman a dans les mains entre en contact avec son crâne et fait tout voler en éclats.

Chapitre 53

— Non ! hurle Sam. Annie !

Il rampe jusqu'à elle alors qu'Albert se penche pour s'emparer du portable.

— Annie, dis quelque chose.

Albert se tient sur le pas de la porte, une coupure au menton, la pelle encore à la main.

— Pourquoi, Albert ? Pourquoi est-ce que vous avez fait ça ?

— Vous lui avez dit d'appeler la police, répond Albert.

Il tremble et est d'une pâleur spectrale.

— Vous avez dit que j'étais dangereux.

— Albert…

— Vous aviez promis de m'aider, de m'accompagner à l'hôpital. Mais vous m'avez menti, Sam. Une fois de plus.

Albert sort de la pièce et Sam l'entend dans la cuisine, qui fait claquer des tiroirs.

— Ça va aller, ma chérie, dit-il en rejoignant Annie. Tout va bien se passer. On va s'en sortir.

Il écarte délicatement les cheveux de son visage. C'est là qu'il voit la flaque de sang en train de se former sous sa tête.

— Albert ! crie-t-il. Appelez une ambulance ! Appelez une ambulance. TOUT DE SUITE.

Le silence règne dans la cuisine. Albert réapparaît dans l'encadrement de la porte, le menton tremblant.

— Je ne peux pas, Sam.

— Ça ne fait rien, Albert. Moi, je peux. Donnez-moi son portable. S'il vous plaît, supplie-t-il alors que des larmes commencent à couler sur ses joues. Donnez-moi le téléphone d'Annie pour que je puisse appeler les secours.

À son tour, Albert remarque le sang qui coule de la tête d'Annie.

— Regardez ce que j'ai fait.

Il se met à pleurer.

— Je vous en prie, donnez-moi son portable, implore Sam entre deux sanglots. Je vous aiderai, je vous le promets. Nous irons à l'hôpital. Je m'occuperai de vous. Je vous le jure.

— Je suis navré de vous dire ça, docteur Statler, mais je pense que vous vous accordez une importance démesurée. Nous savons tous les deux que nous n'avez pas le pouvoir de m'éviter la prison.

Albert appuie sa tête contre la porte et ferme les yeux.

— Je suis fatigué.

— Vous pourrez dormir quand vous serez à l'hôpital.

— Je vous ai dit que je n'irais pas à l'hôpital, répond Albert d'une voix traînante.

— Albert ? Est-ce que ça va ?

Les genoux d'Albert se dérobent sous lui. Il rit.

— Vous n'avez plus besoin de m'amadouer, mon cher docteur Statler, dit-il en se laissant glisser le long de la porte.

Il continue à parler, mais Sam ne parvient pas à comprendre ce qu'il dit. Puis Albert se tait et s'affaisse. Sa tête percute le sol dans un bruit sourd. Quelque chose tombe de sa main et roule jusqu'à Sam. Un flacon de comprimés vide. Sam le ramasse et lit l'étiquette. « Margaret Statler. Zolpidem, 15 mg chaque soir au coucher. »

Les cachets de sa mère.

Albert le droguait avec les médicaments de Margaret. Ça recommence : Sam se met à rire. Un rire bruyant et délirant qui monte de ses tripes, accompagné d'une bouffée de peur et de panique plus puissante que tout ce qu'il a jamais connu. Il se traîne jusqu'à Albert et fouille ses poches vides, en quête du portable d'Annie.

— Youhou ! Albert ?

Il se fige. C'est une voix de femme, qui vient de la cuisine.

— Il y a quelqu'un ? La porte d'entrée était ouverte et…

— Je suis là ! crie Sam. Je suis là !

— Albert, c'est vous ? J'ai vu la voiture d'Annie et j'ai quelque chose pour elle.

Sam entend des bruits de pas et la porte s'ouvre. C'est Sidney Pigeon, en tenue de sport, un plat dans les mains.

— Mon Dieu.

Elle porte ses mains à sa bouche. Le plat s'écrase au sol dans une explosion de crème et de haricots frits.

— *Sam ?*

Épilogue

Alors qu'il est sur le point de s'endormir, Sam entend le bruit métallique du chariot dans le couloir. Il se redresse d'un bond et ouvre les yeux. Les pas se rapprochent. Immobile, il attend, guette le bruit de la clé dans la serrure.

Mais le bruit s'éloigne et il soupire en se rappelant qu'il n'est pas au manoir Lawrence. Il est à Rushing Waters, dans le fauteuil préféré de sa mère. Il a dû s'assoupir après le déjeuner spécial du mercredi, des fettucine à la sauce carbonara. Margaret est endormie sur son lit. Il éteint la télévision, baisse le repose-pieds du fauteuil et regarde l'heure. Il ne doit pas être en retard pour les déménageurs.

Il s'étire les jambes et s'arrête près du lit de Margaret pour la border avant de se faufiler dans le couloir. Il signe le registre des visiteurs à l'accueil. En sortant, il croise une femme qui se fige et le regarde à deux fois.

Oui, oui, madame. C'est bien moi.

Il avait vu juste : l'histoire fait grand bruit. Voilà six mois que les tabloïds ont eu vent de l'affaire et ils continuent à se livrer bataille pour voir qui peut prendre la photo la plus glauque du manoir Lawrence. Ils continuent à racoler les clients qui font la queue au supermarché avec une énième interview en compagnie de « la voisine qui a appelé les secours ! ».

Sam a été impressionné par la façon dont Sidney Pigeon a pris le contrôle de la situation. Au téléphone avec les secours, exigeant impérieusement qu'on lui envoie le chef de la police et une ambulance qui n'ont apparemment pas pris plus de quatre minutes à arriver. C'était le même ambulancier venu chercher le corps d'Agatha Lawrence trois ans plus tôt qui, cette fois, a emporté son fils biologique, mort dans la même pièce. *Cause de la mort : crise cardiaque provoquée par une overdose de zolpidem.* Autrement dit, Sam s'est euthanasié et est mort d'un cœur brisé.

Le monstre de Chestnut Hill. C'est le surnom que les gens ont fini par donner à Albert. Sam doit admettre que c'est accrocheur. Mais il est une chose dont les journaux n'ont pas parlé concernant Albert Bitterman, et c'est qu'à l'instar de sa mère, il a été très généreux dans la mort. Il a épongé la dette de Sam. Albert n'avait pas classé les copies des factures de carte de crédit que Sam a découvertes dans le classeur violet pour la postérité : il les a remboursées en envoyant des chèques à chaque société. Il a également fait don d'une grosse somme à Rushing Waters afin de couvrir, entre autres choses, la chambre de Margaret Statler pour les trente prochaines années.

Sam vient de démarrer sa voiture quand il voit une Mini Cooper verte traverser le parking dans sa direction. Elle s'arrête à son niveau et Annie baisse sa vitre.

— Qu'est-ce que tu fais ici ? C'est mon jour de visite.

— Je sais. Monte, ordonne-t-elle avec un hochement de tête en direction de son siège passager.

— Je croyais que je devais aller retrouver les déménageurs ?

— J'ai menti. Ils n'arrivent que demain. Monte.

Sam s'exécute.

— Où est-ce qu'on va ? demande-t-il en attachant sa ceinture.

— Tu verras.

Elle lance une playlist intitulée « SAM ». Les haut-parleurs déversent *Just Can't Get Enough* de Depeche Mode à plein volume tandis qu'elle se met en route. En bas de la colline, au lieu de se diriger vers le centre, elle se dirige vers l'autoroute. Il a compris. C'est la poursuite. L'adrénaline court dans ses veines.

— On vient de cambrioler une banque et on est en cavale, murmure-t-il dans une tentative de deviner le scénario.

— Raté.

Ils font la route en silence pendant plusieurs minutes.

— Tu es chauffeur Uber et tu viens de me kidnapper.

Elle lui lance un regard en biais.

— C'est encore un peu tôt pour les blagues, Sam, lance-t-elle avant de monter le volume de la musique.

Il se laisse aller contre l'appuie-tête et garde les yeux rivés sur elle pendant qu'elle conduit. Elle est encore plus belle avec les cheveux courts. Il lui a fallu cent six points de suture et elle a souffert d'une grave commotion cérébrale, mais elle va bien. Lui aussi va bien, du moins physiquement. Albert disait vrai : il n'avait pas les jambes cassées. La police a obtenu les enregistrements des caméras de surveillance de Rushing Waters, qui ont révélé qu'Albert avait obtenu les fournitures pour les plâtres de Sam dans la réserve de la maison de retraite. C'est aussi là qu'il a obtenu les cachets : il a piqué les comprimés de Margaret qui traînaient sur un chariot médical dans sa chambre et les a remplacés par de l'ibuprofène. Une négligence qui a coûté leur place à l'infirmière cadre ainsi qu'à deux autres employées.

Néanmoins, ce n'est pas facile. Même si la fréquence de ses cauchemars a diminué, il continue à souffrir d'anxiété et il n'a pas repris les consultations. Pour des raisons évidentes, le cabinet de ses rêves n'est plus disponible, et quand bien même il disposerait d'un autre cabinet à Chestnut Hill, Sam a peur que ce qui s'est passé perturbe ses rapports avec les patients. Chaque fois qu'il en croise un, le malaise est palpable. Mais il est prêt à se remettre au travail… à New York. Ils déménagent la semaine prochaine.

Annie a accepté un poste au Hunter College et ils vont vivre dans un trois-pièces à Brooklyn. Ils gardent la maison de Chestnut Hill pour les week-ends où ils viendront rendre visite à Margaret.

Ils continuent à rouler vers l'ouest pendant une heure, au son de la playlist concoctée par Annie. Wham !, INXS, Jane's Addiction… Ils s'arrêtent pour manger des cheeseburgers et des milk-shakes à la vanille au McDonalds de la petite ville de Middleburgh. Annie finit par quitter l'autoroute et suit le GPS pendant encore une cinquantaine de kilomètres, jusqu'à arriver devant un panneau qui annonce « Bienvenue à Cooperstown, ville du musée du Base-Ball ». Annie prend place dans une longue file de véhicules qui avance lentement. Un écran affiche un message clignotant. « Parking réservé aux détenteurs d'un billet ! »

Sam examine les drapeaux accrochés aux lampadaires. « Week-end portes ouvertes. » Il se tourne vers Annie.

— Pitié, dis-moi que je suis Alex Rodriguez sur le point d'être intronisé et que tu es Jennifer Lopez.

Annie trouve une place de parking au milieu des Buick et des mini-vans. Elle coupe le moteur et descend de voiture.

— Viens, se contente-t-elle de répondre.

Elle ouvre le coffre et en sort une batte de base-ball flambant neuve. Puis elle le prend par la main pour le guider à travers la foule. Un jeune homme en uniforme lui tend un plan, qu'elle consulte rapidement avant d'entraîner Sam dans le bâtiment, jusqu'à une cour intérieure. Des centaines de personnes forment différentes files d'attente. Elle finit par s'arrêter devant une tente dans le fond de la cour.

— Tiens, dit-elle à Sam en lui tendant la batte. Va la faire signer.

C'est alors que Sam aperçoit l'homme assis à l'intérieur de la tente. Celui que tout le monde veut rencontrer. Cal Ripken Junior. L'Homme de Fer en personne. Sam dévisage longuement Annie puis lui caresse le ventre avant de prendre place dans la queue.

Lorsque c'est son tour, il avance jusqu'à la table où Ripken est installé.

— Est-ce que l'autographe peut être pour Quinn ? demande Sam nerveusement.

— C'est vous ? s'enquiert le joueur en s'emparant de la batte.

— Non. C'est mon futur bébé. Ma femme doit accoucher dans deux mois.

Cal Ripken gribouille son nom et tend la batte à Sam avec un clin d'œil.

— Bonne chance. J'espère qu'il sera joueur de base-ball.

— Merci, mais c'est une fille. Et j'espère qu'elle sera ce qu'elle veut.

***

Ce n'est qu'une fois qu'ils ont quitté le parking que Sam retrouve l'usage de la parole.

— Tout va bien se passer, tu crois ? demande-t-il en regardant défiler le paysage.

— J'en suis sûre, répond Annie.

— Qu'est-ce que tu en sais ?

— Je le sais parce que c'est comme ça que toutes les bonnes histoires se terminent, affirme-t-elle en lui prenant la main. Elles finissent bien.

Remerciements

Ce roman a été tout un processus. Quelques semaines avant de livrer une première version similaire mais aussi très différente, j'ai décidé de jeter ce premier jet et de recommencer en adoptant une toute autre approche. J'ai eu peur d'appeler mon agent pour lui suggérer cette nouvelle idée et que cela marque la fin de notre collaboration, et ce à juste titre, compte tenu de ce que Elisabeth Weed, littéralement le Meilleur Agent de la Terre, avait déjà investi dans ce livre. Au lieu de ça, elle m'a écoutée, elle a lu un bref résumé et aussitôt appelé Jennifer Barth, ma brillante éditrice à la patience d'ange chez Harper. Jennifer m'a apporté son soutien le plus total sans hésiter et, comme à son habitude, elle a fait de ce livre une bien meilleure version que celle que j'aurais écrite toute seule. Je serai éternellement reconnaissante à ces deux femmes, qui sont parmi les meilleures de la profession.

Je tiens également à remercier Jonathan Burnham pour sa confiance et ses encouragements au cours des dernières années, ainsi que toute l'équipe d'Harper (Sarah Ried, Doug Jones, Leah Wasielewski, Katie O'Callaghan, Leslie Cohen, Virginia Stanley, Lydia Weaver et Suzanne Mitchell) et Jenny Meyer, extraordinaire agent en droits étrangers, Hallie Schaeffer et Heidi Gall. Toute ma gratitude va également à Michelle Weiner de CAA.

Je remercie aussi Jillian Medoff, Liz Kay, Julie Clark, Colleen Oakley, Pam Cope, Madison Duckworth, Stephanie

Addikis, Ben Sneed, Carly Beal, Hayley Downs, Kate Lemery, Lisa Selin Davis, Patrick McNulty, Alex Moggridge, Anne Rosow, Jen Ziegler, Susie Greenebaum, Tara Goodrich, Nancy Rawlinson, Julie Cooper, Whitney Brown et Sam Miller. Et bien sûr, le chef de la police L. Edward Moore d'Hudson, État de New York, pour m'avoir aidée à manigancer une disparition.

Merci à ma famille (Moira, Mark, Bob, Megan, Patrick, Ryan, Kevin, Abby, Brigid, Mary, Caite et Madeleine) et particulièrement à ma mère, à qui j'ai lu ce livre au téléphone un nombre incalculable de fois, et à mon père. C'est grâce à lui que je suis à la fois écrivaine et lectrice. Et surtout, merci à Noelle, Shea et Mark (ainsi qu'à Wish et Millie). Il n'y a qu'avec eux que je voudrais être confinée pendant une pandémie.

À propos de l'autrice

Aimee Molloy est l'auteure de *La Mère parfaite*, premier roman devenu best-seller du *New York Times*. Elle a également écrit *However Long the Night : Molly Melching's Journey to Help Millions of African Women and Girls Triumph*, et coécrit plusieurs ouvrages généraux. Elle vit en Nouvelle-Angleterre avec sa famille.

Dernières parutions

Domaine étranger

Jeffrey Archer
Qui ne tente rien

Fatima Bhutto
Comme des lions

Lesley Kara
La Rumeur

Kiese Laymon
Balèze

Gilly Macmillan
La Nanny

Alice Nelson
La Consolation des inconnus

Olivia Potts
Une année douce-amère

Kate Elizabeth Russell
Ma sombre Vanessa

Renia Spiegel
Le Journal de Renia

Rosa Ventrella
La Liberté au pied des oliviers

Joost de Vries
Leurs ailes de géants

Elizabeth Wetmore
Glory

Domaine français

Catherine Bardon
Et la vie reprit son cours

Fabienne Betting
La Théorie des poignées de main

Nicole Giroud
Par la fenêtre

Caroline Laurent
Rivage de la colère

Anne de Rochas
La Femme qui reste

Pour en savoir plus sur l'actualité des Escales,
vous pouvez consulter notre site Internet
www.lesescales.fr
et nous suivre sur les réseaux sociaux

Editions Les Escales

@LesEscales

@LesEscales

MIXTE
Papier issu de sources responsables
FSC® C003309
FSC www.fsc.org

L'Éditeur de cet ouvrage s'engage
pour la préservation de l'environnement
et utilise du papier issu de forêts gérées
de manière responsable

Achevé d'imprimer par
Normandie Roto Impression s.a.s.
N° d'impression : 2003266
Imprimé en France